À toi pour toujours

Colette McBeth

À toi pour toujours

*Traduit de l'anglais
par Anath Riveline*

ÉDITIONS
FRANCE
LOISIRS

Titre original : *Precious thing*
Publié par Headline Review, an imprint of Headline Publishing Group.

Une édition du Club France Loisirs,
avec l'autorisation des Éditions Les Escales.

Éditions France Loisirs,
123, boulevard de Grenelle, Paris
www.franceloisirs.com

ISBN : 978-2-298-08189-3

À Paul et Finlay
Milo et Sylvie

Septembre 2007

Officiellement, je ne pense plus à toi. Je suis entièrement focalisée sur l'avenir. Quand quelqu'un s'inquiète de savoir comment je vais, et ça m'arrive tout le temps, j'opte pour une terminologie guerrière, ça ajoute au drame, tu ne trouves pas ? « J'ai conquis mes démons ; je combats les idées noires qui m'ont dévastée. » Parfois, si la situation se présente, je me penche en avant, je regarde mon interlocuteur dans les yeux, froidement, et j'explique avec le plus grand respect possible : « Je suis une survivante, je vaincrai mon passé. » En retour, je reçois un hochement de tête compatissant, un sourire préoccupé. Et c'est presque comme si j'entendais aussi un soupir de soulagement. Je vois la liste des inquiétudes de mon interlocuteur diminuer dans son esprit. *Elle progresse.*

En fait, c'est entièrement faux. Je n'arrive pas à me vider l'esprit de toi, comme je pourrais débarrasser un placard. Les gens ne comprennent pas que, quoi qu'il se soit passé entre nous, nous resterons à jamais gravées dans les veines l'une de l'autre. Je ne veux pas tourner la page, avancer, bien au contraire. Je veux retourner au tout début. À l'époque où tu déclenchais chez moi un sourire qui illuminait mes yeux et pétillait dans ma tête. Quand nous riions de ce que nous seules trouvions drôle, quand nous échangions les clins d'œil, les *private jokes* comme si c'était notre monnaie à nous. À l'époque où nous étions tout le temps ensemble, parce que séparées nous n'avions plus de signification.

Je sens ton absence comme une douleur au creux de mon ventre, une faim que rien ne peut satisfaire. Même les yeux fermés, je ne peux pas t'échapper, je te vois partout. Hier, le soleil de la fin d'après-midi s'est insinué par la fenêtre pour inonder la pièce. J'ai clos mes paupières pour en savourer la chaleur, je me suis imaginée sous un ciel immense et infini, à contempler la mer. Je fixais l'horizon, les bateaux de pêcheurs rouges, jaunes et verts flottant au loin, le bleu de l'océan se fondant dans le bleu du firmament. L'espace d'un court instant, mon esprit s'est figé et vidé, j'ai respiré profondément. J'étais libérée de mes pensées. Mais, soudain, tu m'es apparue, sautant dans les vagues, tes cheveux noirs bouclés dégoulinants. Tu éclatais de rire, emportée par la houle. J'ai couru vers l'eau pour te voir, j'ai plongé. Et quand tu es ressortie, le visage, les cheveux, ce n'étaient pas les tiens.

Comme ils sont cruels les jeux que mon esprit m'inflige.

Je ne pourrai connaître le repos avant de t'avoir retrouvée. Oh, ce que je donnerais pour te revoir une dernière fois ! T'obliger à me regarder dans les yeux et te faire comprendre, sans l'ombre d'un doute, que je t'ai toujours aimée, que tout ce que j'ai fait pour toi ne provenait que de mon désir intense de te protéger.

Je ne t'en veux pas si tu ne le vois pas ainsi. J'en veux à ceux qui t'ont empoisonnée de leurs mensonges. Mais écoute ton cœur. Suis ton instinct. Pense à ce merveilleux trésor si précieux que nous partagions. Sache qu'une perle si pure ne peut jamais être mauvaise.

C'est pour cela que je t'écris. Pour que tu comprennes. Je ne sais pas comment ces mots t'atteindront, mais je trouverai un moyen. Je n'ai parlé à personne de cette lettre, ce qu'elle contient ne colle pas avec mon discours de la battante qui va de l'avant. Alors, si tu la lis, qu'elle reste notre secret. Imagine simplement que je suis tout près de toi et que je murmure à ton oreille notre histoire, à ma façon. Et peut-être qu'à la fin tu comprendras comment nous nous sommes perdues et comment nous pouvons nous retrouver.

1

Mon histoire commence un lundi matin en janvier de l'année dernière parce que c'est le moment évident pour la faire démarrer. J'ai longtemps pensé : c'*est le jour où tout a basculé*, mais bien sûr ce n'est jamais aussi simple. Les graines de ce qui s'est passé alors étaient plantées depuis des années.

Dans mon tableau de souvenirs du 22 janvier 2007, voilà ce que tu verras : un seul tournesol dans un jardin, les vagues, leurs immenses mâchoires ouvertes se débattant sous des nuages gorgés de pluie. Et le violet du ciel, son apparence électrique, comme s'il avait été chargé d'énergie négative.

Mais l'esprit joue des tours. Et la mémoire aussi. Ce que nous nous rappelons n'est pas forcément le reflet exact de la réalité. Cependant je crois vraiment que ma description du ciel et des vagues est fidèle. Mais le tournesol en hiver ? Je le revois aussi nettement que je vois ma main devant moi. Mais ça ne veut pas dire qu'il y était. Peut-être simplement que cette fleur m'a toujours évoqué toi, nous. Le début de la fin.

C'était une conversation à sens unique, comme celles qui marquaient souvent le point de départ de mes journées de travail. Robbie, mon rédacteur en chef, aboyait ses ordres au téléphone.

— Une bonne femme a disparu à Brighton, la police va tenir une conférence de presse. Je t'envoie le reste par e-mail, a-t-il lancé avant de raccrocher.

Je n'en savais pas plus.

J'ai quitté Londres sous une bruine glaçante, mais au moment d'atteindre la banlieue de Brighton, la neige s'était mise à tomber en flocons géants sur mon pare-brise. Dans la ville, une fine couche blanche recouvrait les rues. J'ai remonté Southover Street, contournant les rangées de maisons basses pour me diriger vers John Street et le commissariat de police, une construction massive blanche et beige, avec des fenêtres sales, non loin de la mer.

J'étais en retard, alors je me suis garée sur le bord du trottoir, une amende étant toujours préférable aux réprimandes du service des informations pour avoir raté un papier. En ouvrant la portière, j'ai été accueillie par un air glacé qui m'a rappelé pourquoi je détestais Robbie. Le Mackintosh trop fin, les talons, la jupe, le style hôtesse de choc. C'était ma façon de le caresser dans le sens du poil, après qu'il a dit que je devrais faire « un peu plus d'efforts ». Les téléspectateurs, eux, se contre-fichaient que je porte le même manteau trois jours de suite, mais pas lui.

En face du commissariat, les camionnettes de la télévision s'attroupaient déjà, hérissées d'antennes satellites bourdonnantes pointant vers le ciel. La nôtre arborait le logo du National News Network, un cafouillage de N, et stationnait à côté du camion du Global Broadcasting Corp. Par la porte entrouverte, j'ai aperçu le moniteur qui affichait des images prises dans la salle de conférences. Soulagée, j'ai constaté qu'on n'entendait aucun son, personne n'avait encore commencé à parler. J'ai pris mon BlackBerry pour lire le message de Robbie qui me permettrait de remplir les trous de l'histoire, en improvisant comme toujours, quand Eddie, l'ingénieur, est sorti de la camionnette à la parabole, méconnaissable dans son épaisse veste North Face.

— On vient de nous prévenir qu'il nous reste une minute avant de passer à l'écran. Tu aurais dû mettre tes baskets, Rachel.

C'est d'abord l'odeur qui vous agresse, dans un commissariat. La puanteur de vies qui se désagrègent, du chaos alcoolisé et drogué, d'hommes et de femmes qui franchissent la ligne. Pareil dans les hôpitaux et les maisons de retraite. Ça vous pénètre. Le poste de police de Brighton n'avait rien de différent des autres. La pestilence m'a saisie à la gorge au moment même où j'ai passé les portes automatiques.

Un homme attendait à l'accueil, son costume un ou deux tons plus gris que sa peau. Gris acier sur mastic. Ses cheveux noirs brillaient de gras et il se rongeait des ongles particulièrement crasseux.

— Qu'est-ce que tu regardes comme ça, toi ? m'a-t-il lancé. T'as rien d'autre à faire ?

15

—La ferme, Wayne ! l'a repris l'officier à la réception.

D'après son badge, elle s'appelait Lesley. De gros anneaux ovales pendaient à ses oreilles, tirant sur ses lobes, et des cernes noirs soulignaient ses yeux.

J'ai présenté ma carte de presse.

—Ils sont sur le point de commencer, mon cœur. Remplissez ce formulaire.

Elle a tapoté le registre avec sa main droite et j'ai pu constater qu'elle portait des bagues en or à trois de ses cinq doigts, mais pas au pouce, ni à l'auriculaire. Sur l'une, il était écrit « maman », comme si elle avait besoin d'un rappel, et sur une autre, « amour ».

—Toi, tu restes assis là jusqu'à ce qu'on t'appelle, a-t-elle ordonné à l'homme d'acier. Vous, venez avec moi, il faut que je vous accompagne à l'intérieur.

Nous avons passé une porte double qui donnait sur un long couloir jusqu'à la salle de conférences. On y retrouvait la poignée habituelle de journalistes locaux en costume bon marché, agglutinés dans un cocon de bavardages, leurs caméras prêtes à se mettre en vie, dès que les policiers ouvriraient la bouche. Une grappe de micros se dressait sur la table, et derrière, quatre personnes étaient installées : deux officiers de police, l'attaché de presse, Hillary Benson, et une jeune femme. J'ai aperçu aussi Jake Roberts. Mais tout cela, je ne l'ai vu que plus tard. Quand Lesley a ouvert la porte, mes yeux se sont arrêtés sur une affiche, de soixante centimètres sur soixante environ, accrochée à côté de la table. La photo d'une femme. Une photo de toi.

Tes yeux bleus m'ont engloutie, au plus profond, là où il fait froid et noir. Mes poumons se sont gonflés, tout mon corps réclamait de l'air. Je me noyais, Clara, et, tout ce temps, me parvenaient le remous de l'eau ainsi que le ronronnement des journalistes qui se préparaient. Personne n'a vu ce qui s'est produit en moi à cet instant, personne n'a remarqué que j'avais été ensevelie, entraînée depuis l'extérieur de l'histoire vers ses tréfonds obscurs. Personne n'aurait pu imaginer que ce fait divers était en partie le mien.

J'avais le sentiment d'avoir touché le fond. Tout s'est arrêté.

Et c'est là que j'ai entendu une voix plus forte que le reste, qui couvrait les conversations. Je suis revenue à la surface, manquant d'oxygène.

— On est prêt, a lancé la voix.

Le commissaire Gunn donnait le coup d'envoi de la conférence de presse comme on annonce le début d'un spectacle.

— Merci d'être venus, a dit le commissaire avec son accent de l'Ouest.

J'ai remarqué qu'il regardait droit dans l'objectif des caméras.

— Nous avons besoin de votre aide pour retrouver cette jeune femme, a-t-il déclaré en montrant la photo.

Ton sourire, si séduisant.

—Elle s'appelle Clara O'Connor. Elle a vingt-neuf ans et sa disparition est tout à fait surprenante.

Il se trouve que le commissaire Gunn et moi avions ce qu'on peut appeler une relation professionnelle. C'était un contact que je cultivais depuis trois ans, depuis que j'avais décroché ce poste de correspondante de presse aux affaires criminelles pour le National News Network. Nous déjeunions ensemble, nous nous payions des verres et, après un moment, les informations filtraient. Des tuyaux sur ses affaires en cours, quelques fuites ici et là. Il existait entre nous un marché tacite, on se permettait mutuellement de paraître sous notre meilleur jour. C'est le genre de relation bien pratique que les journalistes entretiennent, et, à cet instant, la nôtre a commencé à s'effilocher. Il ne t'avait jamais rencontrée, mais, subitement, il devenait un expert de ta personnalité. Le sang a jailli dans ma tête, et mes dents se sont enfoncées dans ma lèvre inférieure.

—C'est son amie et colocataire, Amber Corrigan, qui a rapporté sa disparition. Amber n'avait pas dormi chez elles le vendredi soir, mais elles avaient prévu de se retrouver le lendemain pour déjeuner.

Il s'est interrompu et a regardé la jeune femme assise à deux personnes de lui, derrière la table. Je t'avais déjà entendue me parler d'elle, mais je ne l'avais jamais rencontrée. C'était une toute petite chose fragile et insignifiante. La chaise semblait l'engloutir. J'ai pensé que, si elle sortait dans la rue, elle serait emportée par la tempête qui grondait.

Mais elle était jolie et les cameramen et les journalistes adorent les jolies filles qui pleurent. Ton histoire obtiendrait plus de couverture grâce à elle.

Le commissaire Gunn s'est raclé la gorge.

— Clara devait passer la soirée avec des amies, vendredi dernier, le 19 janvier au centre-ville de Brigthon. D'après ce qu'on sait, elle n'a fait qu'une brève apparition. Elle a été vue quittant le Cantina Latina sur Marina Drive aux alentours de 23 h 30 et aurait dit à ses amies qu'elle rentrait à son appartement. Malheureusement, elle n'a plus réapparu depuis.

Il s'est arrêté et a balayé la foule du regard pour ménager ses effets. J'essayais d'enregistrer les informations qu'il égrenait et de les analyser. C'était comme tenter d'attraper de l'eau dans ses mains.

Quand je regarde en arrière, j'ai du mal à expliquer mon comportement à cet instant, Clara. Pour être honnête, je ne le comprends toujours pas moi-même. J'entends encore la voix dans ma tête qui me hurlait de me lever et de crier que cette version de la soirée de vendredi était entièrement fausse. Je voulais brailler au commissaire que j'étais ton amie et que, si quelqu'un te connaissait ici, c'était moi. Je voulais appuyer sur pause pour figer la salle pendant un moment et avoir enfin l'occasion de réfléchir. Tous les muscles de mon corps se tendaient, me poussant à agir, à parler. Mais rien. J'étais ancrée au sol, engluée par une force trop puissante pour moi. Je n'avais plus de voix, j'étais paralysée. Je me suis contentée de regarder

19

les événements défiler devant moi, jusqu'à ce qu'il soit trop tard pour que je les rattrape.

— Je remercie Amber Corrigan pour sa présence parmi nous aujourd'hui, a affirmé le commissaire Gunn. Nous savons qu'elle traverse une période très traumatisante, mais elle tenait à apporter sa contribution aux recherches.

Mes yeux se sont tournés vers Amber. C'était ta colocataire, mais je doutais qu'elle te connaisse bien. Et pourtant elle était là, le visage décomposé, les yeux gonflés et rouges d'émotion. Plus tard, j'ai regretté de ne pas avoir pu pleurer comme elle, mes larmes ont mis du temps à venir.

— Je voudrais juste dire à Clara…

Elle s'est interrompue pour avaler sa salive. Sa voix était basse, mais elle prononçait chaque syllabe de chaque mot, comme si elle avait répété soigneusement ses répliques.

— Clara, si tu m'entends, s'il te plaît, contacte-nous, on se fait un sang d'encre. Je sais que ça ne te ressemble pas de disparaître comme ça et nous tremblons tous à l'idée de ce qui a pu t'arriver.

Elle s'est mise à sangloter et, avec le dos de la main, s'est essuyé les joues. Le bruit des caméras qui se recadraient sur elle en plan serré était à peine perceptible, mais je l'ai tout de même entendu.

— S'il te plaît, Clara, dis-nous où tu es.

Elle aurait pu dire quelque chose de plus original, quelque chose de plus digne de toi.

Le commissaire Gunn est intervenu.

20

—Je voudrais remercier Amber de s'être déplacée jusqu'ici aujourd'hui et je vous demande à tous désormais de la laisser tranquille.

En un geste commun, l'audience a hoché la tête, même si chacun avait bien conscience qu'à la première occasion ils se jetteraient sur elle pour essayer d'obtenir une interview exclusive.

Il a enchaîné sur le fait qu'on essayait déjà de contacter tes amis et collègues. (Est-ce que j'arriverais parmi les derniers parce que je figurais à la lettre W de ton agenda ?) Il a expliqué que tu étais une artiste prometteuse, ce qui m'a fait un peu tiquer.

—Des questions ? a-t-il fini par demander.

Les questions se bousculaient dans ma tête, toutes hurlant à mes oreilles. Mais je n'avais toujours pas de voix et le sol autour de moi s'ouvrait. Un seul mouvement et je dégringolerais dans le trou noir qui se formait sous mes pieds. Alors je suis restée assise, raide comme un piquet, tandis que les autres levaient la main et que leurs questions flottaient dans l'air.

Je me demande si autre chose se jouait également dans cette pièce ce jour-là. Si je me rendais compte, même à un niveau inconscient, que le commissaire Gunn ne pourrait rien pour moi. Si je savais déjà que j'avais toutes les réponses, qu'il fallait juste que je creuse un peu pour les trouver.

2

Quelques jours plus tôt

Même au téléphone, je l'entends dans ta voix. L'étincelle dont j'avais oublié l'existence. Et ton rire, fort et contagieux, résonne en moi comme un feu d'artifice. C'est comme ça que nous étions, je pense. Tu m'as manqué, Clara. Notre relation m'a manqué.

— Honnêtement, Rachel, je ne me suis pas autant amusée depuis des années, lances-tu. On est allées dans ce club carrément kitsch mais si drôle. J'ai même fait une touche à la fin de la soirée, même si je préfère ne pas savoir ce qu'il a pensé de moi.

— J'aurais bien aimé voir ça, dis-je, m'abstenant de rappeler que tu ne m'as pas invitée, parce que ça m'est égal, enfin, en tout cas, je comprends.

Tu as besoin d'élargir ton cercle d'amis et ça veut dire faire des choses l'une sans l'autre. Après tout, ma vie aussi a évolué. Ma carrière, mon petit ami. Et Jonny n'est pas seulement mon petit ami, il est tout ce que je n'aurais jamais imaginé avoir un jour. Ses yeux noirs pétillent quand il rit, et il rit souvent. Quand il m'embrasse la nuque, des décharges électriques traversent mon corps. Il me comprend parfaitement, le seul fait d'être auprès de lui me calme. Désolée si tout ça sonne un peu cucu la praline, mais je l'aime. À ce moment-là, je me dis qu'il va juste falloir te trouver quelqu'un à toi aussi.

— Tu vas le revoir?

Je brûle les étapes. Je suis devenue comme ces gens qui marient tout le monde parce qu'ils veulent partager leur bonheur.

— J'en doute fort, réponds-tu.

Tu glousses tellement que tu as du mal à articuler plus de deux mots à la suite.

— J'ai dû interrompre le baiser pour dégueuler dans mon sac à main.

— Tu plaisantes? je demande de ma voix de grande sœur.

Je ne peux m'empêcher de vouloir te protéger, Clara. Avant c'était dans l'autre sens, je sais, mais, depuis un moment, c'est moi qui veille sur toi.

— Ben, qu'est-ce que j'aurais dû faire? J'aurais jamais pu tenir jusqu'aux toilettes, et je ne voulais pas vomir sur le sol, alors le sac était la seule option envisageable. Il ne m'a pas vue. Mais mon sac était dans un état... et mes clés...

— Arrête, j'en ai assez entendu! je m'exclame, mais je ris avec toi. Bon, et c'est qui tes nouvelles amies? Tu vas finir par me le dire?

Maintenant tu ne ris plus, tu toussotes. J'imagine que ton sourire s'est effacé.

— Des filles de l'école, déclares-tu enfin.

— Ah, vraiment? Qui? Tu vas me les présenter?

— Je ne savais pas que j'avais besoin de ton approbation pour tout ce que je fais...

Tu as changé d'humeur, en un éclair. Et tes mots me font l'effet d'une gifle.

— Bon sang, Clara, je te demande, c'est tout. Je suis curieuse, rien de plus…

Je laisse ma phrase se perdre. *Tout doux, pas la peine de relever.*

— Bon, puisque tu veux vraiment savoir, Sarah Pitts et Debbie Morton.

Tu prononces les noms lentement, pour leur donner plus de poids, j'imagine.

Les souvenirs que trimbalent ces noms se bousculent dans ma tête. En une seconde, je suis propulsée au collège et je sens leurs crosses de hockey dans mes tibias, leurs coudes pointus dans mes côtes pendant les parties de basket. Mais tout cela n'est rien comparé au jour où Lucy Redfern m'a poussée dans l'eau au cours du voyage de l'école dans le Shropshire. Je me revois sortant du lac, toute la classe pliée en deux, mais c'est le rire de Sarah qui retentit le plus fort. Lucy lance que j'avais bien besoin d'une douche et James, son frère jumeau, entraîne les garçons dans une salve d'applaudissements. Tu étais là, Clara, tu m'as vue devenir écarlate de honte.

Mais c'était il y a longtemps. *Elles ont peut-être changé*, me dis-je.

— Debbie sent toujours la frite ? je demande.

Je ne cherche même pas à savoir pour Sarah.

— Va te faire foutre, Rachel. T'es tellement imbue de toi-même !

— Eh, Clara, je plaisantais. Elles ont pourri ma dernière année de lycée, mais tu me connais, je vais de l'avant, pas rancunière pour un sou.

Tu laisses échapper un grognement indéterminé.

— Mais je comprends maintenant pourquoi tu ne m'as pas proposé de venir.

Pendant un instant, aucune de nous deux ne parle, et la joie que j'avais ressentie au début de notre conversation est balayée par le silence. Je me demande si on pourra de nouveau être bien ensemble.

Et c'est là que tu dis quelque chose qui me surprend.

— On sort de nouveau ce vendredi, affirmes-tu d'une voix plus douce.

Tu t'interromps comme pour peser tes mots.

— Tu pourrais venir. Et ensuite, tu viendrais dormir chez moi. Si ça se trouve, tu changeras d'avis à leur sujet.

Je m'apprête à refuser, mais je prends tout de même un peu de temps pour y réfléchir. Je pense tout d'abord que Jonny ne sera pas là, puisqu'il part filmer un documentaire en Afghanistan, et que donc je serai seule. Ensuite je me dis qu'au lycée Sarah Pitts m'en faisait baver, mais qu'elle n'a plus aucune raison de rire de moi, désormais. J'ai un bon travail, un petit ami. Elle ne peut plus rien contre moi.

— Pourquoi pas ? Ça peut même être amusant.

Sur la route, la circulation m'inquiète, je sens une menace latente. Des types en voyage d'affaires roulent pare-chocs contre pare-chocs dans leurs Audi et leurs BMW, leurs phares scintillant trop près de ma Mini. Je cligne des yeux pour éclaircir ma vue, mais la pluie qui noie mon pare-brise la brouille aussitôt. De temps en temps, je me demande si j'ai vraiment bien fait d'accepter de rencontrer Sarah et Debbie. Si j'avais eu le choix, je serais restée à la maison, blottie sur le canapé avec Jonny, avec un plat thaï à emporter et une bouteille de vin. J'imagine que tu t'es dit que j'hésiterais. Tu m'as appelée trois fois cette semaine pour t'assurer que je venais, ce qui ne te ressemble pas du tout. En ce moment, tu ne me téléphones pratiquement jamais et tu ne réponds même pas à mes appels.

De toute façon, Jonny dort à Gatwick ce soir pour prendre un avion très tôt demain matin et je ne vais pas rester chez moi à m'apitoyer sur mon sort. Notre appartement est froid et vide sans lui. Ces derniers temps, c'est comme si nous étions les deux moitiés d'une même personne. Avec tous les autres hommes que j'ai fréquentés, j'avais l'impression qu'ils venaient d'une planète et moi d'une autre. Mais lui, il m'a adressé la parole et, tout à coup, j'ai senti le déclic. Je me suis dit: *Enfin, mon premier Terrien.* Et avant que je ne m'en aperçoive, je faisais tout ce qui m'agaçait chez les autres, comme pisser devant quelqu'un et ensuite lui faire l'amour avec une urgence incontrôlable, un besoin d'une puissance qui vous donne envie de pleurer et de rire en même temps. On remplit le vide de l'autre, on finit parfois sa phrase ou, simplement, on reste assis en silence, parce qu'on n'a pas besoin de se cacher derrière des mots ou des gestes. On s'autorise à être vraiment soi-même. Ce que j'essaye de dire, c'est que, quand il n'est pas à la maison, j'ai l'impression

27

d'avoir perdu une partie de moi et je préfère être n'importe où plutôt que seule dans notre appartement. C'est pour cela que je me retrouve sur l'autoroute M23 avec un CD des Arctic Monkeys, un Coca light et un sachet de bonbons Haribo, en route vers toi et les pétasses du lycée.

Je suis à quelques kilomètres de Gatwick quand une sensation bien connue d'effondrement me reprend. On circule au pas, je ne vois que le rouge des feux stop des voitures devant moi. Je n'ai plus de Haribo, j'ai mal aux dents à force d'avoir mâché du sucre et je meurs d'envie d'aller aux toilettes à cause du Coca. Je commence à zapper les stations de radio pour avoir un point sur le trafic et je tombe sur des bribes d'informations. La présentatrice de Radio Four annonce que onze personnes ont péri dans les tempêtes qui se sont abattues la veille sur les Midlands et le Nord. Sur Radio One, une jeune femme à bout de souffle lit trop vite et accentue les mots très bizarrement. Elle explique que le Premier Ministre, Gordon Brown, est en Inde pour parler d'une dispute raciale dans le programme télé Big Brother. Le monde est-il vraiment devenu comme ça ?

Devant moi, je vois des lumières qui clignotent dans la pluie. La route est réduite à une seule voie. Deux véhicules de police, un de pompiers et une ambulance bloquent les autres voies. Des gilets fluorescents s'affairent dans la pénombre. Je me demande ce qui s'est passé, mais je n'ai pas besoin de me poser la question longtemps, parce que très vite je le vois de mes propres yeux. À ma gauche, une Ford Fiesta, je crois, a son toit à moitié ouvert et les pompiers sont en train d'extraire quelqu'un. Soit ça, soit ils tentent de pénétrer dans la voiture pour voir ce qu'il reste de son conducteur. Je me représente des membres arrachés, la mort. Une autre voiture, une Mercedes gris métallisé, se trouve à angle droit avec la Ford. L'arrière et la portière ont été emboutis, mais elle s'en sort mieux que la Fiesta. *La beauté de la mécanique allemande.* Un homme qui semble être le conducteur est assis sur le bas-côté de la route. On lui a enveloppé les épaules d'une couverture et il tient sa tête dans ses mains. Sous la couverture, il porte un costume et des chaussures noirs. Je frissonne. Je regrette de l'avoir vu, mais maintenant l'image est gravée dans mon esprit. Un cruel rappel que nous n'avons pas le contrôle, quoi que nous pensions. La vie est une loterie et seuls les imbéciles l'ignorent.

La file avance lentement. Alors que je sors du bouchon, un bip sur mon téléphone me signale que j'ai reçu un texto. *Je vais attendre d'être arrêtée pour le lire*, me dis-je. Je ne suis pas prête à ce que mon existence change tout à coup, sur la M23, un lugubre vendredi soir de janvier.

Je le consulte une fois arrivée à Brighton.

Ça vient de toi.

```
Rach, désolée, pas la forme, sûrement la
grippe, encore au lit, je me secoue pour venir.
Je t'appelle plus tard, Clara.
```

Quand j'essaie de te rappeler, je tombe directement sur le répondeur. Je ne laisse pas de message, je te renvoie plutôt un texto.

```
Ne me laisse pas seule avec elles!! Prends des
cachets. Et allume ton portable.
```

Mais tu ne l'as pas fait.

Une petite marche de cinq minutes entre le parking sur Black Lion Street et le Cantina Latina. Le vent cinglant de la mer me lacère la peau. Je traverse la rue et longe la jetée illuminée dans le noir. Quelques salles de jeu sont ouvertes, défiant le froid mordant de janvier pour attirer les plus accros des parieurs. Devant moi, un groupe de filles chancellent sur leurs talons hauts, sans manteaux. Sont-elles insensibles au froid ? Par moments, l'une d'elles éclate de rire. La nuit est chargée de promesses. Le maquillage coulant sur le visage et les déceptions viendront plus tard.

Ma tenue de travail contraste avec les jupes courtes, les chemises brillantes. Et je me rends compte que je n'ai plus ma place dans tout cela. Avec Jonny, on va dans les pubs, on discute. Tu me taquines là-dessus, Clara, tu dis que je me comporte comme une vieille et que je ne sais plus m'amuser. Mais c'est faux, Jonny et moi sommes heureux en compagnie l'un de l'autre, on n'a besoin de rien d'autre. On était comme ça avant, toi et moi, Clara.

Je vois le Cantina Latina en face du Sea Life Center, à côté d'un *fish and chips*. En approchant, je remarque deux videurs plantés comme des poteaux devant la porte.

—Bonsoir, lance le plus petit des deux, affichant un sourire qui laisse apparaître une dent en or.

Il pousse la porte et j'entre.

L'air est liquide. Collant. Il dégouline le long de mon dos, s'insinue dans les pores de ma peau. Le changement entre l'extérieur et l'intérieur est si violent que j'ai l'impression de nager. J'essaye de me ressaisir, mais mes yeux ne parviennent pas à se poser sur quoi que ce soit. La pièce est une mer de lanternes bleues, roses et vertes et de guirlandes lumineuses qui flottent dans mon champ de vision. Je m'appuie sur la première table pour me retenir. Je sais que tu ne me laisseras pas seule ici avec les deux autres. Mais, tout de même, j'ai envie de faire demi-tour et de te sortir de ton lit, juste pour me rassurer. C'est ma vessie qui m'en empêche. Je ne tiens plus. Dans les toilettes, en attendant derrière les filles qui entrent toujours par deux pour se refaire une beauté, je me raisonne. *Elle va venir, elle n'oserait pas me planter comme ça. Va boire un verre, détends-toi.* C'est ce que tu me dis toujours, non? «Détends-toi, Rachel.» Alors je suis ton conseil.

J'attends au bar. On ne peut pas vraiment parler de queue, plutôt une foule informe qui crie pour être servie. Je sens l'arrondi d'un ventre contre mon dos, mou et gros. Ça pousse et ça crie au-dessus de ma tête.

—Une Beck's, mec!

31

Le barman est occupé avec un autre client et il ne lève même pas la tête. La voix essaye une nouvelle fois, plus fort et plus rageusement encore. Ensuite le cri cesse pour être remplacé par une sorte d'aboiement canin. Le talon d'une de mes Louboutin s'est enfoncé dans un pied. Celui du gros type derrière moi, sûrement. Tu m'as dit que j'étais folle d'avoir dépensé une telle somme pour ces chaussures. Moi, j'ai toujours su qu'elles en valaient la peine. Le barman nous regarde tour à tour, moi puis le gars derrière moi, et je lui adresse un clin d'œil.

— Un Bellini, s'il vous plaît.

— Le *happy hour* se termine dans…

Il consulte l'horloge au-dessus du bar.

— … deux minutes. Vous en voulez deux ?

Les cheveux du barman forment un nuage autour de sa tête, épais, bouclés et touffus.

— Ce serait grossier de refuser, dis-je en souriant.

La voix derrière s'est remise à hurler. Je pense qu'il va rater le *happy hour* et je pense qu'il le sait.

Je prends mes Bellini et je m'éloigne du bar et de la foule. Je siffle le premier verre d'une traite et j'attends que l'alcool m'apaise. Je ressens l'effet instantanément. Je prends une profonde inspiration, mes épaules s'affaissent, la tension dans ma tête diminue de plusieurs degrés. Je regarde autour de moi, mes yeux te cherchant à toutes les tables, dans les coins sombres de la salle. Je fixe la porte. Je crois te voir la franchir plus de mille fois, pour m'apercevoir toujours qu'il s'agit de quelqu'un d'autre.

J'essaye de te rappeler quand je suis interrompue par une voix si forte qu'elle couvre la musique et les éclats divers. Et soudain, je suis renvoyée à St. Gregory. La même tessiture surpuissante qui tonitrue dans la cour du lycée me donne l'impression d'être minuscule. Je me retourne, je la vois et je suis aussitôt ravie d'être venue. Sarah Pitts, la plus jolie fille de l'époque, a pris quelques kilos malvenus. Je ris intérieurement, me rappelant qu'elle affirmait que la glace n'a aucune calorie, parce qu'elle fond. On dirait que quelqu'un a pris son visage de lycéenne, l'a gonflé comme un ballon et l'a recouvert d'un épais maquillage orange. Ses cheveux au carré sont teints en blond et s'arrêtent de façon abrupte au niveau de sa mâchoire. « Fantômette », c'est comme ça qu'elle m'appelait. Elle disait à tout le monde qu'on pouvait voir mes veines bleues à travers ma peau blafarde. Oh, je m'en souviens maintenant et je souris intérieurement. Et extérieurement aussi.

— Oh, mon Dieu, Rachel, c'est toi ! dit-elle en me donnant une petite tape amicale. Tu passes si souvent à la télé et maintenant tu es là ! On n'en croyait pas nos yeux quand on t'a vue pour la première fois, tu n'es plus la même. Tu es tellement soignée et mince, tu ne trouves pas, Debs ? Comment as-tu fait pour perdre tout ce poids ? J'ai besoin de conseils.

Avec son pouce et son index, elle pince un bourrelet sur son ventre pour apporter une illustration convaincante. Je me rappelle ce qu'on ressent quand on veut être mince. On a échangé nos places.

Sarah n'arrête pas de parler, mais Debs, elle, fixe le sol, refusant de croiser mon regard. Je sens mes épaules se raidir à nouveau. C'est moi qui suis supposée avoir été traînée ici, contrainte et forcée, non ? Je ne m'attarde pas sur la question, parce que Sarah m'attire dans une accolade embarrassante, m'enfonçant le visage dans son cou. Elle sent comme en 1991. *Eternity* de Calvin Klein. Ce qui me fait penser, pour ma plus grande satisfaction, qu'elle n'a pas beaucoup évolué.

— Comment tu fais ? Tous les soirs, à l'antenne devant des millions de gens ? Tellement professionnelle. Je ne pourrais jamais y arriver. Quelqu'un te dit quoi dire ? Ou est-ce que c'est toi qui trouves toute seule ?

C'est un flot continu, elle ne s'interrompt même pas pour prendre sa respiration. Mais ses yeux papillonnent, elle ne soutient pas mon regard plus de quelques secondes. Elle doit être nerveuse. Mon travail m'a grandie à ses yeux, je mérite qu'on m'adresse la parole à présent. Elle retire son manteau rose et son écharpe pour révéler un haut mauve qui peine à englober son énorme poitrine.

— Ce serait peut-être mieux si on me disait quoi dire, ce serait peut-être plus cohérent, dis-je pour plaisanter, surprise que l'attention qu'elle me porte me flatte.

Manifestement, la lycéenne en moi essaye encore d'être aimée.

— Je n'arrive pas à joindre Clara, dis-je.

Les yeux de Sarah se posent sur Debbie qui balaye le bar du regard, puis elle pousse une sorte de rire forcé.

— Tu as peur de te retrouver seule avec nous ? me taquine-t-elle. Elle va venir, crois-moi. Au moins, comme ça, on peut te soutirer les derniers ragots au sujet de son nouvel amoureux !

Quelque chose s'est coincé dans ma gorge, une bulle de champagne, ou le parfum de Debbie. En tout cas, je tousse pour l'en faire sortir.

— Allez, on va s'asseoir et tu nous parleras de lui, propose Sarah.

Un serveur nous a conduites, à travers les clients, vers le coin le plus sombre du bar. Sa chemise orange déboutonnée révèle une touffe de poils sur son torse olive. La maison demande apparemment à son personnel de se vêtir avec le strict minimum. Il nous installe à une table avec des petites bougies qui éclairent les visages de Debbie et de Sarah d'une lueur macabre. J'hésite entre les pleurs et le rire.

— À l'amitié, trinque Sarah une fois que nous sommes assises.

Elle cogne d'abord son verre contre le mien, puis contre celui de Debbie, comme si elle avait bien répété.

— À l'amitié, dis-je à mon tour en regardant de nouveau vers la porte, mais aucun signe de toi.

— Ça doit être le gars dont elle m'a parlé il y a quelques semaines. Rien de sérieux, je pense.

Je bluffe, Clara, et tu le sais, parce que tu ne m'as jamais parlé d'un nouvel homme dans ta vie. Je ne suis pas en colère, pourtant, juste un peu surprise. Gênée aussi, parce qu'elles s'attendent à ce que je sache tout de toi. Selon elles, nous sommes si proches que nous sommes pratiquement la même personne.

—Je ne crois pas, lâche une voix calme, une octave plus haute que celle de Sarah, et pas ponctuée d'un rire.

C'est la première fois que Debbie prend la parole. Son ton déborde de suffisance. Je prends le temps de l'observer attentivement. Elle est plus petite que dans mon souvenir, frêle, presque osseuse à côté du gabarit de Sarah. Ses cheveux châtain clair sont coupés ras, trop sévère. Et ses yeux semblent avoir complètement perdu leur lumière. Je suis prête à parier que la vie de Debbie n'est pas à la hauteur de ses attentes.

—Elle est vraiment dingue de ce type. Je crois qu'il est marié ou quelque chose comme ça. Peut-être qu'elle ne voulait pas que tu le saches. Peut-être qu'elle ne te dit pas tout, finalement, déclare-t-elle.

Elle aurait aussi bien pu me tirer la langue et, de mon côté, je résiste à la tentation de le faire. Un peu trop puéril tout de même. À vrai dire, j'ai de la peine pour elle, pour la façon qu'elle a d'essayer de m'intimider, ne se rendant pas compte qu'elle ne détient plus ce pouvoir. Elle me fixe de ses yeux éteints et je remarque des petites taches orange dans leurs centres, comme des boules de feu. Je reste impassible. Debbie ne m'aime toujours pas, même après toutes ces années. Ça devrait me passer au-dessus de la tête, mais non. Le besoin de me la mettre dans la poche est trop fort.

— Tu as peut-être raison, dis-je.

— On change tous, n'est-ce pas, Rachel ? glousse Sarah. Et Clara est partie longtemps. Cinq ans, non ?

— Sept, je corrige.

Et je me demande ce que tu lui as confié, quels trous tu as laissés dans ton histoire. Je me risque.

— Elle est partie sept ans. Elle a traversé une période difficile, avec son père mourant, et elle a dû se remettre dans le bain en rentrant ici. Mais j'imagine que quelques week-ends comme le dernier et elle retrouve le sourire...

Debbie et Sarah échangent un regard, puis se tournent vers moi et éclatent de rire. Une petite fissure dans la glace, le processus de décongélation est enclenché.

— Hilarant, lance Sarah. Clara est si drôle, elle me fait mourir de rire. Tu ne trouves pas, Rachel ?

— Oh, oui, ça, tu n'as pas besoin de m'en convaincre. Tu te souviens de notre prof d'économie... comment elle s'appelait déjà ?

— Mme Glass, répond Debbie.

— Oui, c'est ça, Mme Glass. Avec son cheveu sur la langue. Clara est tellement douée avec les accents, elle est capable d'imiter n'importe qui, et pour Mme Glass, c'était à s'y méprendre. Quand Clara me grondait en prenant sa voix, ça me filait une de ces trouilles !

Sarah doit avaler de toute urgence sa gorgée pour ne pas nous la cracher au visage.

— Maintenant, on peut se lâcher, mais à l'époque je déployais des efforts inhumains pour me retenir. Mme Glass me surprenait quand même en train de glousser et elle me disait : « Rachel, tu arrêtes tout de suite ou tu prends la porte ! » Et ça me faisait rire de plus belle. Pas étonnant que j'aie passé tous les cours dehors.

Je repense à cette période, à ce qu'on a partagé, Clara. Je n'avais rien de ton sens de l'humour, mais Dieu, Clara, comme j'essayais de te plaire ! T'en es-tu jamais rendu compte ? Ces moments où je te faisais rire ou sourire, ou lorsque je faisais quelque chose de drôle et que tu me tapotais dans le dos en me disant : « c'est pour ça que je t'aime, Rachel », c'étaient mes victoires, j'étais fière de penser que mon attachement pour toi était parfaitement réciproque. Ton rire était comme une drogue, tu vois. Il me stimulait, m'encourageait, il me rendait forte. J'aurais fait n'importe quoi pour l'entendre encore et encore.

Sarah est ivre, je pense, ou, en tout cas, en bonne voie de l'être, parce que ses mots s'enchaînent plus lentement maintenant, et quand elle parle, elle ne fuit plus mon regard.

— Franchement, Rachel... ne le prends pas mal, à l'école, vous étiez si liées que personne ne pouvait vous approcher. C'était vraiment, mon Dieu, je ne saurais comment dire... tellement dense... non... intense, voilà.

Intense n'est pas un mot que j'aurais pensé Sarah capable d'employer, mais, en repensant à cette époque, je trouve qu'il résume bien notre relation.

— Ce que tu veux dire, en fait, c'est qu'on était bizarres, dis-je dans un rire qui les autorise à en faire de même.

—Je n'irais pas aussi loin, nuance Sarah en souriant, révélant les fossettes sur ses joues. Disons plutôt bizarrement proches.

—Pas de problème, je comprends. Ça devait paraître un peu étrange, mais le courant passait entre nous. C'était comme si je l'avais connue dans une autre vie, comme si nous étions destinées à être amies.

Je m'interromps et tape sur la table.

—Bon sang, vous m'entendez ? Plus mielleux tu meurs !

Et pourtant, c'était vrai, nous savions que nous partagions un lien rare, une relation spéciale à laquelle nous accrocher. Nous étions deux pièces perdues d'un même puzzle. Ensemble nous avions du sens.

Je regarde Sarah rire, et je l'écoute parler et parler encore. Maintenant qu'elle est lancée, je me rends compte qu'elle a dû craindre cette rencontre autant que moi, mais je ne sais pas trop pourquoi. Je ne mords pas.

Tout ce temps, je jette des regards vers la porte, espérant te voir arriver. Je perds le compte du nombre de fois où je consulte mon portable ou scrute la salle à l'affût de ton visage. Je me demande si tu penses me faire une bonne blague, si ça t'amuse de m'infliger une soirée avec elles. Allez, viens voir, Clara, je suis plutôt à l'aise. J'arrive à discuter avec n'importe qui aussi facilement que toi.

Nous vidons toutes les carafes de cocktail estival, rouge-orange, que les serveurs nous apportent. L'alcool me détend, m'apaise, et j'en arrive même à me laisser aller à cette soirée, à me lancer dans les commérages au sujet de nos anciens camarades du lycée, qui a eu quatre enfants de quatre pères différents, qui perd ses cheveux, qui est devenu riche. Même Debbie commence à se dégeler. Ce n'est que quand les roses, oranges et verts des lanternes sur les tables commencent à se fondre dans une espèce de kaléidoscope que je me lève pour partir.

— Jamais de la vie ! s'exclame Sarah en regardant l'heure. Tu ne peux pas t'en aller maintenant !

Je suis surprise par la force avec laquelle elle m'attrape le bras. Elle doit voir mon étonnement, parce qu'elle relâche un peu son emprise.

— Non, mais il n'est que 22 heures ! Clara a promis de venir, tu ne dois pas l'attendre ?

Elle me conduit jusqu'à un escalier et nous descendons vers une cave dont j'ignorais l'existence.

— Allez, viens, on n'a même pas encore dansé.

Avant de pouvoir réagir, je me retrouve plongée dans les entrailles du bâtiment, où le plafond est trop proche et les basses si fortes qu'elles vibrent dans ma gorge.

— Tiens, pour toi.

C'est Debbie qui revient du bar avec un verre à shot et qui me dévisage comme si je risquais de le vider dans le yucca à côté de moi. Je bois cul sec. Tequila. Je m'étouffe à moitié. Le goût des soirées du vendredi. Tout mon corps s'enflamme. Je voudrais m'asseoir, trouver un endroit où je pourrais fermer les yeux, mais je suis entraînée sur la piste de danse, où Beyoncé chante et Sarah et Debbie remuent les hanches en agitant les bras. Mes jambes me portent, je suis le mouvement pendant je ne sais combien de temps, jusqu'à ce qu'elles renoncent à me soutenir et que moi, je renonce à cette soirée. Et à toi.

Sarah essaye de me convaincre de rester, mais sans beaucoup d'entrain cette fois.

—Je ne sais pas ce qui est arrivé à Clara, marmonne-t-elle.

—Moi non plus, mais je suis sûre que je vais finir par le découvrir. Je dois passer la nuit chez elle.

J'enfile mon manteau et je le boutonne jusqu'en haut pour supporter le froid du dehors.

—Dis-lui de m'appeler, demande Sarah, sa main collée contre son oreille comme si elle tenait un téléphone.

Le poids de son corps semble peser trop lourd sur ses pieds.

—On se revoit très vite, lance-t-elle, déposant sur mes joues des baisers de citron et tequila.

Dehors, je respire l'air froid et salé. Je t'appelle de nouveau, mais tu ne réponds pas et je longe le front de mer pour acheter des frites dans un café bleu et blanc, comme au bon vieux temps. Toutes les chaises sont sur les tables, à l'exception d'une où un couple d'adolescents est assis, main dans la main, s'embrassant dans le cou, les yeux lourds d'alcool. Le type qui sert n'est pas beaucoup plus âgé qu'eux. Lui ne doit pas avoir de petite amie. Sa peau est grêlée et des gros points blancs enlaidissent son visage. Pas sa faute, je sais, mais ce n'est pas le genre d'image qu'on a envie de voir quand on s'apprête à manger. J'essaye de commander sans trop le regarder, mais je jette tout de même un coup d'œil pour m'assurer que ses mains ne touchent pas mes frites. Après avoir payé, je les emporte dehors et m'assois sur un banc, où le vent qui souffle fort me dégrise. Je reste là jusqu'à ce que mes doigts s'engourdissent de froid. Je me lève, j'enfile mes gants et resserre mon écharpe. Je n'ai fait que quelques pas quand je remarque un homme sur le banc d'à côté, avec pour compagnie un chien, une canette de Carlsberg et un sac de couchage. Ses chaussures sont abîmées, ses cheveux gris et en désordre. Je n'arrive pas à lui donner d'âge. Peut-être soixante ans, peut-être bien moins. Il est sans doute assez vieux pour être mon père, mais je me souviens que je n'ai aucune idée de l'âge de mon père, ni même s'il est encore en vie. Une profonde tristesse s'empare de moi. Dans mon sac, je prends mon portefeuille. J'y trouve deux billets de vingt livres. J'en sors un et me racle la gorge pour qu'il sente ma présence. Il lève les yeux. Je le lui tends et continue à marcher. Je suis déjà loin quand il comprend ce que je lui ai donné et qu'il hurle contre le vent : « Dieu vous bénisse. » J'agite une main en l'air sans me retourner.

Les bars déversent leurs cargaisons de fêtards au milieu des bennes à ordures prêtes à être ramassées par les éboueurs. Des filles en minijupes se balancent sur leurs talons hauts, se retenant les unes aux autres pour affronter les rafales. Une voiture me dépasse, les vitres baissées, tremblant sous la puissance de la sono. Tous les taxis que je croise ont leur lumière éteinte, emportant leurs clients vers leurs foyers. Je n'essaye même pas d'en héler un. Je marche simplement, sans m'arrêter. Vers ton appartement. Brunswick Place, au numéro 25. Dernier étage. Je sonne à l'interphone et j'attends. Tu m'as invitée à rester chez toi après tout. Je veux voir si tu vas bien, mais surtout je veux être au chaud et protégée du vent de la mer qui me transperce à cet instant. Et je suis fatiguée de tout cela, Clara. Tellement fatiguée. Je sonne encore, pas de réponse. Je ne peux pas abandonner. Tu dois être chez toi. Je sonne au 27.

— Bonjour, répond une voix d'homme, impatiente.

— C'est Clara, du 25, vous pouvez me laisser entrer ?

— Où sont vos clés, bon sang ?

— C'est ma coloc qui les a, elle est à l'intérieur. Elle a dû s'endormir.

— Elle a de la chance, elle.

Tout en disant cela, il ouvre et je grimpe l'escalier. Avant, tu laissais un double de la clé sur le montant de ta porte. Je me mets sur la pointe des pieds, passe la main, mais rien. Je frappe, plusieurs fois, jusqu'à ce que je m'écroule, les genoux remontés contre ma poitrine. Je ferme les yeux.

Je me réveille un peu plus tard, le dos froid d'être restée appuyée contre le mur, les fesses douloureuses au contact du sol dur. J'arrête un taxi et lui demande de m'emmener à l'Old Ship

Hotel, parce que c'est le premier qui me vient à l'esprit.

Quand j'arrive à la réception, l'employée a des poches sous les yeux, des cheveux blonds aux racines noires et du rouge à lèvres rouge, bien trop vif pour son teint pâle. J'attends qu'elle me salue, mais comme elle ne le fait pas, je demande une chambre.

— Quel genre ? Simple, double, lits jumeaux ?

Les questions sont balancées comme des coups de feu. Elle a un fort accent d'Europe de l'Est. Je suis sur le point de répondre, mais elle enchaîne.

— Petit déjeuner ? Vous voudrez un journal ? Quel type de journal ?

— Juste une chambre.

Elle lève les yeux au ciel et soupire.

— Signez ici. Adresse. Et une carte de crédit.

Je m'exécute et elle me jette une clé magnétique sur le comptoir. Je monte ensuite dans l'ascenseur, ouvre la porte de la chambre 312 et tombe directement sur le lit. Peut-être que j'ai tourné la tête vers le réveil avant de fermer les yeux. Peut-être qu'il indiquait 1 h 21, mais je n'en suis pas sûre. Je m'endors en une seconde.

Donc, je ne t'ai pas vue ce soir-là. Je le regrette amèrement. Parce que, désormais, je sais que toi, tu m'as sûrement vue.

3

Un bruit a percé mes pensées. Une main sur mon épaule m'a secouée gentiment. J'ai entendu des mots bafouillés, mon cerveau s'est débattu pour les remettre dans l'ordre.

—Il faut que tu te prépares, Rachel. Tu passes en direct dans quelques minutes, tu seras filmée au fond de la salle de conférences.

J'ai attendu. Quelque chose a remué dans ma tête, suivi d'une explosion. Je ne pense pas avoir crié, pas à voix haute en tout cas, mais à l'intérieur, là où tout se passait. J'ai levé la tête vers la silhouette qui me dominait. Les traits familiers, le chocolat amer de ses yeux, sa mèche de cheveux qui tombait sur son front. Son air branché et pro à la fois. Jake Roberts, mon producteur. J'avais oublié sa présence, il m'était sorti de la tête, comme mon travail d'équipe avec lui. Je n'étais plus capable de fonctionner correctement.

Il m'a brandi un rectangle noir au visage.

—Va te brancher, ils seront avec toi d'ici une minute.

J'ai pris le rectangle. Le récepteur qui me reliait à l'antenne, au présentateur, qui permettait d'entendre la régie. Avec son oreillette. L'équipement que j'utilisais tous les jours pour faire mon travail.

Il voulait que je passe en direct pour parler de la disparition d'une jeune femme. Pour parler de toi.

Je ne pouvais même pas commencer à expliquer à Jake ce qui s'était passé. Le tremblement de terre qui m'avait bouleversée. Pas ici, pas une minute avant de passer à l'antenne. Comment ton visage m'a frappée comme aucun autre ne l'avait fait avant. Toutes ces femmes, ces enfants, ces mères, ces pères, ces blonds, ces bruns, souriants, hargneux, tous ces gens qui avaient tout pour vivre, mais ne vivaient plus. Des gens qui avaient été enlevés, assassinés, agressés. Je parlais d'eux à la télévision. J'exposais les détails de chaque histoire, de façon clinique, utilisant des termes comme « horrible », « affreux », « brutal ». Ils roulaient sur ma langue. Mais jamais je ne pensais vraiment aux cratères immenses qu'ils laissaient dans les vies de ceux qui restaient. Même quand leurs familles lançaient des appels désespérés avec leurs visages hantés, tout ce que je ressentais était l'ombre d'une émotion qui s'envolait au premier souffle de vent. Ce n'étaient que des faits divers dont les détails et les circonstances étaient à des années-lumière de moi. Toi, tu n'aurais pas pu être plus proche, Clara. Tu étais réelle.

—Je ne suis... pas... prête, ai-je lancé.

Je ne regardais pas Jake, je fixais l'oreillette. Ce n'était pas la mienne, elle avait été utilisée par quelqu'un d'autre, la croûte marron orange de cérumen le prouvait. Je n'arrivais pas à en détacher mes yeux.

—Je ne peux pas mettre ça dans mon oreille, regarde un peu ! hurlai-je.

— Bon Dieu, Rach, on n'a pas le temps !

Je devais déjà m'être levée à cet instant, parce que j'ai senti le cameraman qui attachait le récepteur à ma ceinture de pantalon.

— Dis-leur que je ne suis pas prête, ai-je insisté.

J'étais au bord des larmes, je me voyais déjà m'effondrer par terre et me rouler en boule sans me soucier de qui me regardait. Mais, au lieu de cela, j'ai mordu ma lèvre, cherchant à ressentir la douleur, n'importe quoi plutôt que cette anesthésie, cette paralysie. Le goût métallique dans ma bouche m'a signalé que j'avais transpercé la peau, mais je ne sentais rien.

— C'est l'info qui va faire la une.

Il m'a regardée attraper une chaise parce que j'avais besoin de m'appuyer à quelque chose de solide et j'ai entendu sa voix s'adoucir.

— Allons, qu'est-ce que tu veux que je leur dise ? Ils veulent que tu passes à l'antenne, avant que Global interviewe leur correspondant. Tu sais bien, la course à l'information et tout le tintouin...

Il m'a gratifiée d'un sourire et ensuite il s'est penché pour fouiller dans mon sac.

— Tiens, a-t-il lancé en me tendant une trousse noire qui contenait tout ce qu'il me fallait pour mon ravalement de façade obligatoire avant d'apparaître à l'écran. Passe une petite couche sur ton visage, tu ne veux quand même pas effrayer les téléspectateurs ? a-t-il plaisanté. Je vais voir si le commissaire accepte de répondre à tes questions.

J'ai pris ma trousse de ses mains et jeté un œil dans le miroir de mon poudrier. J'y ai vu des lèvres bleues sur une peau livide, gonflées là où je les avais mordues. Des lignes rouges traversaient le blanc de mes yeux. Sans réfléchir, je me suis badigeonné le visage de poudre et j'ai appliqué en tremblant un peu de blush sur mes joues. Et du rouge à lèvres aussi, mais ma main refusait de suivre les contours de ma bouche, alors j'ai tout retiré. Puis j'ai entendu des grésillements dans mon oreille. Le cameraman avait dû m'y glisser l'oreillette. J'ai pensé à la croûte de cérumen et j'ai eu un haut-le-cœur.

— C'est gentil de te joindre à nous, Rachel, a lancé la voix du régisseur.

Plus moyen de m'échapper.

— Il nous reste moins de trente secondes. Tu passes après les titres. Dis-nous quelques mots pour qu'on règle le son.

J'ai regardé autour de moi, espérant désespérément attirer l'attention de Jake, mais il était de l'autre côté de la pièce, en pleine conversation avec Hillary Benson et le commissaire Gunn.

— Rachel, il faut qu'on fasse les réglages, s'il te plaît, a insisté le régisseur, montant le ton, excédé. On passe à l'antenne, là.

J'étais prise au piège, devant la caméra, dans cette situation surréelle de cauchemar. Je ne pouvais plus m'enfuir. D'une façon ou d'une autre, il faudrait que j'affronte les cinq prochaines minutes.

Cinq minutes, cinq minutes, tu fais ton boulot et c'est terminé.

J'ai essayé de bouger la langue dans ma bouche pour qu'elle forme des mots, mais elle était à vif, ankylosée et elle claquait douloureusement.

J'ai pris une bouteille d'eau de mon sac pour en boire une gorgée. Tout a coulé sur mes lèvres sans pouvoir me soulager.

— Voilà pour les réglages, ai-je articulé, m'essuyant le coin de la bouche.

Et j'ai prononcé ton nom. Lentement, chaque syllabe formant un mot à elle toute seule.

— Clara O'Connor a été aperçue pour la dernière fois...

J'ai fixé l'objectif pour me concentrer. Je n'avais aucune idée de ce que j'allais dire, des questions qu'on me poserait. J'avais le souffle court, je m'efforçais de respirer calmement. J'ai pensé aux correspondants de guerre qui parlaient alors que les balles fusaient derrière leurs têtes. Comment arrivaient-ils à présenter l'information quand tout s'écroulait autour d'eux ?

S'ils peuvent le faire, alors moi aussi, j'y parviendrai.

— Super, a lancé le régisseur, interrompant le fil de mes pensées. Tu as un invité ?

Je me suis rappelé ce que venait de me dire Jake.

— Il essaye de convaincre le commissaire Gunn de répondre à mes questions, ai-je déclaré, me demandant comment je pourrais l'interroger alors qu'il nous avait déjà tout dit.

— OK, on s'adaptera alors. C'est Charlie Gregson qui est dans le studio. Avec toi dans dix secondes.

Je ne voulais parler à aucun présentateur en particulier dans le studio, mais, en tout cas, surtout pas à Charlie Gregson, un *has been* aigri dont les questions interminables n'avaient pour seul but que de se faire mousser et d'effacer le correspondant. Pas le choix. Et aussitôt, j'ai perçu la voix de Charlie dans mon oreille : « La police du Sussex affirme être très préoccupée par la disparition, depuis trois jours, d'une jeune artiste de vingt-neuf ans. Les inspecteurs pensent qu'il pourrait s'agir d'un enlèvement. Nous interrogeons Rachel Walsh, notre correspondante sur place à Brighton, pour les dernières nouvelles. Rachel, que dit la police ce matin ? »

L'instant qui a suivi s'est figé, chargé d'une tension palpable. Combien de temps cela a-t-il duré ? Assez peu pour passer pour un retard dû à la transmission satellite ? Peut-être. Je n'en sais rien, j'étais trop occupée à passer au crible les différentes réalités dans ma tête, réfléchissant à ce que j'avais le droit de dire. Ma version des événements selon laquelle tu étais malade et que tu n'étais pas venue au bar devait être mise de côté. Il me fallait exposer l'autre, celle où tu avais disparu après avoir quitté le Cantina Latina. La version officielle.

C'est alors seulement que les mots sont sortis et que j'ai prononcé ton nom comme si je ne t'avais jamais rencontrée avant. Pendant ces quelques minutes à l'antenne, toi et moi, Clara, nous sommes devenues des étrangères.

J'ai expliqué aux téléspectateurs pourquoi la police était inquiète, que ce n'était pas ton style. J'ai enchaîné tous les clichés journalistiques. Quand j'ai eu terminé, j'ai attendu, priant pour qu'on ne me pose aucune question. Mais si. On se servait de toi, Clara, pour combler le temps d'antenne.

— Et Rachel, qu'en est-il des témoins ? Elle a disparu un vendredi soir, la police doit bien évidemment s'attendre à ce que quelqu'un l'ait vue quittant le bar.

J'ai ouvert la bouche une fois de plus. *Clic clac*.

À cet instant, j'ai senti une présence à mes côtés et je me suis tournée pour voir le commissaire Gunn et Jake, tout près de lui, mais hors cadre. *Ma bouée de sauvetage*. C'est lui qui parlerait à présent, il me fallait juste trouver des questions.

— Le commissaire Gunn vient de nous rejoindre, alors je vais lui poser la question.

J'ai fait un pas pour sortir du cadre et laisser le cameraman faire un gros plan sur le commissaire. Je lui ai répété la question de Charlie. Pas le jour pour chercher à me mettre en avant.

Le commissaire hochait la tête tandis que je reformulais la question.

— Tout à fait, Rachel, a-t-il lancé, et j'ai grimacé en l'entendant m'appeler par mon prénom, un peu trop décontracté pour la télé. De nombreuses personnes ayant quitté les bars et les clubs à cette heure dans le quartier, vendredi soir, sont susceptibles d'avoir croisé une jeune femme correspondant à la description de Mlle O'Connor et nous les appelons à prendre contact avec nous. Nous avons également compris qu'elle se trouvait en compagnie d'un homme ce soir-là et nous lui demandons de se présenter au commissariat afin que nous puissions le rayer de la liste de nos suspects.

Je l'écoutais pérorer sur son ton mécanique d'officier de police tout en me demandant qui avait bien pu lui dire que tu étais avec un homme. Comment savait-il une chose pareille ?

Je lui ai posé quelques autres questions de ma liste concoctée au fil des années de reporter criminelle. Est-ce qu'ils visionnaient les films des caméras de surveillance ? (Oui.) Dans quel état d'esprit te pensaient-ils avant ta disparition ? (Aucune raison de croire que tu étais déprimée.) Et j'ai entendu la voix du régisseur dans mon oreille.

— Dernière question, Rachel, ensuite tu quittes l'antenne.

— Pourquoi pensez-vous qu'elle aurait été enlevée ? ai-je alors demandé.

J'ai vu l'expression sur le visage du commissaire Gunn changer et sa voix s'est adoucie.

— Nous avons des raisons de croire que Mlle O'Connor craignait pour sa sécurité.

Les questions se sont bousculées dans ma tête.

— On boucle, a crié le régisseur si fort que j'ai sursauté. Rends-nous l'antenne.

C'est ce que j'ai fait.

Qui te faisait peur, Clara ? Le croque-mitaine ? Redoutais-tu les ombres et des formes qui se dessinaient sur les murs la nuit ? Les victimes de violence conjugale et les témoins dans des affaires de meurtre, je comprends pourquoi ils peuvent « craindre pour leur sécurité ». Mais pas toi. Qu'est-ce qui t'effrayait, Clara ? Tu ne m'en as jamais parlé.

J'espérais que tu ne me cachais rien. Je voulais qu'on partage tous nos secrets comme avant. Mais, à cet instant, j'ai pris peu à peu conscience de l'ampleur de mon aveuglement.

Je suis restée assise un moment après avoir quitté l'antenne, faisant mine de rassembler mes affaires, mais tout ce que j'essayais d'attraper, mon carnet, ma trousse de maquillage, me glissait des mains. Mon corps était incapable d'effectuer la moindre tâche.

Autour de moi, les équipes de télévision remballaient leurs caméras, débranchaient leurs câbles et leurs micros. Les photographes téléchargeaient leurs images de toi, les producteurs hurlaient dans leurs portables à l'adresse de leur service de presse : « Corrigan... non, j'ai dit CORR-I-GAN, avec deux R. Et GUNN, deux N aussi. » Les reporters étaient assis, leurs ordinateurs sur les genoux, rédigeant déjà leurs articles pour les quotidiens du lendemain. Les roues de la machine tournaient comme si de rien n'était.

Mon portable a sonné, affichant un numéro que je n'ai pas reconnu. J'ai répondu.

— Allô !

— Rachel, je viens de te voir à la télévision, à propos de Clara. Mais qu'est-ce qui se passe, bon sang ? sifflait une voix hystérique. Quelque chose lui est arrivé ? a demandé Sarah Pitts.

Je ne me suis même pas demandé comment elle avait eu mon numéro. Je me suis éloignée de Jake et du cameraman pour m'isoler.

—Je ne sais rien de plus, ai-je répondu. La police pense qu'elle est venue au bar, ai-je murmuré dans le combiné, me sentant coupable, comme si le fait de chuchoter me rendait complice.

—Elle est venue, Rachel, c'est vrai, a reniflé Sarah en ravalant un sanglot. Juste après ton départ. Ensuite elle est partie te rejoindre. Elle a dit que tu l'avais appelée et que vous deviez vous retrouver, parce que vous vous étiez disputées au sujet de son petit ami.

Je l'ai laissée finir et j'ai écouté ses reniflements et ses étranglements. Je n'ai rien dit, parce que je ne pouvais pas parler. Je me suis contentée de tenir le téléphone d'une main et de garder l'autre devant mon visage. Pour m'assurer que j'étais bien réelle, puisque plus rien autour de moi ne l'était. Et quand j'ai vu le marron brillant de mon vernis, les veines de ma main et la pierre de lune de ma bague sur mon annulaire, j'ai réussi à me convaincre que tout cela m'arrivait bien à moi.

—Je ne lui ai pas parlé. Je n'ai pas réussi à la trouver, elle n'était pas chez elle. J'ai mangé des frites et je suis allée dans un hôtel.

Je ne pouvais prononcer que des phrases courtes, ponctuées par des pauses essoufflées. Il ne fallait surtout pas que je cède à l'hystérie.

—Mais elle t'a appelée devant nous! a insisté Sarah.

—Ce n'est pas à moi qu'elle a parlé.

—Oh, mon Dieu! Je suis peut-être la dernière personne à l'avoir vue, a lâché Sarah en pleurant de nouveau.

J'imaginais son visage, bouffi et rouge.

54

J'ai levé la tête. Jake me dominait de sa stature.

—Ils nous mettent à la porte, maintenant, Rach.

Je lui ai fait signe que je mettais fin à ma conversation.

—Sarah, il faut que j'y aille.

—J'aurais dû m'assurer qu'elle était rentrée chez elle saine et sauve…

Sa voix me suppliait de la rassurer.

—Ce n'est pas ta faute, ai-je affirmé. Je te rappelle.

Une heure plus tôt, des voitures, des couleurs et de l'herbe entouraient le commissariat de police. Tout avait été remplacé par du blanc. Du blanc sous un ciel gris. Tout était calme. La neige a ce pouvoir. Étouffer les sons. Comme si le monde était en suspens, reprenant son souffle. Je me suis dirigée vers le parking, regrettant que mes pas laissent des empreintes, que nous soyons obligés de détruire tout ce qui avait été si parfait, si pur.

Je sais ce que tu penses à ce stade de l'histoire, Clara. Pas un mot au commissaire Gunn, ni à Jake ? Pourquoi ne pas leur avoir dit que je te connaissais ? La réponse, c'est tout et rien. Je ne pouvais pas élaborer de réflexion logique. Crois-moi, c'est impossible dans ces circonstances. Peut-être pensais-je que si je me confiais à quelqu'un, tous ces événements prendraient corps. Et je n'étais pas prête pour cela, même si je l'ai regretté amèrement plus tard. J'ai fait ce qu'on attendait de moi, j'ai rédigé une version de ton histoire pour le bulletin d'information du soir, une version qui n'avait rien à voir avec la mienne. Et une fois que je l'ai eu terminée, nous l'avons envoyée à Londres par satellite. Toutes ces foutaises que les gens mettent dans leurs CV, le calme même sous la pression, le professionnalisme, pour moi, c'était vrai ce jour-là, même si j'étais bien consciente que ce n'était pas ce qu'on entendait en général par cela.

Les trains pour Londres ont été annulés, et Jake s'est retrouvé dans ma voiture, cet après-midi-là. Nous étions tous les deux pressés de fuir Brighton. Mais, avec un peu de lucidité, nous aurions vu que c'était peine perdue. La circulation autour de Old Steine n'avançait pas d'un pouce depuis des heures, les pots d'échappement libérant pour rien leur fumée toxique dans le froid. Le jour tombait, et, dehors, on n'apercevait plus que quelques silhouettes penchées sous le vent qui couraient pour retrouver leurs maisons. J'ai examiné le Pavillon, me disant que ses lignes exotiques semblaient si déplacées et mélancoliques qu'elles auraient aussi bien pu avoir été apportées d'Orient par une tempête.

En fin de compte, c'est la radio qui nous a permis de nous rendre à l'évidence. L'accès à la A23 pour sortir de Brighton était fermé à cause d'importantes chutes de neige.

— Je vais appeler Robbie, a lancé Jake, et j'ai acquiescé d'un hochement de tête.

Tu te souviens du jeu auquel on jouait, Clara ? Celui de l'hyperpuissance.

— Si tu pouvais faire tout ce que tu voulais, Rach, je veux dire, absolument tout, qu'est-ce que tu choisirais ? demandais-tu.

— Je volerais, c'est ça que je ferais, répondais-je chaque fois. Parfois la nuit, j'imagine que je vole. Je monte au-dessus des toits, je vais partout où je veux.

— Tu ne voudrais pas être invisible, ou voir dans l'avenir ? Envisager les différentes possibilités ? disais-tu pour enflammer ma curiosité.

Mais je n'ai jamais eu envie de voir dans l'avenir. Le pouvoir de m'envoler et de m'enfuir, de chez moi, de ma mère, des pestes de l'école, c'était tout ce que je voulais.

J'aurais aimé pouvoir m'envoler, ce jour-là, loin de la grisaille qui planait sur moi, au-dessus des collines recouvertes de neige. Loin de toi, loin de ce qui se passait.

Avec Jake, nous avons pris des chambres dans un hôtel, un de ceux qui veulent avoir du charme tout en appartenant à une chaîne. C'était le genre d'endroit où j'aurais pu venir avec Jonny, pas avec un collègue. Fauteuils en velours et lumière douce. Mais j'appréciais le confort, le parfum délicieux du feu dans la cheminée du salon. J'ai pris plusieurs grandes inspirations et j'ai fermé les yeux pour oublier cette journée.

Des rires me sont parvenus de l'autre bout de la pièce, légers et coquins. J'ai levé la tête et aperçu deux femmes. L'une d'elles avait une bonne vingtaine d'années, sans doute pas beaucoup moins que moi. Soignée à la façon des femmes de footballeurs. Du gloss pastel sur les lèvres, de longs cheveux blonds, lissés. La femme à côté d'elle avait la même mâchoire et les mêmes yeux en amande, mais ses traits commençaient à s'affaisser avec l'âge. Mère et fille. Je me suis demandé ce qu'on ressentait à regarder quelqu'un et se voir trente ans plus tard. Cela ne m'arrivera jamais, Clara. L'image que je garde de Niamh Walsh sera pour toujours figée en 1997, dans mon album de souvenirs.

J'ai observé la plus jeune repousser les cheveux de son visage. Et l'énorme diamant qu'elle portait au doigt a réfléchi la lumière des bougies pour me faire un clin d'œil. J'ai pensé à Jonny et à l'avenir auquel il m'avait permis de croire. J'ai sorti mon portable de mon sac pour l'appeler. S'il répondait, me suis-je dit, c'était le signe que tout allait bien. J'ai composé le numéro. Direct sur le répondeur.

— Appelle-moi dès que tu entendras ce message, ai-je dit, parlant dans le vide. Je t'aime.

— Tu es sûre que tu ne veux pas en boire un ? m'a demandé Jake en revenant du bar, versant d'une bouteille un liquide pourpre dans deux grands verres.

— On a tous des jours sans, ai-je prétexté en caressant mon portable.

— Pas la grande Rachel Walsh. Ne me dis pas que tu es vraiment un être humain ?

— Va te faire foutre, Jake.

58

Il s'est penché sur la table pour me toucher. Un contact chaud sur ma peau froide.

— Je me disais que tu avais peut-être été effrayée par un autre mail, ou une lettre.

— Je n'en ai plus eu depuis une semaine, ai-je répondu.

Je ne voulais pas penser à cela, me charger d'un autre problème pour aujourd'hui.

— Allez, regarde le bon côté des choses, tu es coincée dans la ville où tu as grandi, au moins tu peux en profiter pour aller voir des amis.

— Si seulement c'était possible, ai-je lancé, mais il ne m'a pas entendue, le barman s'étant approché pour prendre nos commandes.

— Vous ne pourriez pas allumer la télé, pour les infos au moins ? a demandé Jake.

Le barman a scruté la pièce pratiquement vide et a hoché la tête.

— Il faudra que j'éteigne après, en revanche, a-t-il répondu sans donner de raison.

Tu apparaissais dans les gros titres, Clara. Cette photo encore. J'ai détourné le regard quand je l'ai vue. Mais ce n'était pas toi le sujet principal. Tu arrivais en deuxième position. J'ai entendu les mots « chasse à l'homme », « jeune artiste », et ensuite ma voix a résonné, ou du moins sa version passée par le filtre de la télévision.

— C'est parti ! s'est exclamé Jake, comme si on s'apprêtait à faire un tour sur les montagnes russes.

Je ne voulais pas regarder. Cette photo de toi, je ne voulais plus jamais la voir. J'ai joué avec les bougies sur la table, trempant mon petit doigt dans la cire pour la gratter ensuite. Ce n'est que quand je me suis entendue dire « Rachel Walsh, National News Network, Brighton », que j'ai levé les yeux vers l'écran.

— Pas de quoi remporter le prix du reporter de l'année, mais efficace, a affirmé Jake en approchant son verre du mien pour trinquer.

Nous avons dîné en silence, et ensuite, appuyée contre le dossier de ma chaise, je me suis sentie envahie par une sensation de calme. Le lendemain matin, tu reviendrais. C'était le genre de chose qui arrivait aux autres. Pas à nous.

Le bip de mon portable a interrompu mes pensées. Un sourire s'est dessiné sur mon visage. Un message de Jonny, j'en étais sûre. Tout irait bien. Un numéro de fixe, normal puisqu'il était en Afghanistan.

Je l'ai ouvert.

J'ai lu :

```
Tu veux sa mort ?
```

J'ai relu les mots encore et encore. Une douleur fulgurante m'a poignardée entre les yeux. Le téléphone était chaud, trop chaud, et il me brûlait la main. Je l'ai jeté sur la table, surprenant Jake.

— Qu'est-ce qui se passe ? a-t-il demandé.

Je n'ai rien dit. L'expression sur mon visage lui a suffi pour comprendre.

Il a soulevé l'appareil.

— Mais qu'est-ce que ça veut dire, cette merde ? s'est-il écrié, la mâchoire crispée. C'est lui ?

—Je ne..., ai-je bredouillé avec difficulté. Comment aurait-il eu mon numéro ? ai-je demandé, consciente que ni lui ni moi n'avions la réponse.

La définition de « traquer » dans le dictionnaire est la suivante : « Harceler ou persécuter quelqu'un par une attention non désirée et obsessionnelle. » Eh bien, ce qui est sûr, c'est que Bob avait fait de moi le centre de son attention obsessionnelle, mais je ne peux pas dire que je me suis jamais sentie persécutée. Et il ne s'appelait pas Bob, comme tu le sais, Clara, même si je ne crois pas t'avoir expliqué pourquoi je lui avais donné un nom et ce nom en particulier. A) Parce que avec un nom naissent une personnalité et un visage, et quand on connaît quelqu'un, on en a moins peur. B) Bob est un prénom tout doux, d'un gentil grand-père, avec un pull en laine et sa pipe, et je n'ai aucune raison de craindre un personnage pareil. C) Je n'ai jamais lu aucune histoire dans laquelle un Bob était un violeur ou un assassin, ce qui l'aurait disqualifié en tant que bon vieux grand-père au pull en laine de mon imaginaire. Tu m'as mise en garde, m'a conseillée de le prendre plus au sérieux. Mais je le voyais habitant en banlieue, passant ses journées devant la télé, avec sa mèche rabattue sur le crâne. Et quand il se lassait de regarder toujours les mêmes émissions et qu'il prenait conscience qu'il n'avait, et n'aurait jamais, personne à qui parler, il écrivait des lettres et des e-mails à des gens qui pénétraient dans son salon tous les soirs. Il voulait croire qu'ils étaient ses amis. Un jour, il m'a demandé de fumer un cigare avec lui, parce que j'avais l'air du genre de filles « qui aiment ça ». Et quand il voulait plus qu'un peu de conversation, il me demandait de « lire les nouvelles habillée en cuir ». Franchement, un homme de son âge… Une lettre par jour, quelques e-mails. Mais vraiment inoffensif, sans conséquence, non ? J'ai quand même suivi la procédure, j'ai signalé sa correspondance à la directrice des ressources humaines, Haley, qui a affiché un air grave et m'a fait la leçon en me tendant une brochure qui m'expliquait que je ne devais pas rentrer seule chez moi si je pensais être suivie. Mais j'étais sûre que Bob ne ferait jamais ça.

À présent, je ne savais plus quoi penser. Avec un texto, il avait franchi la limite. Quand je fermais les yeux, je ne pouvais plus me le représenter, il avait disparu dans les brumes.

La fatigue m'a envahie. Il fallait que la journée se finisse. J'ai souhaité bonne nuit à Jake et suis montée dans ma chambre. À l'intérieur, on se serait cru dans un frigo, l'air conditionné allumé en janvier, va savoir pourquoi. J'ai trouvé une couverture supplémentaire dans l'armoire et me suis blottie sous la couette. Elle était glacée et rêche. J'étais plongée dans le noir, à cause des gros rideaux qui empêchaient la lumière des lampadaires de s'insinuer dans la pièce. J'ai fermé les yeux et attendu que le sommeil efface mes pensées, mais, au lieu de cela, des images, des couleurs et des lueurs tournoyaient dans ma tête, à toute vitesse. La bobine d'un film qui défilait et aucun bouton pour l'arrêter ou mettre sur pause. Nous étions les personnages principaux de l'histoire, Clara, toi et moi. Encore et encore, nous apparaissions sur l'écran de mon imagination. Mais, attends, elle tournait en arrière, nous ramenant à une époque où nos visages étaient plus heureux et nos sourires plus innocents. Finalement, elle s'est arrêtée. Au début. Le jour de notre première rencontre.

4

Septembre 1993

— Alors, qui a une place libre à côté de lui ? demande Mme Brackley, un bras autour de mes épaules.

Ils font tous ça. C'est ce que je déteste le plus, être la petite nouvelle.

Deux filles lèvent lentement la main.

— Elle peut s'asseoir à côté de Gareth, madame, dit l'une d'elles.

— Si la puanteur de ses pets ne la dérange pas, ajoute un garçon, déclenchant l'hilarité générale.

J'essaye de me blinder. C'est comme ça que j'affronte ces classes qui se ressemblent toutes et ont toutes la même odeur. J'ai quatorze ans maintenant et Niamh m'a promis que c'est la dernière fois que nous déménageons, mais c'est ce qu'elle dit toujours. Alors, pourquoi la croirais-je cette fois ?

Mes yeux sont attirés par une fille au fond de la classe, qui ne rit pas. Elle a l'air plus âgée que les autres, agacée par leur comportement, sereine. Une bulle de calme l'entoure. Elle est jolie. Non, pas jolie ; je la trouve belle. Je suis son regard qui se déplace, songeur, du bureau à la fenêtre, comme si elle savait que rien de tout cela n'a d'importance, parce que des événements bien plus cruciaux l'attendent ailleurs.

— Assez ri, James, gronde Mme Brackley, le bras brandi dans l'air comme si ce geste avait le pouvoir d'étouffer les rires.

Son visage luit, humide de la chaleur de la classe, et ses joues sont rouge vif. Elle porte une chemise rayée en satin, rouge, marron et jaune et des auréoles de transpiration se dessinent sous ses aisselles. À travers la fenêtre, j'aperçois le soleil de septembre, bas dans le ciel, posé sur le toit du local à vélos et rayonnant sur la cour de récréation. Je plisse les yeux.

— Rachel, dit-elle en se tournant vers moi, et un parfum de thé et de biscuits me saisit à la gorge.

Inconsciemment, je cherche la marque des biscuits. Niamh dit que j'ai un odorat incroyable. Mais je n'en suis pas aussi sûre, je pense que tout le monde sent quand elle a bu.

— Je vais te laisser choisir où tu as envie de t'asseoir. Il reste deux places devant, me dit-elle en me les montrant. Ou une au fond.

Avant même qu'elle finisse sa phrase, je sais que le choix n'existe pas pour moi. Comme un aimant, je suis attirée vers la fille, au fond de la classe, aspirée dans son champ de force.

Avec mon cartable sur le dos, je marche vers toi, consciente des trente paires d'yeux qui suivent mes pas. Un ricanement m'accompagne alors que je pose mon sac sur le pupitre à côté de toi. Je ne comprends pas pourquoi ils rient, mais je ne m'attarde pas sur la question, je suis trop occupée à te regarder. Tes cheveux sont marron et épais, attachés derrière ta tête, mais pas assez serrés, si bien que quelques mèches tombent sur ton visage.

— Clara, t'interpelle Mme Brackley, et c'est seulement là que tu lèves les yeux. Je suis sûre que tu vas faire en sorte de mettre Rachel à l'aise.

Je n'avais jamais connu de Clara avant, je m'étais attendue à une Sarah, une Louise ou une Helen, comme toutes les autres filles. Mais je me suis alors dit que ces prénoms auraient été trop communs pour toi. Clara te va mieux.

— Bien, les enfants, sortez vos livres. Nous étudions *Beaucoup de bruit pour rien*. Reprenons où nous nous sommes arrêtés la semaine dernière.

Un grognement collectif agite la classe, mais pas toi, tu n'émets pas un seul son.

— Clara, il faut que tu partages ton livre avec Rachel pour l'instant.

Enfin, tu te tournes pour me regarder et je suis frappée par tes yeux, la façon dont leur bleu me transperce. Je réprime l'envie de sourire, parce que tu ne souris pas. Tu me jauges, je pense, et instinctivement je veux réussir ce test que tu m'imposes. Alors je soutiens ton regard et nous restons immobiles, sans sourciller, figées dans un instant qui semble devoir durer toujours, aucune des deux ne voulant y renoncer. Et soudain, comme si nous l'avions synchronisé, nos yeux se ferment en même temps, et quand j'ouvre les miens, je vois que tout ton visage s'est éclairé d'un sourire radieux et que le bleu de tes yeux scintille et miroite comme de l'eau. Je ne comprends rien à l'étrange alchimie de l'amitié, mais je sais que ce regard intense a scellé nos vies. Une vague d'excitation, de possibilités me traverse et, soudain, les ricanements et l'embarras d'être la petite nouvelle s'envolent comme s'ils n'avaient jamais existé.

Tu te penches vers ton sac pour en sortir *Beaucoup de bruit pour rien*. Plutôt que de le poser sur la table, tu le laisses sur tes genoux et me donnes un petit coup de coude. Je baisse la tête et je vois deux bonbons à la framboise, cachés entre les pages. Tu en prends un et déposes l'autre dans la paume de ma main. On ouvre le papier sans bruit, pendant que Mme Brackley a le dos tourné, et, vite, on les glisse dans nos bouches, l'arôme de framboise nous enveloppant comme un nuage.

— C'est mon goût préféré, chuchotes-tu à mon oreille.

Je le savais, parce que c'est aussi le mien.

À la récréation, personne ne crie : « Rachel, viens avec nous. » Tous les enfants filent sans même un regard vers moi. L'attrait de la nouveauté se dissipe rapidement. Mais je m'en fiche. Tu tournes la tête pour voir si je suis à côté de toi. Je suis là, et nous avançons, nos pas se répondant comme s'ils l'avaient toujours fait.

— C'est ma mère qui a décidé de venir habiter ici, je lance, alors qu'on s'arrête pour s'asseoir sur le muret qui sépare le terrain de jeux de la cour de récréation.

— La mer ne te manquait pas à Londres ? Je détesterais ne pas pouvoir me balader le long de la mer et entendre le fracas des vagues.

Tu fermes les yeux, comme pour les écouter rugir au loin. Je lève la tête et aperçois les mouettes au-dessus de nous, qui se posent pour venir piquer leurs becs dans les sachets de chips vides ou les emballages de chocolat.

— Je n'ai jamais habité au bord de la mer, alors ça ne m'a jamais manqué. Et ma tante habite ici, nous lui rendions visite de temps en temps.

Je repense à nos rencontres avec Laura, à l'humeur de Niamh après. Elle ne m'adressait plus la parole, ou, pire, me criait dessus pour rien.

Je te raconte qu'on a beaucoup déménagé, parce que Niamh avait besoin de « changer d'air », ce qui, en d'autres termes, signifie fuir ses erreurs. *Combien de temps avant que nous remballions de nouveau nos affaires* ? je songe.

— Elle a dit qu'on ne partirait plus d'ici. Elle a dit qu'on restait pour toujours.

— Et tu la crois ? me demandes-tu en sortant de ta poche un paquet de chips aux crevettes et en en prenant une. Sers-toi.

J'obéis.

— J'ai déjà été dans cinq écoles différentes et chaque fois c'était la dernière. Qu'est-ce que tu en penses ?

— Je pense que ta mère est une menteuse.

Tu ris en mastiquant et je fais de même.

On reste assises là, à manger nos chips pendant que les enfants jouent autour de nous. Je reconnais un groupe de filles que j'ai vues dans la classe, toutes en jambes et minijupes, et deux garçons aux cheveux gras. Ils te regardent et ensuite tournent la tête vers moi en murmurant.

— Tes amis ? je demande, même si je connais déjà la réponse.

— Non, pas vraiment, me dis-tu, alors qu'un des garçons du groupe avance vers toi, le torse bombé comme s'il voulait t'impressionner.

— Tu as pitié de la nouvelle, Clara ? t'interroge-t-il, comme s'il n'avait même pas vu que j'étais à côté de toi.

Son ton m'indique qu'il essaye d'avoir l'air cool, mais son visage écarlate le trahit. Une tentative minable de séduction adolescente.

Tu lui adresses un sourire, et je me surprends à trembler. Je crains d'avoir mal interprété ton invitation à m'offrir ton amitié. Je me prépare à ce que tu te moques de moi avec eux, je suis prête à me faire toute petite et à me cacher dans un coin de la cour.

— Elle s'appelle Rachel, dis-tu, toujours le sourire aux lèvres. Mais, comme on est amies, maintenant, je l'appelle Rach.

Et tu lui tournes le dos pour me proposer des chips.

Le garçon devient encore plus rouge. Il se plante devant nous pendant un moment encore, ne sachant comment réagir. Tu l'as rembarré avec tellement de désinvolture qu'il ne sait plus comment ne pas perdre la face.

— T'as vraiment pas besoin de ça, me crie-t-il en me frappant la main pour envoyer valser les chips que je venais de prendre.

Il pouffe de rire en repartant en courant vers le reste du groupe. Mais, même moi, je peux voir que sa victoire n'en est pas une.

Tu hausses les épaules et secoues la tête, comme s'il ne méritait que le mépris.

— C'était qui ? je te demande.

— James Redfern, le bouffon de la classe. T'inquiète pas pour lui, assures-tu en posant une main sur mon genou et en pressant doucement.

C'est alors que je comprends les ricanements que j'ai provoqués en décidant de m'asseoir à côté de toi. Je comprends que tout le monde dans la classe voudrait être ton ami, mais que tu préfères garder tes distances. Et là, je débarque, la petite grosse, la rouquine, et j'ose tenter ma chance. Ils s'attendaient à ce que tu m'ignores et me rejettes. Mais, au lieu de cela, j'ai réussi là où ils ont échoué. Je ne sais pas pourquoi, mais ce que je sais, c'est que je n'arrive pas à décrocher le sourire de mon visage.

Quelques jours plus tard, tu m'expliques que tu es plus âgée que les autres élèves de la classe, parce que tu as dû redoubler une année. Quand je te demande pourquoi, tu réponds « comme ça ». Je n'insiste pas, je ne veux pas te contrarier, nous contrarier. Je suis plus heureuse que jamais. C'est comme si quelqu'un avait mis des couleurs dans ma vie. Ce n'est pas facile à expliquer, j'ai l'impression que tu as toujours été là, à m'attendre. Comme si nous, c'était une évidence. Pour la première fois, j'ai quelqu'un de mon côté, qui me comprend, rit avec moi. Me protège.

71

Nous nous connaissons depuis huit semaines. Nous aimons toutes les deux le groupe pop Take That, même si nous nous disputons pour savoir qui va épouser Robbie, et c'est toujours toi qui gagnes. On déteste toutes les deux le gratin de macaronis, surtout celui de la cantine qui est gris et aqueux et qui ressemble à un nid d'asticots. Et on déteste le sport. Le trampoline, autour duquel toutes les autres filles doivent se tenir prêtes en cas de chute, mais préfèrent rire à l'idée qu'on se fracasse le crâne sur le sol en béton. Ou le basket parce qu'on me pousse tout le temps. Mais, surtout, j'ai horreur de me changer devant les autres filles de la classe. Elles se moquent de ma pâleur, de mes taches de rousseur et de mes poils pubiens roux ; de mes grosses cuisses, des bourrelets sur mon ventre. Et ça ne sert à rien d'oublier sa tenue, parce que alors on doit en emprunter une dans les objets trouvés, qui sent la naphtaline et ajoute encore au ridicule.

Alors, quand tu m'appelles un dimanche, je saute de joie, impatiente de savoir quel est ton plan.

— J'ai trouvé, Rach, on va pouvoir sécher les cours de gym. Je t'expliquerai demain, promis, conclus-tu d'une voix mystérieuse.

À la pause le lendemain, on part s'asseoir tout au bout du terrain, laissant derrière nous le fumet de la viande rôtie dans la cour. Nous sommes en novembre et le sol est dur et froid, mais le soleil nous réchauffe quand il échappe aux nuages. Je t'ai suppliée toute la matinée de me dire ce que tu avais dans la tête, mais je pense que tu savoures le suspense que tu crées.

— Allez, s'il te plaît ! Dis-moi enfin ton plan génial !

— Tout d'abord, tu dois me dire si tu te crois vraiment courageuse.

Tu déboutonnes ton caban rouge et tu le retires.

Je ne vois pas le rapport avec sécher la gym, mais je te sers tout de même ce que je pense être la bonne réponse.

— S'il le faut, je suis prête à faire n'importe quoi.

— Très bien, c'est ce que je voulais entendre, Rachel Walsh, dis-tu, et tu pousses mon coude pour me faire tomber dans l'herbe.

Ensuite, tu jettes ton manteau sur moi. Je me redresse et te regarde enlever une chaussure, un escarpin noir avec un petit talon.

— Eh, qu'est-ce que tu fais ? Un strip-tease ?

— Tiens, tu vas avoir besoin de ça.

Tu me passes ta chaussure.

— Tu vas bien ?

— On n'a rien sans rien, comme on dit. Il faut qu'on se casse quelque chose, et le poignet c'est le plus simple, même un petit coup dessus suffira. Six semaines dans le plâtre. Plus de sport.

Je pense que tu dérailles complètement et tu dois le lire sur mon visage.

— Mon père est médecin, tu te souviens. Il sait ces choses-là, lances-tu comme si ça justifiait tout.

J'ai rencontré ton père pour la première fois un samedi. Il m'a ouvert la porte, dans son tee-shirt de surfer, son short et ses claquettes, le visage et les bras bronzés. J'ai pensé qu'il était trop jeune pour être ton père, jusqu'à ce qu'il ouvre la bouche pour parler.

— Tu dois être Rachel. Moi, c'est Simon, le père de Clara, a-t-il lancé avec le plus chaleureux des sourires que j'aie jamais reçus. Entre, entre, je prépare le brunch.

J'imaginais que le brunch devait s'intégrer entre le petit déjeuner et le déjeuner, mais je ne voulais pas avouer que je n'en avais jamais mangé avant, alors je me suis contentée de le suivre dans la cuisine où tu étais installée. Je t'ai vue assise sur un tabouret devant l'immense bar, un verre de jus d'orange devant toi, balançant les jambes et chantonnant à l'unisson avec la radio. Un tableau du parfait week-end.

— Elle a des goûts affreux en matière de musique, a-t-il plaisanté dans un clin d'œil. J'espère que les tiens sont meilleurs, Rachel.

Tu as pris une clémentine dans le bol de fruits et tu l'as jetée dans sa direction. Mais il t'a vue venir et il l'a attrapée d'une main.

— Bien essayé, Clar, t'a-t-il taquiné avant de recommencer à battre ses œufs. Vous avez faim, les filles ? Je prépare mes fameux beignets de maïs ! s'est-il exclamé, et je me dis que ton père est une vraie révélation pour moi.

Je n'arrive pas à croire qu'il a pu te conseiller un moyen pour te faire du mal.

— Tu veux dire qu'il t'a expliqué comment te casser le poignet pour éviter les cours de gym ?

— Non, mais je lui ai posé quelques questions, comme ça, en passant, et il ne se doute de rien.

Tu me prends la chaussure des mains.

— Il faut frapper ici.

Tu approches doucement le talon de ton poignet.

— Le truc, c'est que je ne peux pas y arriver seule. Toi, tu le fais pour moi et après je te le fais.

Tu lances ça comme si tu proposais qu'on se maquille ou qu'on se coiffe. Quelque chose d'anodin. Pas se servir d'une chaussure pour écrabouiller le poignet de ton amie.

— Tu ne trouves pas que ça va un peu loin ?

— Ça va faire un peu mal, Rachel, rien de plus. Je te frappe la main gauche si tu as des scrupules, comme ça, tu pourras toujours rédiger tes dissertations.

Tu me recolles la chaussure dans la main.

— Je veux le faire, même si toi, tu n'en as pas envie, alors, s'il te plaît, fais-le pour moi. Vois-le comme un acte initiatique de notre amitié.

Tu te jettes en arrière et éclates de rire. Quand tu te redresses, tes yeux pétillent d'intensité et de fougue.

— Allez, je compte jusqu'à trois.

— Je… je ne… veux pas…

— S'il te plaît, pour moi ! implores-tu. Fais-le pour moi !

Et j'entends : « un… deux… » et tes yeux ne me lâchent pas, attendant que je m'exécute et je sais qu'il le faut, sinon plus rien ne sera jamais pareil. « … trois. » Je soulève la chaussure au-dessus de ma tête et la frappe violemment sur ton poignet. Je ferme les yeux quand je sens ton os exploser, comme une pierre. Tu t'écroules dans l'herbe et laisses échapper un hurlement déchirant. Je jette l'escarpin à terre pour m'élancer à ton secours.

—Ça va, Clara ? Mon Dieu, il faut te ramener à l'intérieur !

—Bien sûr que ça ne va pas ! Tu viens de me casser le poignet ! lâches-tu enfin.

Tu ris et tu pleures en même temps, et dans tes yeux des étincelles clignotent furieusement. J'ai peur que la douleur te rende folle.

—Viens.

J'essaye de te relever.

—Ton tour maintenant, dis-tu en m'attirant au sol avec ton bras valide.

—Clara, franchement, c'était une mauvaise idée, tu n'es pas sérieuse…

—On a passé un marché, n'oublie pas.

Je ne me souviens pas d'avoir déjà tant hésité à honorer un marché, mais quand je vois ton visage livide et tes dents claquer, et pas à cause du froid, je sais que je te le dois bien. Je retire mon manteau et retrousse les manches de mon pull et de ma chemise.

—Voilà, je lance en regardant les taches de rousseur sur mon bras.

J'ai le poignet fin et osseux. Je l'imagine se fracasser sous la force de l'impact.

Tu me dis que je dois le poser sur l'herbe parce que tu ne peux pas le tenir avec ton bras blessé. Je t'obéis. La pelouse est froide et humide contre ma peau nue. Tu commences à compter. « Un. » Je détourne la tête et ferme les yeux le plus fort possible. «Deux.» Mon corps se tend dans l'appré-hension de la douleur. «Trois.»

J'entends d'abord le coup, le craquement d'un objet contre l'os. Puis la douleur remonte dans mon bras comme un choc électrique. Je hurle. Ton rire résonne dans mes oreilles. Il est déformé, grotesque. Je suis debout, à me tordre dans tous les sens, prête à t'insulter, quand je sens l'acide dans ma gorge. J'ai un haut-le-cœur. Je me penche en avant et vomis sur mes chaussures. Je m'essuie la bouche avec ma manche et la terre se met à tourner autour de moi. Je pense que je vais m'éva-nouir, quand je sens ta main sur mon épaule, qui me soutient. C'est la même main qui m'a cassé le poignet, mais cette fois elle est douce et rassu-rante. Je lève les yeux et je vois que tes joues ont retrouvé un peu de couleur. Tu trembles encore, mais un feu dans tes yeux les fait briller et pétiller. Renversant ma tête en arrière, je pousse un cri qui provient du tréfonds de mes entrailles. Je ne me reconnais pas, on dirait un animal et la plainte se réverbère dans les arbres. Je pourrais me perdre dans ce hurlement, son écho dans mon corps, réveillant toutes mes terminaisons nerveuses. Je pense que je n'ai jamais été aussi en vie. Je pour-rais continuer pour toujours.

Et je comprends, Clara, tout devient si clair pour moi, l'attrait de la souffrance, comme elle peut être délicieuse et chaude. Comme elle te remplit d'un pouvoir qui te rend forte et invin-cible. Comme tu dois atteindre la limite ultime pour savoir de quoi tu es capable.

Tu m'as observée en silence. Tes yeux s'ouvrent grands de surprise. Je tends mon bras valide vers toi et nous tombons à terre, nos larmes et nos rires se mêlant. On ne se parle pas. Pas besoin. Nous savons que ce que nous venons de faire nous a isolées des autres et nous a unies dans une irrésistible force magnétique.

5

Mes yeux mi-clos étaient lourds de sommeil. L'espace d'un moment, entre le rêve et la veille, j'aurais pu me trouver n'importe où. En vacances, peut-être, un ciel d'été, une piscine et une journée riche en découvertes m'attendant de l'autre côté de la fenêtre. Je me suis étiré les jambes, j'ai senti l'autre côté du lit vide, les draps toujours aussi rêches et froids, et je me suis souvenue. Pas de piscine, pas de ciel d'été. Seulement un visage. Un sourire. La photo de toi.

J'ai tendu la main vers mon téléphone, espérant désespérément voir son nom, un appel manqué, un texto. Et le tien aussi, Clara, bien sûr, je voulais voir ton nom et ton numéro. Mais j'avais plus encore besoin d'entendre la voix de Jonny, parce qu'avec lui, et seulement lui, tout irait bien. Mais tu l'avais déjà compris, n'est-ce pas?

Ma messagerie était vide. J'ai parcouru les derniers numéros reçus et j'ai trouvé celui que je cherchais. Le rire de l'autre soir avait disparu de sa voix.

— Il faut qu'on parle, Sarah, ai-je lancé.

— Je sais, a-t-elle acquiescé sur un ton pas vraiment convaincu.

79

— Je connais un café sur Black Lion Street, à l'angle, est-ce qu'on peut s'y retrouver ?

— J'y serai à 11 heures, a-t-elle promis avant de raccrocher.

Je partis en avance pour faire quelques courses. Je portais toujours les vêtements de la veille et je grelottais depuis le moment où j'avais mis les pieds dans le commissariat. Il me fallait une couche en plus pour me tenir chaud. Tandis que je m'éloignais de la côte, j'ai vu le soleil bas dans le ciel. Dessous, la mer était si délavée, si blanche que je ne pouvais distinguer où elle s'arrêtait et où le ciel commençait. Des paillettes dansaient sur l'eau. J'ai plissé les yeux et me suis fait une visière de la main. Après l'obscurité de la veille, la jetée, les immeubles, les hôtels, les gens qui se promenaient, tout paraissait plus propre, plus net sous le soleil. Mais qu'est-ce qui avait changé ? Rien n'avait changé, Clara. Ce n'était qu'un jeu de lumière. Tout n'est qu'illusion d'optique.

Des pâtisseries s'alignaient sur le comptoir, le genre avec plus de glaçage que de gâteau. J'avais faim, mais je savais que me bâfrer ferait mauvaise impression. Peut-être que Sarah a pensé la même chose. Toutes les deux, nous avons serré dans nos mains nos cafés fumants et avons secoué la tête quand le serveur nous a proposé un petit déjeuner. Sarah a baissé les yeux vers sa tasse, pour ne pas me regarder. Je m'étais attendue à ce qu'on se prenne dans les bras pour exprimer notre solidarité dans l'adversité. Pas Sarah, à l'évidence.

— Tu as eu des nouvelles ? ai-je demandé.

Et cette fois, comme hissée par une force exceptionnelle, sa tête s'est soulevée, et elle a bien voulu croiser mon regard, mais ses yeux étaient vides. Le brillant de ses cheveux et le fait qu'ils collent autant à son crâne indiquaient qu'ils avaient besoin d'être lavés. Son maquillage était un ton trop foncé pour sa peau. Je me concentrais sur une parcelle qui n'avait pas été bien étalée. Cette Sarah n'était pas la même que la fêtarde hilare et imbibée de tequila de vendredi soir.

— Non, s'est-elle contentée de lâcher.

Les poches sous ses yeux perçaient sous les couches d'anti-cernes.

J'ai scruté la salle. Presque vide. Les employés de bureau, avides de prendre leur café croissant du matin, l'avaient désertée. La seule cliente qui restait était une jeune femme d'une vingtaine d'années, en talons compensés, jupe longue qui balayait le sol et petit haut pailleté. Elle ne semblait pas à sa place avec son rouge à lèvres cerise et ses ongles roses au bout de ses longs doigts osseux. Et elle restait assise, la main sur son portable scintillant. Je me suis dit qu'elle devait être un mannequin ou une actrice et qu'elle attendait un appel.

Je me suis retournée vers Sarah, toujours penchée sur sa tasse, comme si c'était la seule chose qui lui permettait de ne pas s'écrouler.

— C'est vraiment insensé. Pourquoi est-ce que Clara est arrivée si tard dans la nuit, sans m'appeler ?

Une pointe de désespoir teintait ma voix. Je ne pouvais m'en empêcher. J'avais passé en revue différents scénarios dans ma tête toute la matinée, mais je ne trouvais toujours aucun sens à tout cela.

Sarah a fermé les yeux, comme si l'effort de se rappeler la soirée du vendredi la torturait. Je voyais bien qu'elle souffrait, alors j'ai résisté à l'envie de lui prendre la main, de l'obliger à me regarder dans les yeux et de la supplier de m'aider. *Je suis en train de mourir, Sarah.* Je me suis assise sur mes mains et j'ai attendu pendant ce qui m'a semblé une éternité, écoutant ses soupirs, l'observant essuyer ses larmes de ses doigts aux ongles rouges, avant qu'enfin elle prenne la parole.

— Clara est venue au bar, juste après ton départ. Je ne me souviens pas à quelle heure exactement.

— Tard, ai-je lancé. Je suis partie à 23 h 30, ça devait être encore après.

Je me suis revue sur la jetée à manger des frites, le froid s'infiltrant dans ma chair et toi si près de moi. Si seulement je pouvais retourner en arrière à cet instant, Clara. Je resterais prendre un autre verre, nous nous retrouverions et tout serait différent. Je retenais des larmes de frustration.

— Elle te cherchait, a dit Sarah d'un ton qui sonnait comme une accusation mais que je n'ai pas relevé, nous étions toutes les deux fatiguées, les nerfs à fleur de peau.

— C'est moi qui la cherchais. Je suis même passée à son appartement pour voir si elle allait bien.

— Tu es allée chez elle ? demanda-t-elle sur un rythme plus rapide désormais.

— Bien sûr que j'y suis allée ! Je devais passer la nuit chez elle et je m'inquiétais parce qu'elle n'avait pas répondu à mes appels. Je suis allée à pied à Brunswick Place, mais je n'ai trouvé personne et j'ai dû me résigner à prendre une chambre d'hôtel.

— Seule ?

— Tu m'as vue partir, j'étais accompagnée ?

Je n'avais pas voulu être aussi cinglante. J'ai vu une autre larme tracer un sillon dans son fond de teint.

— Désolée, me suis-je excusée.

— Pourquoi vous êtes-vous disputées ? a demandé Sarah brusquement.

Elle s'était redressée, comme si elle était prête à passer à l'action.

— Comment ?

— Clara a dit que vous aviez eu des mots. C'est ce qu'elle nous a dit quand elle est arrivée. Quel était le sujet de la dispute ?

— Je n'ai aucune idée de ce que tu racontes.

Et c'est là que j'ai compris pourquoi je ne recevais aucun réconfort de la part de Sarah, pas d'accolade, pas de parole gentille. Rien n'avait changé.

— Tu veux que je te dise ce qu'elle nous a confié ?

Techniquement, c'était une question, mais je savais qu'elle n'attendait pas de réponse.

— Elle a dit que vous vous étiez disputées au sujet d'un type, celui avec qui elle sortait.

Quelque chose a déraillé dans ma tête. Une plongée dans une autre réalité. Je me suis tournée et j'ai vu le mannequin tenir une part de gâteau au chocolat, l'évaluant. Puis, fermant les yeux, elle l'a approchée de sa bouche et a reniflé. Elle reniflait le gâteau! J'ai pensé aux jours, aux semaines, aux mois de régime strict, d'autodiscipline. Et là, elle était sur le point de céder, comme nous le faisons tous, aux élans que nous essayons de contrôler.

— Pourquoi est-ce qu'elle ne m'a pas appelée, Sarah? J'ai essayé de lui parler toute la soirée, bon sang!

— Alors vous vous êtes bien disputées?

Sarah tenait sa petite cuillère dans la main. Elle tremblait.

— Mais non, bon Dieu, on ne s'est pas disputées! Écoute, ai-je dit en me penchant vers elle, tout près de son visage, je suis descendue de Londres, vendredi, pour retrouver Clara. Il n'y a eu aucune querelle, sur rien et encore moins sur un homme. Je ne savais même pas qu'elle en fréquentait un!

— Ce n'est pas ce que tu nous as dit.

Sarah avait laissé ses cheveux sur son visage et je ne pouvais pas voir ses yeux. Elle les a lentement glissés derrière les oreilles. J'ai repêché dans mes souvenirs la conversation de vendredi soir, au sujet du gars avec qui tu sortais. Je me suis rappelé mon mensonge. Maintenant il avait des conséquences.

— Ce n'était rien. Elle m'a juste parlé d'un coup d'un soir, ai-je déclaré.

— Elle n'était pas la même, Rachel. Elle avait l'air effrayée.

Sarah ne renonçait pas. Je me suis adossée à ma chaise et j'ai fixé le rayon de soleil qui illuminait notre table. Je voyais les particules de poussière qui volaient, phosphorescentes dans l'air.

— Pourquoi est-ce que tu fais ça, Sarah, alors qu'on veut toutes les deux la même chose ? Clara est quelque part, il faut qu'on se serre les coudes pour la retrouver, pas qu'on se déchire.

Elle a haussé les épaules.

— Depuis combien de temps ça dure ? ai-je ajouté.

— De quoi tu parles ? a-t-elle demandé sur la défensive.

— Depuis combien de temps toi et Clara êtes-vous amies ? Sept, huit mois ? Est-ce qu'elle t'a vraiment tout raconté ?

— Elle m'en a dit assez.

Ce n'était clairement pas la discussion que Sarah aurait voulu avoir.

— Alors tu dois savoir où elle était ? Tu sais sûrement ce qui lui est arrivé pendant qu'elle était absente ? Parce que, si ce n'est pas le cas, tu ne peux pas vraiment la comprendre, comme moi.

— Je me fiche de savoir ce qui s'est passé avant. Je veux savoir où elle est maintenant !

— Ce n'était pas mon idée de venir à Brighton, pour vous rencontrer, toi et Debbie, ai-je dit.

Sarah a poussé un rire cynique.

— Vraiment ?

— Ce n'est pas ce que je voulais dire, me suis-je reprise. Elle voulait qu'on sorte toutes ensemble, elle voulait me voir. Et elle ne vient pas, elle arrive seulement après mon départ et elle n'appelle même pas pour me prévenir. Tu ne trouves pas ça un peu étrange ?

—Si tu le dis...

—C'est la vérité.

Je parlais plus fort que je ne l'aurais voulu, plus fort qu'il n'était convenable dans un lieu public. De frustration, parce que mes mots ne l'atteignaient pas.

Et c'est là que l'expression sur son visage a tout ravivé. Le collège, nous deux devant le prof, trempées, essoufflées et en larmes. Au loin, la sirène d'une ambulance qui se rapprochait, même si nous savions déjà qu'il était trop tard pour Lucy Redfern. Les hurlements de James, le jumeau de Lucy, qui transperçaient l'air. Sarah et moi étions sur la rive, à crier nos versions des faits à M. Payne, le prof de sport, et même si nous ne nous écoutions pas, je savais que ses mots ne correspondaient pas aux miens, ni les miens aux siens. Nous avions des couvertures sur les épaules et on nous disait de boire des petites gorgées de thé sucré, ce dont nous étions incapables, bien sûr, parce que nous tremblions comme des feuilles. Et tout ce temps, cette expression d'horreur, de stupéfaction n'a pas quitté le visage de Sarah, pendant des heures, jusqu'à ce que sa mère arrive et l'emmène dans sa Ford Escort bordeaux.

—C'était il y a très longtemps, Sarah. Un accident.

—De quoi tu parles ?

— Ne joue pas celle qui ne comprend pas. Ça n'avait rien à voir et tu le sais, ai-je affirmé.

— Bien sûr que non, Rachel.

Ses mots étaient chargés de sarcasme.

Je n'ai pas répondu. Que dire ? Elle n'avait pas oublié le passé. Y parvient-on jamais ? J'ai essayé d'y échapper aussi, mais il me rattrape toujours. Sarah a pris son manteau du dossier de sa chaise et a ramassé son sac. J'avais fini mon café, mais j'ai attendu qu'elle parte. Nous n'avions pas assez de conversation pour tenir jusqu'à la porte.

— Appelle-moi, tu sais, si tu entends quoi que ce soit, et je ferai de même de mon côté, ai-je proposé, et elle a hoché la tête. Je suis sûre qu'ils vont bientôt la retrouver.

Mais mes paroles se sont perdues dans le grondement de la machine à café. Elle avait déjà passé la porte.

Je suis retournée sur le bord de mer et j'ai suivi la route jusqu'à la jetée. De nouveau la mer, si sombre et infinie, je me suis sentie petite, insignifiante, et je me suis demandé si je dramatisais. La semaine prochaine, quand tu réapparaîtrais, je verrais cette situation pour ce qu'elle est vraiment : un drame inutile. M'accrochant à cette pensée, je marchais vers Old Steine quand j'ai vu l'affiche avec son gros titre devant le marchand de journaux :

Craintes pour la jeune femme de Brighton portée disparue.

Tu étais nulle part et partout à la fois.

J'ai couru comme une dératée jusqu'au kiosque à musique, où il n'y avait plus de magasins, plus d'affiches, plus de photos de toi. J'ai sorti mon BlackBerry et j'ai composé un numéro.

— C'est Rachel, de la NNN, ai-je dit quand il a répondu.

Une pause.

— Désolé, Rachel, j'ai les mains liées sur cette affaire. Et nous n'avons pas grand-chose de nouveau. Je vous promets, vous serez la première à être informée si ça bouge.

— C'est une amie, ai-je lancé, et j'ai entendu un sifflement entre ses dents.

— Ah, oui, c'est une amie maintenant?

Il avait appuyé le « maintenant » avec une force particulière. Mais je l'aurais cru plus surpris.

— De longue date, ai-je rétorqué.

— Quand est-ce que vous pouvez être ici?

— D'ici vingt minutes.

Ton visage décorait le mur du commissariat, tes cheveux marron qui ondulaient comme des vagues, ta peau bronzée et ces yeux, d'un bleu limpide de cristal. Tout le monde disait toujours qu'avec ton teint tu aurais dû avoir des yeux marron, et le fait qu'ils étaient bleus les rendait encore plus hypnotisants. Tu avais l'air de scruter la pièce et de sourire, satisfaite de ce que tu voyais. Parce que, dans ce bureau étouffant, il devait se trouver quinze ou vingt personnes et toutes étaient à ta recherche.

Sous ta photo, sur un tableau blanc, était affichée une frise chronologique avec des emplacements. Brunswick Place, Marine Parade, Cantina Latina, King's Road. Et plus rien. L'endroit où tu t'étais évanouie dans la nuit froide.

Plantée au milieu de la pièce, j'attendais que le commissaire termine sa conversation avec une jeune femme blonde en jean et chemisier rose. Elle ne devait pas mesurer plus d'un mètre cinquante, à côté de son mètre quatre-vingt-quinze à lui. J'ai tendu l'oreille pour savoir de quoi ils parlaient. Elle avait été chargée de récupérer tous les films des caméras de surveillance de la soirée de vendredi pour t'y trouver.

La sonnerie d'un téléphone a dérangé mes pensées. J'ai regardé autour de moi pour voir si quelqu'un allait décrocher. Personne n'a bougé et il a continué à sonner encore et encore. Le bruit résonnait dans ma tête, cent fois amplifié. Ne se rendaient-ils pas compte que c'était important ? Et si quelqu'un appelait avec des informations ? Ou toi ? Mais il s'est arrêté.

Le commissaire Gunn m'a conduite vers son bureau. Jusque-là nous nous rencontrions toujours dans un vieux bar de Hove, juste après Church Road. Je l'appelais par son prénom, Roger, et je lui commandais une pinte de Poacher's Choice et un Coca light pour moi. À la troisième pinte, quand une teinte rosée alcoolisée voilait ses joues, il devenait beaucoup plus ouvert à l'idée de partager ses informations. Et ce n'était pas le seul dans la police à fonctionner ainsi. Sans cela, comment penses-tu qu'on obtiendrait nos scoops ? Des flics, des criminels trop bavards, la même façon de les faire parler. La flatterie et l'alcool (et bien sûr aussi quelques pots-de-vin en passant), et aussitôt tu te retrouves inondée par les exclusivités. Ça fait partie du jeu, rester devant les autres, avoir une longueur d'avance. Se mettre les pontes de la police dans la poche permettait de contourner les procédures habituelles et les « pas de commentaire » qu'ils servaient à la pelle.

Mais, dans ce sanctuaire, je plongeais en territoire inconnu. J'ai senti ma paupière tressauter, ce qui m'arrivait toujours quand j'étais nerveuse. Le savoir a emballé mon cœur qui s'est mis à battre la chamade et j'étais à bout de souffle après seulement quelques pas jusqu'à son antre.

— Je vous en prie, a lancé le commissaire Gunn en m'indiquant une chaise.

Sa voix était guindée, formelle. Ce n'était pas un jour à l'appeler Roger.

Je me suis assise et j'ai fixé les piles de papiers et de dossiers bien rangées sur sa table de travail. De chaque côté de l'écran d'ordinateur s'alignaient des petits carrés de Post-it jaunes, presque parfaitement symétriques. À cause de la position de l'ordinateur, je ne pouvais lire ce qui était noté dessus. Un stylo Parker était placé à la parallèle du clavier, une agrafeuse juste à côté, à angle droit. La perfection de son rangement me sidérait.

C'est drôle, tu ne trouves pas, ce qu'un bureau peut révéler. En regardant les papiers, le stylo et l'agrafeuse, j'ai vu dans le commissaire Gunn un homme rongé par les aléas, les caprices de sa profession, cherchant désespérément à mettre un peu d'ordre là où il le pouvait. Ou peut-être qu'il était juste ordonné.

— Donc, a-t-il lancé, traînant sur le mot plus longtemps que nécessaire, ça a dû vous faire un choc, hier.

Il a laissé sa remarque planer dans l'air. Ma paupière a de nouveau tressauté.

— Je... je... en voyant son visage, dans la pièce... (Je n'ai pas pu finir ma phrase, j'ai essayé de me ressaisir.) J'attends toujours qu'on me dise que c'était une erreur.

Je ne suis pas sûre de savoir ce que je voulais trouver dans son visage, Clara. De l'espoir ? Du réconfort ? Je n'y ai lu aucun des deux.

Il ne me regardait pas. Ses yeux étaient rivés sur un élastique rouge qu'il tendait entre ses doigts fins et incroyablement féminins. Il avait les ongles longs, trop longs pour un homme, et ils étaient plus épais et jaunes au bout.

— Bon reportage, hier soir.

— Vous l'avez vu ? me suis-je étonnée, alors que j'avais toujours pensé que les policiers avaient mieux à faire que de regarder les infos à la télé.

— J'étais ici toute la journée, a-t-il expliqué.

Il a retiré l'élastique de ses doigts pour le ranger dans un tiroir. Il m'accordait toute son attention.

— Je n'avais pas toute ma tête. Tout s'est passé tellement vite, après la conférence de presse, je suis passée directement à l'antenne. J'ai essayé de leur dire... Je n'avais même pas conscience de ce que je racontais.

Je me suis arrêtée. Il me fixait toujours. Son regard ne me lâchait pas. Je ne savais pas où poser les yeux, alors j'ai fouillé dans mon sac pour sortir mon téléphone portable et je le lui ai tendu.

— J'étais au Cantina Latina vendredi soir. Je ne voulais pas venir, mais Clara a insisté pour que je rencontre ces filles qui étaient nos anciennes camarades au collège. Ses nouvelles amies. Et elle a envoyé ça.

J'ai montré mon téléphone qu'il avait dans la main.

— Et c'est tout, ai-je ajouté.

— Mais elle est venue, n'est-ce pas ?

Il s'appuya contre le dossier de sa chaise et posa les mains derrière sa tête, faisant remonter plus que nécessaire sa chemise sur sa bedaine. *Il vaudrait mieux qu'il ralentisse un peu sur le Poacher's Choice.*

— C'est ce que vous avez dit, mais je ne comprends pas. J'ai essayé de l'appeler toute la nuit. Pourquoi est-ce qu'elle ne m'a pas prévenue ?

Il n'a pas essayé de répliquer.

— Clara est ma meilleure amie. L'idée qu'il ait pu lui arriver quelque chose... Nous étions si proches.

Ma voix n'était qu'un filament sans relief.

— Étions ? a relevé le commissaire.

Je ne savais pas comment répondre à ça, Clara. Tu étais ma meilleure amie, tu étais une partie de moi, cela ne changerait jamais, mais nous nous étions éloignées. Je ne peux pas me voiler la face. Je ne te connaissais plus comme avant, plus en profondeur comme quand nous étions adolescentes. C'est là que j'ai décidé de raconter au commissaire Gunn ton histoire au cas où elle aurait un rapport avec ce qui arrivait. Ce n'est pas ce que tu aurais voulu, Clara, mais il aurait fini par le découvrir, et ce n'était pas le moment de garder des secrets. Tu étais portée disparue. La police devait connaître tous les détails.

— Elle est partie, quand elle avait dix-neuf ans. Pour se faire soigner.

Je m'attendais à ce que cela éveille chez lui un certain intérêt, mais son visage est resté impassible.

— Dans un hôpital psychiatrique. Elle a fait une dépression, ai-je ajouté.

Je me suis interrompue, consciente que ce que je racontais appelait des larmes. Mes larmes. Et je pouvais pleurer des heures en repensant à cette époque, mais étrangement, là, je n'y arrivais pas, alors que j'en avais tant besoin, alors que le commissaire Gunn s'attendait à ce que je m'écroule dans une mare de sanglots.

— Qu'est-ce qui a déclenché cette dépression ? a demandé le commissaire Gunn, le policier en lui cherchant comme toujours un lien de cause à effet.

Mais tout ne se passe pas forcément ainsi. Certaines choses arrivent simplement comme ça.

— Difficile à dire. Ma mère est morte et elle l'a mal pris.

— Votre mère ?

— Elles étaient très proches. Clara a très mal pris sa mort.

C'est vrai, n'est-ce pas, Clara ? Tu n'as pas supporté la mort de Niamh. Tu t'es effondrée sous le poids du chagrin.

— Elle est restée loin pendant sept ans. Enfin, pas uniquement à l'hôpital. Son père lui a payé des études à Madrid et ensuite elle a enseigné l'anglais et voyagé. Elle est revenue, il y a un an et demi environ, parce que son père était en train de mourir.

— Elle vous a paru changée ?

Qui ne change pas en sept ans ?

— Oui, elle était différente.

Il a froncé les sourcils et fait un geste de la main pour que je développe.

Tu as changé à tant de points de vue, Clara. Ce que tu disais, comment tu te comportais. Tu semblais en colère, réservée, distante. Mais, surtout, c'est l'étincelle en toi qui s'était éteinte. Je m'inquiétais pour toi, et Dieu sait que j'ai essayé de t'aider, d'améliorer la situation, mais ça ne suffisait jamais.

— C'était comme si elle était dévorée de l'intérieur, ai-je dit, consciente que le commissaire voulait une explication plus solide.

Je lui ai raconté que je m'étais rendue à ton appartement pour voir si tu allais bien, le vendredi de ta disparition, mais que tu n'avais pas répondu. Je lui ai expliqué mon errance et que j'avais dû prendre une chambre d'hôtel. Après deux heures à parler, je me suis retrouvée à court de mots, mais j'ai attendu, comme une écolière qui ne bouge pas de sa chaise avant d'être congédiée.

— Si je peux vous être d'une quelconque aide, n'hésitez pas à m'appeler, ai-je proposé, l'invitant à me libérer.

— Pourquoi n'avez-vous pas rapporté sa disparition, Rachel ? a-t-il demandé, me souriant, tel un requin s'apprêtant à foncer sur sa proie.

Question légitime. Je le vois maintenant, mais, à ce moment-là, ça m'a sciée. À vrai dire, cela ne m'a jamais traversé l'esprit que quelque chose puisse t'arriver. J'étais en colère contre toi. J'étais bornée. Je me disais que tu aurais dû m'appeler pour t'excuser de ne pas être venue.

— Clara était…

Je cherchais le bon mot.

— … tête en l'air depuis son retour. Vous avez dit hier que sa disparition ne lui ressemblait pas et vous avez raison. Je veux dire… je ne pense pas qu'elle soit restée sans donner de nouvelles comme ça plusieurs jours d'affilée avant. Mais il lui arrivait de fixer des rendez-vous et de ne pas venir, ou alors elle débarquait sans prévenir. Ses humeurs étaient imprévisibles…

Un coup à la porte m'a arrêtée. Le commissaire Gunn m'a demandé de patienter et il s'est dirigé vers l'entrée de son bureau. Je me suis tournée et j'ai vu la petite inspectrice blonde de tout à l'heure. Leur conversation chuchotée était inaudible de là où j'étais assise. Ensuite, le commissaire est revenu avec un dossier marron.

— Écoutez, si je peux aider, appelez-moi, d'accord ?

Je me suis levée, mais il a fait un geste pour me retenir.

—Vous pouvez encore faire une petite chose avant de partir.

Il a posé le dossier sur la table et en a sorti trois photos. Des images, granuleuses et sombres. Figées par des caméras de surveillance.

C'était toi dessus. Je t'ai reconnue.

Et quelqu'un d'autre.

À côté de toi.

Tu avais remonté le col de ton manteau pour te protéger du vent et ton corps était tout près du sien, comme si tu t'appuyais sur lui et le soutenais à la fois. Tu ne souriais pas. Lui non plus, et ça m'a un peu réconfortée. Ses yeux semblaient fermés, mais ça devait être la prise de vue seulement, le moment où la photo avait été faite.

—Est-ce que vous savez qui est cet homme? a demandé le commissaire.

J'ai hoché la tête, trop lourde sur mon cou. Un poing s'était enfoncé dans mon estomac.

—Oui, ai-je murmuré, si bas qu'il a dû tendre l'oreille pour m'entendre.

Qu'est-ce que j'aurais pu dire d'autre? Je me réveillais devant ce visage tous les matins depuis près de deux ans.

6

Un trou noir, profond et sans fin s'était ouvert sous moi. Mon corps s'est raidi de terreur. Je voulais m'accrocher à quelque chose pour arrêter ma chute. Je ne trouvais rien.

J'ai secoué la tête pour en faire disparaître l'image. Jonny et Clara. Clara et Jonny. Sans moi. Pourquoi ? Qu'est-ce qu'il faisait là ? Tout changeait. Tout ce à quoi je pouvais me retenir s'effondrait. Je ne savais pas ce qu'il allait me rester. Je voulais me rouler en boule et faire taire les hurlements qui résonnaient dans ma tête.

— Pourquoi pensez-vous qu'ils aient pu être ensemble, Rachel ? a demandé le commissaire Gunn.

La dureté de sa question m'a laissée sans voix. L'expression sur mon visage devait trahir tout ce qu'il avait besoin de savoir.

Comment le saurais-je, bordel ?

Je n'ai rien dit.

— Est-ce que vous avez une idée de ce que Jonny faisait là ? Vous deviez le retrouver, lui aussi ?

Il s'est penché sur son bureau pour me forcer à le regarder. Un postillon chaud a atterri sur ma joue.

— Jonny devait passer la nuit à Gatwick. Il avait un vol à prendre très tôt le lendemain matin.

— Quand est-ce que vous lui avez parlé pour la dernière fois ?

Là encore, la question était légitime. J'ai frémi en imaginant comment il réagirait à ma réponse.

— Je ne lui ai pas parlé depuis.

— Vous n'avez pas parlé à Jonny depuis la disparition de Clara ?

Le son de ton prénom dans la même phrase que celui de Jonny m'a frappée. Toi et Jonny. Jonny et toi. Le commissaire Gunn était tout rouge, des gouttes de transpiration perlaient sur sa lèvre supérieure. Il s'est léché les babines comme s'il avait senti du sang, prêt à bondir pour tuer.

— Il réalise des documentaires. Il partait en Afghanistan. Ça n'a rien d'inhabituel que je n'ai pas de nouvelles de lui pendant plusieurs jours, parfois une semaine entière, quand il tourne.

— Mais vous vous seriez attendue à ce qu'il vous appelle ?

— Non, je ne me serais pas attendue à ce qu'il m'appelle. Je viens de vous le dire, il est à l'étranger pour un tournage. En Afghanistan. Il arrive souvent qu'il n'ait pas accès à une ligne téléphonique.

Il s'enfonça sur son siège, les bras croisés. J'imaginais qu'il s'apprêtait à lancer sa prochaine offensive. Je voulais me réveiller de ce cauchemar et retrouver ma vie d'avant, celle que je menais avant ta disparition. J'ai parlé de ma voix la plus calme et la plus posée pour me défendre.

—Écoutez, Roger, je ne comprends rien à tout ce qui arrive. Pour vous dire la vérité, je meurs de peur. Hier, j'ai découvert que ma meilleure amie avait disparu et aujourd'hui vous me montrez une photo d'elle avec mon petit ami la nuit de sa disparition. Je ne sais absolument pas ce qu'ils faisaient ensemble, il aurait dû se trouver à Gatwick. Mais je suis sûre d'une chose, peu importe les apparences, vous vous trompez. Jonny ne m'aurait pas trahie et il ne ferait de mal à personne, et surtout pas à Clara. Il est très protecteur avec elle parce qu'elle est mon amie et il sait que notre histoire remonte à loin.

Je l'ai vu se pincer les lèvres et se gratter le menton. Je me suis dit que je l'avais convaincu. Il m'a regardée comme s'il avait bien enregistré mes paroles.

—Est-ce qu'ils avaient une liaison ?

—Mon Dieu ! Bien sûr que non ! Vous avez entendu ce que je viens de vous dire ?

—Je suis obligé de vous poser ces questions, Rachel. Le fait qu'on se connaisse, vous et moi, n'y change rien. Nous devons retrouver Jonny, parce que, pour le moment, c'est la dernière personne à avoir vu Clara. Je n'ai pas besoin de vous expliquer ce que cela implique.

—Alors, quand vous les aurez retrouvés, dites-leur que vous n'êtes pas le seul à vouloir des réponses, ai-je dit avec un sourire forcé pour essayer de détendre l'atmosphère, mais au moment où je prononçais ces mots, je savais qu'ils sonnaient faux.

—J'aurais aimé que ça marche comme ça, a-t-il rétorqué sans me regarder.

Il s'est levé et a fait le tour de son bureau pour s'approcher de moi, me tendant la main pour que je la serre. Sa paume était froide et moite comme du mastic. Sa poigne était trop forte.

—Je vous recontacterai, a-t-il conclu en me montrant la porte.

Devant le commissariat, je me suis appuyée contre la rambarde. Le vent hurlait depuis la mer. J'ai levé la tête pour le sentir sur mon visage, espérant qu'il me sortirait de ma stupeur. Pourquoi, pourquoi, pourquoi ? Pourquoi était-il avec Clara ? Pourquoi ne m'avais-tu pas rejointe ? La colère fusait en moi, brûlante, remontant le long de ma colonne vertébrale et descendant dans mes bras jusqu'au bout de mes doigts. L'idée que Jonny puisse me tromper avec toi était si invraisemblable qu'elle n'avait aucune place dans mon esprit. Je ne pourrais y croire qu'en le constatant de mes propres yeux. Pour l'instant, je vous avais simplement vus ensemble sur un cliché. Personne ne savait ce qui s'était passé. La police ne faisait qu'avancer des hypothèses.

Tu vois, Clara, j'avais confiance en Jonny. Je lui aurais livré ma vie, les yeux fermés. Mais toi ? Je commençais à me demander si je te connaissais vraiment. Quand tu es revenue après toutes ces années, j'ai d'abord cru qu'on reprendrait là où on s'était arrêtées. Naïvement, j'ai pensé qu'on pourrait retrouver cette proximité par la force de notre volonté. Dieu sait les efforts que j'ai déployés pour y parvenir. Je voulais être présente pour m'occuper de toi, te soutenir. Et je pensais que ça fonctionnait. Le souvenir de nous tous lors des vacances à la montagne m'est revenu. Toi, Jonny et son meilleur ami, Luke. Nous quatre ensemble pour Noël. C'était il y a un mois seulement, mais j'avais l'impression que ça remontait à un autre temps, que nous étions devenues de tout autres personnes. Nous avions passé la journée à dévaler des pentes enneigées sous un ciel nuageux, flottant sur la poudreuse. Nous étions au paradis. En arrivant en bas, nos sourires illuminaient nos visages. Nous rayonnions.

— Ma tournée, as-tu crié en retirant tes lunettes de soleil.

Ton visage était bronzé, rouge et resplendissant. La peau autour de tes yeux était blanche.

— Mon petit panda, t'ai-je taquinée.

— Tu es jalouse, parce que je t'ai battue sur les pistes, même si…

Tu m'as poussée et je suis tombée dans la neige.

— Ça se voit que tu as pas mal pratiqué pendant mon absence.

Tu t'es dirigée vers le bar et en es ressortie avec quatre grandes pintes de bière glacée.

On s'est installés sur la terrasse qui dominait la piste et offrait une vue impayable sur les montagnes dans le soleil couchant d'hiver, et on a tous trouvé que la bière n'avait jamais eu meilleur goût.

— Alors, Clara, raconte, à quoi d'autre tu peux battre Rachel ? a demandé Luke, à qui tu plaisais clairement.

—À la natation, au tennis…

—D'accord, jamais été très forte en gym à l'école, ai-je admis. Mais j'ai plus d'une corde à mon arc.

Je me suis levée et j'ai tenu ma bière devant moi.

—Ne me dis pas que tu y arrives toujours? as-tu lancé, incrédule.

—Il y a des choses qui ne se perdent pas, ai-je ri, me demandant si j'en étais encore capable.

J'ai renversé la tête en arrière et j'ai sifflé ma bière cul sec. J'ai entendu l'éclat de voix impressionné de Luke, de Jonny et le tien.

—Bon Dieu! s'est exclamé Jonny, béat et hilare à la fois. Je ne me serais jamais douté des talents cachés de ma petite amie.

—De mes années de débauche, ai-je commenté en plantant un baiser sur les lèvres de Jonny. Maintenant que je suis une vraie dame à la télé, je m'abstiens. Et pour marquer mon exploit, je pense que c'est le moment de prendre une photo de groupe.

J'ai passé mon appareil à un snowboarder à côté de moi.

—*Vous pouvez prendre une photo, s'il vous plaît*[1], ai-je demandé en français.

—Ouais, pas de problème, a-t-il répondu en anglais avec un fort accent de l'Essex qui nous a tous fait éclater de rire.

Nous nous sommes resserrés, nos lunettes sur le haut du crâne, plissant les yeux face au soleil.

_____
1. En français dans le texte.

Je me souviens que j'avais voulu graver l'instant pour toujours, empêcher que le temps ne l'efface.

En rentrant à la maison, j'avais imprimé la photo et l'avais glissée dans mon portefeuille. Je me suis mise à la regarder en m'éloignant du commissariat. Le cliché de nous quatre, sous le soleil couchant des Alpes. Mes larmes ont coulé sur le papier, enfin, et les couleurs se sont fondues les unes dans les autres. Nos visages se sont couverts de taches. Je ne pouvais pratiquement plus voir Jonny, je ne distinguais plus mes traits, mais le sourire sur ton visage n'a pas bougé.

En rentrant à l'hôtel, je l'ai rappelé, dix fois de suite. À chaque tentative, j'écoutais sa voix, espérant qu'elle s'anime en direct. Mais ce n'était que son message, figé dans le temps sur son répondeur. Je l'avais entendu si souvent que je savais exactement où il marquait des pauses, sur quels mots il insistait, et même le claquement de porte en fond sonore.

« Salut, c'est Jonny. Désolé de ne pas pouvoir répondre, laissez-moi un message et je vous rappelle dès que je peux. »

Dès que je peux. Quand me rappellerait-il ? Je n'avais jamais autant voulu parler à quelqu'un, lui déverser mes craintes pour qu'il les dissipe avec douceur. *Rach, tout va bien, je t'expliquerai.*

Ne pas savoir, cette attente… J'avais envie de m'arracher les yeux de frustration.

Nick, Luke, Sandra. C'étaient les trois noms qui ressortaient de mes contacts sur mon portable.

Les amis de Jonny et sa mère. Il fallait que je les appelle au cas où il leur aurait parlé, mais je n'étais pas prête à tout leur raconter. Je n'étais pas en état de créer une réaction en chaîne, de transmettre mes peurs et mes angoisses d'une personne à l'autre, de donner à la situation l'oxygène pour respirer, grossir et se transformer en quelque chose de bien plus sérieux que je ne l'aurais voulu.

Au bout du compte, je n'ai parlé qu'à Luke.

— Bonjour, Luke, je n'arrive pas à joindre Jonny. J'imagine qu'il ne t'a pas appelé, ai-je lancé, m'efforçant de paraître la plus légère et naturelle possible.

— Rachel… euh, non, je suis désolé, je n'ai pas eu de ses nouvelles. Écoute, je suis en plein milieu d'un travail urgent, je peux t'appeler plus tard ?

— Non, pas la peine, c'est tout ce que je voulais savoir.

Nick n'a pas décroché, je lui ai laissé un message. Et Sandra, je n'ai pas pu me résoudre à l'appeler. Pas encore.

J'ai fui Brighton ce soir-là, profitant de la courte ouverture qui s'offrait avant qu'il ne se remette à neiger. Jake a décidé de venir avec moi et j'ai été étonnée d'en être soulagée. Je ne voulais pas parler. Juste sentir une présence amicale proche de moi après les heures d'un combat acharné avec le commissaire Gunn.

— Où étais-tu passée ? a demandé Jake, alors que nous étions à peine sortis de Brighton.

Il supportait bien moins le silence que moi.

— J'ai vu deux, trois personnes.

—Je croyais que tu n'avais plus de famille.

—Je ne t'ai pas dit que tous mes amis étaient morts, si?

—Écoute, le prends pas mal, mais tu es un peu étrange depuis hier. Je sais que tu peux être une vraie plaie parfois au boulot, mais là, t'es vraiment bizarre.

Je fixais la route, mais j'entendais son sourire dans sa voix.

—Alors tu vas enfin me dire ce qui te tracasse à ce point?

—Tu ne me croirais pas si je te le disais.

—Essaie pour voir.

Quand je me suis tournée rapidement vers lui pour le regarder, je me suis dit que peut-être je pouvais. Peut-être qu'il fallait que je me décharge. C'est là que je l'ai entendu pousser un cri.

—Rachel, qu'est-ce que tu fous?

Je me souviens encore de son regard terrorisé, comme si quelque chose avait pris possession de tout son corps. Je revois encore son bras se tendre pour me montrer la route. Une voiture déboîtait de la voie d'à-côté, directement sur nous. Comment avais-je fait pour ne pas la voir, je n'en sais rien, mais j'allais trop vite pour m'arrêter. J'ai entendu le froissement du métal sur du métal, un craquement, puis le sifflement suraigu de deux voitures qui se heurtent à grande vitesse. J'ai viré à gauche. Le terre-plein central venait vers nous à cent soixante kilomètres à l'heure. Tout s'est accéléré pour ensuite se figer dans le temps. J'écrasais la pédale de frein de toutes mes forces, mais la voiture refusait d'obéir. J'ai fermé les yeux, me préparant à l'impact. Et soudain, nous nous sommes arrêtés. À un mètre environ des barrières. J'ai attendu qu'une autre voiture nous percute. Jake m'a crié de bouger. J'ai tourné la clé dans le contact, les mains tremblantes. Une douleur transperçait ma poitrine là où mon cœur battait à tout rompre. La voiture a fini par démarrer, je l'ai redressée et j'ai roulé jusqu'à la bande d'arrêt d'urgence, me disant que l'autre conducteur en ferait autant. Mais il avait disparu. J'ai laissé ma tête tomber sur le volant.

— Bon Dieu ! Qu'est-ce qui vient de se passer ?

J'ai essayé de prendre une profonde inspiration pour ralentir les battements de mon cœur, pour pouvoir enfin prononcer une parole.

— Je n'avais rien devant moi, et, tout à coup, il était là.

Ma voix est sortie déformée, comme si je parlais sous l'eau.

— J'ai vu, a confirmé Jake. L'abruti avait toute la route dégagée devant lui et il s'est élancé droit vers toi.

Je me suis essuyé les yeux et je me suis aperçue que je pleurais, et je n'en ai sangloté que plus fort. Jake a trouvé un mouchoir dans mon sac et il me l'a tendu.

— Je peux conduire sur le reste du chemin si tu veux.

J'ai hoché la tête et je suis passée à l'arrière pour qu'il puisse s'installer au volant. Je me sentais vidée, à plat, sans vie, comme une peluche sans son rembourrage. Je pleurais parce que j'avais failli mourir, je pleurais à cause de Jonny, à cause de toi. Je pleurais pour tout ça. Mais surtout je pleurais parce que je voulais que ça cesse.

T'es-tu déjà retrouvée dans un endroit où tes pensées sont calcinées ? Où la structure de ton esprit, les boulons et les vis qui le maintiennent en place, et la machinerie qui lui permet de fonctionner ont été démontés ? Je te le demande, Clara, parce que je me suis dit que je commençais à saisir grossièrement ce qui t'était arrivé à l'époque. Cette nuit, je me suis vue au bord du précipice. Je suis juste heureuse que personne ne m'ait dit que ma chute ne faisait que commencer.

J'ai déposé Jake sur Harrow Road et j'ai roulé, toute seule, jusqu'à Chamberlayne Road et vers Kensal Rise. Il avait dû neiger plus tôt dans la journée, à Londres. Des congères grises bordaient les trottoirs, mais la pluie tombait dru et bientôt elle effacerait tout. J'ai tourné sur Kempe Road et j'ai trouvé une place de stationnement à quelques pâtés de maisons seulement de mon appartement. Je ne me souviens pas d'avoir pensé à quoi que ce soit, je n'étais en tout cas sûrement pas heureuse de rentrer chez moi, parce que Jonny n'y serait pas. J'avais froid, j'étais lasse et je voulais juste dormir pour échapper à la réalité. Je voulais une pause. Et par conséquent, je ne pensais à rien, ne regardais rien, ne m'attardais sur rien de ce qui m'entourait. J'avançais juste dans l'allée qui menait à la porte d'entrée et je l'ai vue. La lumière derrière les volets blancs de notre salon. J'ai détourné le regard, parce que je n'en revenais pas. Mais, quand j'ai tourné de nouveau la tête, j'ai constaté que je ne m'étais pas trompée. Quelqu'un se trouvait dans l'appartement.

Une vague de soulagement m'a traversée. J'ai posé mon sac sur le sol et j'ai éclaté de rire tout en sanglotant jusqu'à ce que les deux se mêlent en un bruit hystérique. *Jonny est à la maison.* Je ne pensais qu'à ça, tu sais que je ne laisse jamais de lumière allumée, Clara, alors c'était forcément lui. Et j'étais si euphorique que j'ai dû crier tout haut «Jonny est à la maison» parce que Janice, ma voisine de palier, est sortie de chez elle.

— Tout va bien, Rachel?

Je me suis regardée, trempée et grelottante, j'ai hoché la tête, j'ai ramassé mon sac et je suis entrée.

— Jonny? ai-je appelé doucement, comme une question que je me serais posée à moi-même.

Il n'a pas répondu. Je suis allée dans le salon, il était vide. Les coussins étaient posés et arrangés comme je le fais toujours avant de quitter la maison: le Heal's et ses cercles verts et bleus à côté du Missoni aux bandes multicolores, et enfin le coussin blanc et noir avec un plan de Londres que je détestais, mais que Jonny adorait. Ils étaient tous en place. Rien n'avait été touché.

— Jonny? ai-je appelé de nouveau, un peu plus fort cette fois, m'élançant dans le couloir vers la cuisine.

Toutes les surfaces étaient propres et brillantes, telles que je les avais laissées. Mes plantes étaient disposées par taille sur le rebord de la fenêtre, comme toujours.

—JONNY !

Ce n'était plus une question, mais une supplique. Mon pouls battait dans ma gorge. Le soulagement que je venais de ressentir s'est transformé en une terreur froide qui grondait en moi. J'ai hurlé son nom encore et encore, mais sans réponse. J'ai couru vers la chambre. Pas de lumière. L'obscurité totale. Ma main était posée sur l'interrupteur. Je ne voulais pas regarder.

Je voulais le trouver au lit, le torse soulevé d'une respiration calme, ignorant tout de ce cauchemar. Il fallait que je le touche, que je le sente, que je m'imprègne de lui. J'avais besoin qu'il m'enlace et me serre si fort que j'en perdrais le souffle. Il fallait qu'il soit là, parce que, s'il ne l'était pas, ça n'allait plus du tout, ça n'irait plus jamais.

J'ai allumé la lumière, les yeux fermés.

Et je les ai ouverts.

Rien qu'un lit vide.

Ça n'irait plus jamais.

Je suis restée immobile un moment, complètement immobile. Et subitement, j'ai commencé à regarder partout à la recherche d'un signe. Quelque chose avait changé. Mes yeux scrutaient le moindre centimètre de la pièce. Draps blancs en coton tendus sur le lit, coussins posés sur les oreillers. Les livres que Jonny n'avait pas lus qui s'empilaient sur sa table de chevet. Son côté était le plus en désordre. Un verre d'eau, un carnet, des analgésiques. Rien n'avait bougé, et pourtant je sentais une différence. En un clin d'œil, j'ai compris, comme un objectif qui fait la mise au point. J'ai respiré. De grandes inspirations. C'est l'odeur qui m'a alertée. Pas celle de Jonny. Ni la mienne. Elle appartenait à quelqu'un d'autre. Et elle était récente. Mon regard m'a entraînée vers la table de nuit. Mes crèmes, de jour, de nuit, pour le corps, une bougie à la figue verte, ma senteur préférée. Des parfums, *Dolce&Gabbana* et *Light Blue*. Des tulipes dans un vase sans eau. Et une photo dans un cadre noir. Un cliché qui rendait la douce chaleur d'une soirée à Ibiza. Jonny et moi repus de soleil. J'ai plissé les yeux. Cette image était imprimée dans ma mémoire. Elle n'était plus là, quelqu'un l'avait remplacée par la photo d'une femme avec une adolescente. Les cheveux noirs de la femme lui tombaient sur le visage, recouvrant partiellement un œil. Ses taches de rousseur ressortaient plus encore sous le soleil et des rides entouraient ses yeux comme de petits ruisseaux. D'un bras, elle entourait la jeune fille dont les lèvres dessinaient un large sourire de contentement. Ce n'était pas moi, l'adolescente à côté de ma mère. Mais toi. Une photo prise une chaude journée d'été, il y a dix ans. La veille de sa mort.

7

Tu viens dîner chez moi, ce qui veut dire que tu vas rencontrer ma mère. Je n'invite pas d'amis, en général, jamais. Je ne te dis pas que tu es spéciale, je pense que tu le sais déjà. Et quand je t'ai parlé de ma mère, du fait qu'elle n'est pas comme les autres mamans, tu t'es contentée de sourire.

— Au moins, tu en as une. La mienne nous a abandonnés, mon père et moi, quand je n'étais qu'un bébé.

D'une certaine façon, ça me réconforte. Une autre chose que nous avons en commun, des mères qui n'assurent pas.

Tu es essoufflée d'avoir gravi la pente de Ditchling Road. On est en mars, mais c'est plus l'hiver que le printemps, et nous luttons contre le vent.

— On y est presque, je t'encourage, alors que nous tournons à l'angle de Dover Road.

Je m'arrête devant une maison pour chercher mes clés dans mon sac à dos.

— C'est ici? demandes-tu.

111

Je lève les yeux et je vois que je me suis arrêtée devant la maison de Mme Reagan. Le jardin propret est fraîchement désherbé et la porte rouge n'a pas la peinture qui s'écaille. Les rideaux, retenus par des embrasses, tombent parfaitement de chaque côté de la fenêtre. Je ne peux pas voir les photos qui décorent les murs et je ne suis jamais entrée chez elle, mais j'imagine que ce sont des clichés de jours d'été et d'enfants souriants. Une famille heureuse. Je secoue la tête et attrape mes clés. Elles glissent dans ma main.

— C'est un peu plus bas.

Notre porte est bleu passé, avec la peinture qui s'effrite. C'est le numéro 21, mais le 2 est tombé et les facteurs se trompent toujours. Pas de rideaux dans le salon. Niamh trouve que ça fait bourgeois, alors, à la place, on a un immense drap aux impressions ethniques qu'elle a rapporté d'Inde, il y a des années. Elle le pend à la fenêtre comme les étudiants le font dans le campus sur Lewes Road.

— On y est ! je m'exclame en remontant l'allée.

L'air est lourd et douceâtre. Certaines maisons sentent le détergent ou l'assouplissant, ou le désodorisant à la lavande, mais la mienne empeste toujours les cigarettes capiteuses que fume Niamh. Je passe la tête par la porte du salon et je la vois vautrée sur le canapé dans un caftan, les cheveux attachés avec un crayon. Elle a les yeux vitreux et elle regarde au plafond, en soufflant des ronds de fumée. Parfois j'ai l'impression que son visage s'enfonce à l'intérieur de lui-même, lorsque ses joues se creusent et que ses yeux s'affaissent dans leurs orbites, et pourtant on ne peut pas ignorer sa beauté, ou plutôt l'ombre d'une beauté depuis longtemps évanouie. Oprah passe à la télé, mais elle ne regarde pas. Son bras est tendu, la cigarette suspendue au bout de ses doigts. La cendre est prête à tomber sur le tapis.

— Bonjour, ma chériiie, dit-elle trop fort et sans me regarder.

Tu te tais, mais tu dois être étonnée d'entendre les voyelles de ma mère, qui se prolongent à l'infini contrairement aux miennes. Je ne t'ai pas expliqué qu'elle venait d'une famille huppée avec une grande maison et un cheval, n'est-ce pas ? Elle leur a balancé au visage toute leur éducation et leurs principes. Ma tante Laura m'a raconté que ma mère a dit à leurs parents qu'elle n'avait pas besoin de leur argent. Elle me fait bien rire, maintenant, son arrogance de petite fille riche.

— On va se servir un verre, je lui dis.

Elle ne tourne pas la tête, elle me congédie juste d'un geste de la main comme si j'étais de la fumée de cigarette dans ses yeux.

Tu ne dis rien, comme si l'attitude de Niamh t'avait troublée, et je commence à regretter de t'avoir invitée. Et si tu allais rapporter à tout le monde que ma mère est une tarée ? Je frémis en pensant à la honte que j'éprouverais.

Dans la cuisine, la table du petit déjeuner n'est pas encore débarrassée, les restes de mes Weetabix du matin se sont solidifiés dans mon bol. Je mets tout dans l'évier.

— Ça va ? je te demande. On peut se préparer quelque chose et l'emmener au parc.

— Quoi, et se geler les miches dehors ?

Tu me donnes un petit coup de coude. Peut-être que tout ira bien, après tout. Je lave deux verres et je verse dedans du Vimto, une sorte de limonade au raisin, à la framboise et au cassis que Niamh boit par litre le matin pour étancher sa gueule de bois de la veille.

— Reste là, je te dis en retournant dans le salon. Qu'est-ce qu'on a pour le dîner ? je demande à Niamh plus fort que nécessaire.

Je fais comme si c'était une question ordinaire que je pose tous les jours. Elle m'ignore.

— Je suis avec une amie de l'école, je dis plus bas. Il y a quelque chose à manger ?

Elle jette son mégot dans le cendrier et lève les yeux.

— Une amie ? C'est sympa.

— On peut prendre quelque chose pour le dîner, Niamh ?

Elle soupire et se frotte les yeux.

— Ce n'est pas comme si tu risquais de mourir de faim, tu ne crois pas, ma chérie ?

Je ne réponds rien, mais je ne cède pas non plus et elle finit par laisser échapper un profond soupir comme un ballon qui se dégonfle.

— Bon Dieu, prends la carte de la pizzeria sur le frigo, appelle-les et commandes-en une aussi pour moi. Une margherita toute simple, je déteste toutes ces merdes qu'ils mettent dessus.

Elle ne pose pas une seule fois le regard sur moi.

Installées dans la cuisine, on mange notre hawaiienne et on boit du Vimto, en écoutant The Verve, Boyzone et All Saints sur une cassette que j'ai enregistrée sur le *Top 40* et qui nous énerve quand le présentateur interrompt les chansons avant la fin. On est sur le point de monter dans ma chambre, quand Niamh entre dans la pièce suivie d'un nuage de fumée.

Elle ouvre le réfrigérateur et se penche un moment sur la porte.

—Tu ne nous présentes pas, Rachel? dit-elle, regardant toujours dans le Frigidaire.

À part un concombre mou, quelques yaourts et un litre de lait, il est vide. Et du vin, toujours du vin.

—Apparemment j'ai élevé cette fille sans lui inculquer aucune manière.

—Je suis Clara, enchantée, madame Walsh, et merci pour la pizza, dis-tu d'une voix si enjouée que je me demande si tu es fâchée. C'était délicieux.

Et tu souris en signe d'appréciation.

—Clara, répète-t-elle, se tournant enfin pour te regarder.

Elle cligne des yeux comme pour dissiper le brouillard qui l'aveugle.

—C-l-a-r-a.

Elle roule sur sa langue chaque lettre avant de les libérer.

—Je n'ai pas rencontré beaucoup de Clara.

—Moi non plus, confirmes-tu. Je suis la seule à l'école.

Elle t'examine une nouvelle fois, plissant les yeux, concentrée.

— Vous êtes dans la même classe ?

— Oui, même si je suis plus âgée. J'ai quinze ans, en fait, j'ai redoublé.

— Eh bien, Clara, je suis contente que la pizza t'ait plu. Fais ici comme chez toi.

Elle referme rapidement la porte du réfrigérateur. Son verre de vin vide trône sur le comptoir. Elle jette un rapide coup d'œil dans ma direction, puis de nouveau vers toi et sort de la cuisine, son caftan flottant autour de son corps.

— C'est drôle, non ? lances-tu une fois dans ma chambre. Je ne vis pas avec ma mère et toi, pas avec ton père.

Je n'y avais jamais vraiment pensé avant, mais maintenant que tu le dis, ça me fait sourire. J'aime bien la symétrie de la situation. Comme si nous étions les deux moitiés d'une même orange.

Je t'ai déjà interrogée sur ta mère et tu t'es toujours montrée vague. Tu dis qu'elle est encore en vie et que, parfois, elle t'envoie des lettres en secret de ton père, mais je ne suis pas sûre de te croire. Je me demande si elle n'est pas morte et si tu ne refuses pas de l'admettre. Peut-être qu'elle existe dans ta tête : elle est belle et sent les pancakes, le sirop et les fleurs. Je n'insiste pas. Je sais qu'être l'enfant d'un seul parent est un sujet sensible.

Et pourtant je suis heureuse de te raconter le peu de détails que je connais sur mon père et toi tu es contente de m'écouter. Je te dis quel est (était) son nom, Lawrence McDaid, qu'il est écossais et que c'est là-bas que je suis née.

— Alors c'est de lui que te viennent tes cheveux roux, commentes-tu en riant, et je hoche la tête.

Je te dis qu'il est grand, même si je ne peux pas préciser sa taille, et avec des yeux bleus. (Niamh me les a amèrement décrits comme des yeux d'un bleu profond qui peuvent te faire croire tout ce qu'ils veulent.)

Selon ma mère, la dernière fois qu'elle l'a vu, c'était une demi-heure avant qu'elle accouche de moi, alors qu'elle était pliée par la douleur. Tu sembles surprise par cette révélation.

— Apparemment, mon père savait choisir le bon moment, dis-je, me rappelant ce que Niamh m'a raconté.

J'avais dix ans quand elle m'a installée à la table de la cuisine, encore poisseuse des résidus de nourriture et de boisson. Je me souviens d'avoir fixé une tache de ketchup qui avait viré au marron rouge. Même si je n'en avais rien à faire de cette tache. Elle m'avait versé un verre de jus de pomme et m'avait collé un sachet de chips au sel et au vinaigre sous le nez pour qu'on le partage. Je les ai mangées lentement, dans l'espoir que plus elles dureraient, plus notre conversation se prolongerait.

— Nous étudiions les arbres généalogiques à l'école, te dis-je. J'avais dessiné des branches et sur le côté j'avais écrit tous les noms de la famille de Niamh, ses sœurs et ses parents. Le côté de mon père était vide.

117

Je me souviens d'avoir examiné ces branches nues et de m'être dit qu'elles symbolisaient un trou que j'avais en moi et dont je n'avais jamais été consciente avant. Un trou que je voulais remplir d'informations.

— Alors Niamh a dit qu'elle allait me parler de mon père.

J'ai revu ma mère s'adresser à moi à travers des nuages de fumée de cigarette qui s'élevaient au-dessus de sa tête, les particules se séparant dans la lumière. Je me disais que l'instant avait quelque chose de magique, comme si, en s'exprimant, elle libérait les histoires de mon passé, leur permettant de flotter dans l'air. J'avais tellement besoin de faire pipi que j'ai dû croiser les jambes de toutes mes forces. Je ne voulais surtout pas aller aux toilettes ni bouger, de peur de rompre le charme.

— Lawrence a dit à Niamh qu'il sortait pour chercher de l'aide. Mais il n'est pas allé plus loin que la porte de Betty O'Driscoll qui regardait *Take the High Road*[1] et n'a pas été ravie d'être interrompue, dis-je, heureuse de capter ton attention.

— Et ensuite ? demandes-tu.

— Il est sorti dans la nuit et Niamh ne l'a plus jamais revu.

Après avoir traité Mme O'Driscoll de tous les noms, Niamh a poussé deux fois bien fort et je suis venue au monde en hurlant. Elle a appelé Lawrence en criant pour qu'il voie sa fille, si petite

—————
1. Série télévisée écossaise très populaire en Grande-Bretagne dans les années quatre-vingt et quatre-vingt-dix.

et toute neuve, et elle a appelé si longtemps que Mme O'Driscoll a fini par aller le chercher pour lui annoncer au bout du compte qu'il n'était nulle part. Pendant neuf jours, la police a essayé de retrouver M. McDaid jusqu'à ce qu'on découvre qu'il vivait à cinq kilomètres de là avec Mary Donaghue et leurs trois enfants.

— C'est pour ça qu'on est retournées en Angleterre quand j'ai eu deux semaines, par le Flying Scotsman, le train de nuit, juste Niamh, moi et le minimum de bagages.

— Tu as des photos de lui ? Ton papa roux ?

— Ma mère garde une boîte quelque part avec mes photos de bébé, mais je ne sais pas où elle est.

Tu prends un air déçu.

Je repense à la vieille boîte de photos défraîchies avec l'étiquette de bottines sur le côté (prix, douze livres quatre-vingt-dix-neuf) qui avaient dû être celles de Niamh à l'époque.

— Je ne l'ai pas revue depuis le jour où elle m'a parlé de mon père.

Elle avait descendu la boîte dans la cuisine et, soigneusement, elle avait sorti les photos de mon père et quelques-unes de moi bébé, me laissant les regarder tandis qu'elle s'affairait à préparer des pâtes et à émincer des oignons et de l'ail pour la sauce.

Lawrence avait des cheveux roux qui lui descendaient jusqu'aux épaules et les yeux du bleu le plus éblouissant que j'aie jamais vu. Sur un des clichés, il posait sa main sur le ventre rond de Niamh, souriant comme s'il n'en revenait pas de sa chance. Les yeux de Niamh pétillaient de joie et je me souviens de m'être demandé comment serait ma vie si ma mère avait toujours ce regard heureux. Bien évidemment, il n'existait aucune photo de mon père et moi ensemble, grâce à sa sortie prématurée juste avant mon entrée dans ce monde, seulement quelques-unes de moi bébé, avec une touffe de poils roux hérissée sur ma tête, allongée dans un transat ou sur les genoux de Niamh. Déjà à cette époque, ses yeux avaient perdu leur éclat. Elle avait l'air épuisée et vidée.

Je les avais étalées devant moi sur la table de la cuisine et je les avais examinées, espérant qu'elles me révéleraient leurs secrets. Ces six photos délavées ne m'ont pas dit grand-chose. Il devait y en avoir d'autres, me suis-je dit. Je voulais les voir toutes. J'ai cherché la boîte et je l'ai trouvée trônant sur le buffet, le couvercle refermé. Niamh me tournait le dos, elle remuait la sauce tout en fredonnant une mélodie. Le fumet de la tomate faisait gargouiller mon ventre.

Je me suis levée pour aller jusqu'au buffet. En soulevant le couvercle, j'ai constaté qu'en effet la boîte contenait d'autres photos, certaines en vrac et, dessous, un petit album. J'en ai sorti une. Niamh appuyée contre un homme aux cheveux noirs. Une position chaleureuse qui indiquait qu'ils étaient à l'aise l'un avec l'autre. Ses cheveux étaient plus longs, son visage plus rond dans cette série de clichés. Je me suis demandé si elle avait été amoureuse de cet homme avant que mon père débarque dans sa vie. Ma main s'approchait de la boîte pour découvrir plus d'indices, quand j'ai senti son souffle sur moi, parfumé d'une odeur de vin. J'ai levé la tête et je l'ai vue verte de rage. Je ne savais pas ce que j'avais fait de mal, mais, en tout cas, j'avais rompu le charme.

— Tu dois toujours tout gâcher, Rachel, a-t-elle dit, m'arrachant la boîte des mains avant de sortir de la cuisine.

J'ai attendu qu'elle revienne, j'ai prié pour qu'elle le fasse, mais en vain. Alors je me suis assise et j'ai mangé mon dîner toute seule.

— Ça va ? me demandes-tu, m'arrachant à ma rêverie.

Je secoue la tête comme pour la vider des pensées qui me tracassaient.

— Bien sûr, je te réponds, souriant de ta sollicitude. Je peux te dire quelque chose ? je demande pour changer de sujet.

— Je t'en prie.

— Tu sais pourquoi j'aime autant mes fleurs ? Tu râles parce que tu ne comprends pas pourquoi je passe tant de temps à les arroser et à m'occuper d'elles.

— Non, je t'écoute, lances-tu de ta voix lasse.

Mon esprit retourne au jour où j'ai exposé à Mme Rippon, ma maîtresse, mon projet d'arbre généalogique. J'ai expliqué que la photo de mon père avec son pantalon à pattes d'éléphant était vieille, vraiment très vieille, parce que c'était la seule que j'avais de lui.

— Je ne l'ai jamais rencontré, vous comprenez, lui ai-je raconté.

Elle m'a examinée avec ce genre de sourire où les lèvres sont tournées vers le bas plutôt que vers le haut, mais qui montre quand même que la personne est bienveillante.

Plus tard dans l'après-midi, alors que nous revenions de la récréation, elle m'a convoquée et a placé trois petites enveloppes dans ma main.

— Tu dois les planter et t'en occuper avec soin si tu veux qu'elles poussent.

J'ai baissé les yeux vers les enveloppes pour voir des dessins de jolies fleurs.

Des tournesols, des iris et des violettes.

— Tu vois, mes plantes me font penser à mon père, je te dis.

Je me rends compte que je n'ai pas arrêté de parler et toi tu n'as pas ouvert la bouche, ce qui n'est pas dans ton habitude. Je me dis que tu veux peut-être m'en dire un peu plus sur ta mère, après en avoir entendu tant sur mon père. Mais tu secoues la tête.

— Non, on va plutôt se maquiller, lances-tu en sautant hors du lit.

Tu ouvres mon tiroir où je range le maquillage que j'achète avec mon argent de poche quand Niamh pense à m'en donner. Tu trouves un fard à paupières mauve et tu te postes devant le miroir pour l'étaler sur tes yeux avec ton petit doigt. Après tu prends l'eye-liner liquide et tu l'appliques en experte sans trembler. Tu fais un pas en arrière pour admirer ton travail.

— Je suis comment ? me demandes-tu.

Tes yeux sont énormes, le fard à paupières rend le bleu de ton iris plus sombre et tourmenté. Je dois détourner le regard de peur qu'ils m'hypnotisent.

— Renversante, je réponds, rêvant d'avoir tes yeux.

Tu te tournes vers moi, la tête penchée sur le côté.

— Le mauve n'est pas ta couleur, Rach, affirmes-tu en fouillant dans le tiroir. Mais ça, c'est parfait.

Tu sors un fard vert clair. Je fais la grimace.

— Crois-moi, ce sera sublime avec tes yeux.

— Oui, c'est ça.

Je ris, mais je ne fais que jouer le jeu, parce qu'à vrai dire je te fais entièrement confiance. Je suis émerveillée de constater que tu sais toujours ce qui va avec quoi, et que tu arrives à améliorer mon apparence bien plus que je ne l'aurais cru possible.

Tu m'assois sur le bord du lit et tu te mets au travail.

— Dix minutes, déclares-tu. Dix minutes et pas une de plus pour te faire la totale.

Je hoche la tête pour exprimer mon approbation. Je resterais bien là toute la soirée juste pour être le centre de ton attention. Parfois je dois me pincer pour m'assurer que je n'ai pas rêvé et que c'est bien moi que tu as choisie comme amie, alors que tu aurais pu prendre n'importe qui d'autre. Je t'ai observée dans la cour de récréation, j'ai remarqué la façon dont les autres gravitent autour de toi, avides de recevoir ton approbation. Tu n'es même pas consciente de ton pouvoir, mais moi, je le vois. Tu peux diriger ton sourire lumineux sur n'importe qui pour le faire rayonner, mais non, tu me le réserves à moi et ça ne le rend que plus merveilleux encore. Peut-être qu'un jour je serai capable de te l'expliquer correctement. Je suis comme un de mes tournesols sous ton regard, Clara. Ton amitié me fait me sentir spéciale et vivante, alors qu'avant j'étais vide et grise. C'est tellement précieux.

Tu as fini de me maquiller. Tu me soulèves du lit et me diriges vers le miroir, tes mains me cachant les yeux.

— Voilà ! cries-tu en retirant tes mains. Tu peux regarder, maintenant.

La personne qui me renvoie son image n'est pas moi. C'est impossible. Mes yeux qui m'ont toujours paru ternes et pâles sont désormais verts, grands et larges. Je les surprends à scintiller. Tout mon visage est transformé. Mes pommettes ressortent et mes lèvres brillent sous une fine couche de gloss. Presque jolie. Je suis au bord des larmes.

— Tu vois, Rach, je ne me trompe jamais.

— Merci...

Je ne parviens pas à en dire plus, mais c'est loin d'exprimer ce que je ressens.

Tu t'approches et te places juste à côté de moi devant le miroir, prenant un air de top model, sensuel et boudeur à la fois. Ça me fait rire et j'essaye d'en faire autant. Ensuite, on tombe sur le lit mou, les yeux rivés sur le plafond en plâtre décoratif avec ses sillons et ses piques. J'ai l'impression de flotter sur des nuages avec toi à mes côtés, rien que nous deux. J'aimerais tant que ce soit toujours comme ça.

— Tu sais, Rach, je vais être actrice, un jour. Je vais jouer dans ces grosses productions hollywoodiennes. Je veux être connue. Mon père dit que je peux commencer les cours d'art dramatique le semestre prochain.

Tu éclates de rire.

— En tout cas, c'est mon rêve.

Je t'imagine déchaîner les foules, fouler le tapis rouge, dans une de ces robes avec une fente jusqu'à la cuisse et le dos nu. Je vois tes cheveux frôler tes fesses et les paparazzi qui hurlent ton nom, *Clara, Clara, Clara*, les flashes qui t'illuminent le visage.

— Je suis sûre que tu seras célèbre, dis-je en roulant sur le côté pour te regarder. Mais, s'il te plaît, ne m'oublie pas quand tu seras au sommet.

— Et quoi encore ? lâches-tu en me donnant un petit coup. Meilleures amies…

Et tu me tends ton petit doigt pour que je puisse l'encercler du mien.

— … pour la vie, j'ajoute, pour finir ta phrase, et nous rions de nos jeux infantiles.

Quand nous délaçons nos doigts, tu bondis hors du lit et tu glisses un CD dans mon lecteur.

— Tiens, dis-tu en me tendant une brosse. Si je veux être célèbre, il faut que je m'entraîne, j'ai une chorégraphie déjà bien travaillée.

Les premières notes de *Relight My Fire* résonnent et tu essayes de m'enseigner les pas que tu as inventés. Mais, quand je tends les bras, je perds l'équilibre et tout ce que j'entends, c'est le claquement de mes pieds disgracieux qui frappent le sol. Je me jette sur le lit et je me vois dans le miroir, rouge et en nage.

— Bon sang, je me contenterai d'être ton assistante sur les tournages ! je plaisante. Je ne sais ni chanter, ni danser. Aucun espoir pour moi !

— Tu peux juger ma prestation alors. Me donner une note sur dix.

Je m'assois pour te regarder virevolter et balancer les bras en rythme avec la musique. Tes membres semblent s'étendre à l'infini, longs, sveltes et agiles. Une boule d'énergie t'entoure et étincelle comme de l'électricité qui éclairerait la pièce. Tu es tout ce que je ne suis pas. Je ne peux décrocher mon regard de toi. Quand le morceau se termine, tu salues.

Je t'applaudis furieusement.

— Dix sur dix ! je crie. Bravo !

Cinq minutes plus tard, une tape à ma porte me fait sursauter. Niamh ne frappe jamais. Mais, cette fois, elle attend même que je lui ouvre. Ses yeux sont brumeux, injectés de sang à cause de la fumée, j'imagine.

— Ton père est venu te chercher, annonce-t-elle en essayant de fixer son regard sur toi.

Elle a les joues en feu. Trop de vin et il n'est que 18 heures.

Tu attrapes ton sac, et, ensemble, on descend l'escalier. Je m'attends à voir ton père sur le seuil de la porte.

— Il est dans la voiture, déclare Niamh.

Je sors la tête pour l'apercevoir et je distingue sa silhouette dans une Saab blanche décapotable, le moteur allumé. Il ne regarde pas dans ma direction.

—Merci de m'avoir reçue chez vous, madame Walsh, lances-tu comme si elle avait été une hôtesse parfaite.

Une pause, un moment de gêne, quand elle se penche vers toi pour t'embrasser. Mon cœur s'arrête de battre, mais ton père klaxonne et m'épargne cet embarras.

—À demain, Rachel, cries-tu en courant dans l'allée.

Quand je ferme la porte, je vois Niamh s'éloigner. Ses pas las et paresseux la ramènent dans la cuisine. Elle sort une bouteille de vin du réfrigérateur et s'en sert un grand verre. Il tremble quand elle l'approche de ses lèvres et le siffle comme si c'était son Vimto du matin. Elle ne me cherche pas des yeux, regarde juste fixement devant elle.

8

Comment quelqu'un passe-t-il à travers les murs sans qu'on le remarque ? Par des portes, des fenêtres fermées pour prendre ce qui ne lui appartient pas et repartir sans que personne le voie ? Ces interrogations me rongeaient le cerveau, ébranlaient tout mon corps. Je ne trouvais pas de réponse. Une réalité venait en remplacer une autre et une autre encore, comme une étrange hallucination provoquée par des drogues.

Trouver à sa place la photo de Jonny et moi m'aurait aidée. La voir de mes yeux. Pour savoir que je ne l'avais pas rêvée. J'ai parcouru toute la maison comme une furie, renversant les boîtes aux étiquettes blanches et les dossiers remplis de paperasse, retournant les tiroirs. Je voulais abattre les murs et démonter le plancher pour que tout ce qui m'était caché me soit révélé. Mais c'était sans espoir. La photo avait disparu, elle s'était volatilisée. Tout comme toi.

Je me suis assise sur le tapis soyeux couleur crème de ma chambre et j'ai observé le désordre. J'avais saccagé mon propre appartement et maintenant je ne supportais pas de voir le résultat. Le chaos ambiant me donnait le vertige. Ma tête menaçait d'imploser. Il fallait que je me cache

129

quelque part, que je me mette en sécurité. J'ai ouvert la penderie du côté de Jonny et j'ai fouillé dans ses chemises. Une d'elles est tombée de son cintre et je l'ai passée autour de moi. Il faisait nuit noire, un silence de mort. En fermant les yeux, j'ai prié et prié encore pour qu'à mon réveil le lendemain matin la chemise soit habitée par des muscles et des os, que le torse soit soulevé par une douce respiration et que les bras m'enveloppent pour toujours et ne me laissent plus jamais m'éloigner.

L'aube n'était pas encore vraiment levée et une lumière sale s'infiltrait dans la chambre. J'ai pensé que je devais être la seule personne éveillée sur la planète entière. Tout était calme et paisible comme si la journée attendait que le monde prenne conscience qu'elle était prête à démarrer. Je me trouvais dans la penderie, je m'y étais endormie, mes membres engourdis et endoloris. Mon corps voulait bouger et s'étirer mais je ne parvenais pas à rassembler assez d'énergie pour le faire. Et soudain, une sonnerie de téléphone. Mon portable. Ce bruit en général si malvenu le matin me laissait tout entière tendue de possibilités. En le voyant clignoter sur mon lit, j'ai alors bondi hors de la penderie pour l'attraper et répondre. Après avoir cherché les mots justes, j'ai réussi à parler :
    — Bonjour, c'est toi ?
    — Rachel ?

Une voix d'homme, profonde comme celle de Jonny, avec un accent du Sud. Pendant un instant, je me suis autorisée à le croire.

— Jonny ?

Une pause. Et là, j'ai su. J'ai compris.

— Rachel, c'est Nick.

— Oh… j'ai lâché.

Je n'avais plus de mots.

— Écoute, je suis désolé de t'appeler à cette heure-ci, mais il faut que je te parle.

La douceur dans sa voix m'a terrorisée. Nick ne parlait pas ainsi, il pétillait, il riait, rien à voir avec ça. Chaque fois que je voyais Nick, je voyais Jonny, riant tous les deux aux larmes comme des écoliers qui n'auraient jamais grandi. J'ai relâché mon emprise sur le combiné, il m'a glissé des doigts, descendant sur ma joue. Mais je pouvais encore entendre sa voix.

— Je suis sûr qu'il y a une bonne raison, a-t-il dit d'une voix qui trahissait son manque de conviction. Mais le fixeur… nous avons réussi à joindre le fixeur dans la nuit… Jonny n'est pas arrivé lundi.

— Il a dû être retardé sur la route, ai-je dit, me rappelant son programme, atterrissage à Kaboul, puis direction Kandahar pour retrouver l'accompagnateur. Tu sais comment c'est là-bas, Nick.

Mais même cette théorie entraînait une constellation de possibilités que je préférais ne pas envisager. J'ai entendu la respiration de Nick qui s'accélérait à l'autre bout du fil et ça a suffi pour que je m'effondre.

— Oh, mon Dieu, est-ce qu'il lui est arrivé quelque chose ?

Le cauchemar, la vidéo amateur, des hommes masqués qui entourent Jonny, le forcent à parler à la caméra pour qu'il supplie pour sa vie.

— Putain, ils ne sont pas censés être protégés ?

Je dis tout cela et pourtant je suis en même temps consciente que l'idée qu'il ait été enlevé par Al-Qaïda est pour moi préférable à l'autre option, la rencontre avec toi. À la trahison.

— Il n'a pas été kidnappé, Rachel, a dit Nick d'un ton ferme.

— Comment peux-tu en être sûr ?

Il n'avait aucun moyen de savoir, comment pouvait-il rejeter cette éventualité aussi rapidement ?

— Rachel... nous avons appelé la police hier soir, quand nous nous sommes rendu compte qu'il n'était pas là-bas. Ils ont vérifié avec la compagnie aérienne. Jonny n'est pas monté à bord de l'avion.

L'aube avait laissé sa place à un ciel d'un bleu intense dont on ne pouvait se cacher. Les immenses portes pliantes que nous avions installées à grands frais dans la cuisine laissaient entrer la lumière. Dehors, dans le jardin, le soleil, brillant et cru, dansait sur les plaques de givre. À l'intérieur, il se réfléchissait sur les éléments laqués blanc et sur le plan de travail en acier inoxydable. Comme tout cela semblait féerique et pourtant vide de promesses... L'éclat en était complètement déplacé à cet instant. Comme un invité habillé de façon bien trop extravagante à un enterrement.

J'avais un chiffon dans la main et j'astiquais les surfaces, la table, le plan de travail, la plaque de cuisson. De temps en temps, je m'arrêtais pour pulvériser plus de Dettol, celui qui est supposé détruire cent pour cent des germes connus, ce qui est très bien, mais qu'en est-il de ceux qu'on ne connaît pas ? J'ai frémi à cette pensée. Une fois, deux fois, trois fois, je suis repassée sur toutes les surfaces. Ensuite, je me suis reculée pour admirer mon travail. Brillant. Propre. Je me suis tournée vers les plantes.

J'en avais des dizaines, répandues un peu partout dans l'appartement, selon leur besoin de lumière ou d'ombre. Les lys de la paix s'affaissaient, mélancoliques ; dans la cuisine, les fines feuilles bordées de rouge de la marginata étaient cassantes, marron au bout. Le saintpaulia, la star de mon florilège, ressemblait à une actrice dont la coiffure et le maquillage auraient besoin d'une petite retouche. Seule la plante araignée, un cadeau que m'avait fait un enseignant des années auparavant, à l'école, ne montrait aucun signe de négligence. Je les ai arrosées l'une après l'autre, regardant l'eau s'infiltrer par les fentes de la terre sèche et assoiffée. Je l'ai imaginée absorbée par leurs racines, leur redonnant la vitalité et le tonus qu'elles méritaient. Cette pensée m'a accompagnée un moment, comme elle le fait toujours. Elles avaient besoin de moi, qu'elles vivent ou qu'elles meurent, cela ne dépendait que de moi. Quelque part, cela m'a réconfortée.

De retour dans la cuisine, le gargouillis du café dans la machine m'a surprise. Je ne me souvenais pas de l'avoir allumée. L'espace d'un moment, je me suis demandé si c'était Jonny qui l'avait mise en route. Et soudain, je me suis rappelé. *Il n'était pas là*.

Un, deux, trois, ai-je compté. Trois jours depuis que Jonny, son café à la main dans cette cuisine, m'avait embrassée pour me dire au revoir.

— Tu dois vraiment partir ? lui avais-je demandé en vain. Tu ne peux pas trouver un documentaire à filmer en France plutôt qu'en Afghanistan ?

C'était son deuxième voyage en trois mois pour les dépêches de Channel 4 sur le financement de l'aide internationale qui finit dans les poches des politiciens.

— Ma chérie…

Il est venu derrière moi et a enlacé ma taille de ses bras. Ses mots me chatouillaient en me frôlant la nuque.

— Je suis revenu la dernière fois, non ? a-t-il affirmé comme si cela garantissait qu'il reviendrait aussi cette fois-là. Et j'ai promis de n'adresser la parole à aucun étranger masqué. Tu ne te débarrasseras pas de moi aussi facilement. J'essaierai de t'appeler en milieu de semaine, mais ne panique pas si je ne peux pas, d'accord ?

— D'accord, ai-je acquiescé, même si je n'étais pas d'accord du tout.

L'absence d'information est ce qu'il y a de pire. Ne pas savoir, imaginer.

Je me suis retournée et ses baisers ont remonté mon cou pour arriver sur ma bouche. Je les goûtais encore sur mes lèvres alors que je filais vers la porte, en retard pour le travail.

Vendredi. Je n'avais pas revu Jonny depuis vendredi. Tout ce temps, je l'avais imaginé à des milliers de kilomètres, en plein hiver afghan, se mettant en danger. Et pourtant il avait été tout près de moi et je ne l'avais pas su. C'était cette pensée-là qui me tourmentait le plus.

Est-ce que je t'ai déjà raconté la première fois que je l'ai vu, Clara ? Je suis à l'arrêt de bus sur Ladbroke Grove. J'ai passé la soirée à l'Electric avec des amis du travail et je suis ivre mais pas assez ivre pour ne pas sentir le froid. Je suis frigorifiée et la pluie cogne sur le toit de l'Abribus. J'attends le numéro 18, mais il ne passe pas. Pendant des plombes. Je ne remarque pas sa présence au début, trop occupée à secouer la tête et à jurer à cause de la putain de pluie et du putain de bus. Mais, quand je me tourne enfin, je le vois, il sourit comme pour dire ce n'est qu'un bus, ce n'est que de la pluie. C'est son sourire, son visage, tout chez lui en fait qui m'attire. Je me dis que je pourrais le regarder pendant des heures et en redemander. Et je ne sais plus comment on a commencé à parler, ni qui a dit quoi au début, parce qu'il m'a semblé que nous avions déjà échangé tant de mots.

Après un moment, je ne veux plus que le bus arrive, je veux rester ici dans le froid, sous la pluie, et parler toute la nuit à l'homme à qui appartiennent ce sourire et ce visage. Mes cheveux sont comme une queue de rat et mon mascara coule, mais rien de tout cela ne me préoccupe. Je ne vois que lui et l'avenir qui s'ouvre à nous. C'était aussi rapide que ça, Clara, la vitesse de la lumière.

La salle de rédaction empestait les dîners de la veille passés au micro-ondes et l'équipe de nuit épuisée. Des paquets de chips vides s'étalaient sur la table à côté des tasses de thé à moitié pleines, malgré les affiches qui demandaient à tous de nettoyer après leur passage. Des piles de journaux éparpillés sur les bureaux et au sol, et le bruit, le bruit. Les téléphones sonnaient, ne laissant jamais de répit. Les gens criaient au sujet de camions, de gros titres, de colis, et « des enculés qui ne respectent pas les plannings et peuvent pas faire leur boulot correctement », et des combinés qu'on claque ou qu'on décroche, toujours accompagnés de « bonjour » ou d'« au revoir ».

Je pataugeais là-dedans comme dans de la mélasse, me déplaçant à un rythme différent de tous les autres. Je n'avais même pas considéré la possibilité de rester chez moi, dans l'appartement que je partageais avec Jonny, entourée par ses vêtements et ses affaires, tous me narguant en son absence. Le bouillonnement constant de questions dans mon esprit. *Où se trouvait-il ? Où était-il parti ?* Il fallait que je m'enfuie, pour trouver un semblant de normalité, mais, en m'avançant dans la salle de rédaction, j'ai pris conscience que l'endroit où je me trouvais n'y changeait rien, mes pensées me suivaient.

J'ai jeté mon sac sur mon bureau, faisant sursauter Jake. Il s'est tourné pour me regarder.

— Bon Dieu ! s'est-il exclamé en me lorgnant à travers ses yeux plissés. La nuit a été dure ?

J'ai attrapé une vieille lettre sur ma table et j'ai fait semblant de la lire.

— Un café ? ai-je proposé.

Il a hoché la tête.

— Je viens avec toi.

Alors qu'on traversait la salle de rédaction, il m'a parlé d'une affaire qui serait jugée plus tard dans la semaine, de la possibilité d'un reportage, de différentes interviews. Le murmure monotone de sa conversation résonnait dans ma tête. Je hochais la tête et fixais les murs d'écrans pour me divertir. Des images diffusées d'un peu partout, des soldats en Irak, des extraits du match de foot de la veille. Et une place à Brighton. Celle où tu habitais, Clara. Ton appartement. Le reconnaître m'a profondément secouée. Même sans voir ton visage, je ne pouvais oublier.

Sur un autre écran, j'ai vu Jane Fenchurch, une des nouvelles présentatrices, qui se préparait à passer à l'antenne, retouchant son maquillage dans l'objectif de la caméra, sans se douter que la moitié de la salle de rédaction pouvait la voir. On aurait dit qu'elle se trouvait dans une grotte, baignée d'une inquiétante lumière orange, et vêtue d'une veste ridicule en fourrure léopard.

— Bon sang ! a lancé Jake en regardant le même écran. Robbie va adorer.

À l'heure du petit déjeuner, le café grouillait de clients qui beurraient leurs tartines, enfournaient des croissants et engloutissaient leur bacon

137

spongieux et leurs haricots à la tomate. La responsable du site Internet, qui ne se lavait jamais les cheveux, se courbait sur le bac de porridge, inspectant la consistance avec la louche et secouant la tête. Pas moyen qu'elle avale un truc pareil, même elle. Cette nourriture qui se solidifiait sous les néons, ces plats sur lesquels on respirait, on toussait, qu'on remuait, qu'on tripotait avec les doigts, tout cela me retournait l'estomac. Mais je n'arrivais pas à me rappeler la dernière fois que j'avais mangé, alors je m'emparai d'un muffin dans son emballage en Cellophane. Propre, stérile.

Au bout du bar, une télé diffusait des images, le son baissé. Des voitures glissaient sur la glace, des gamins dévalaient des pentes enneigées avec en sous-titre : « Flash Info : L'Angleterre gelée. »

— Flash info. Waouh, ça, c'est un scoop ! ironisa Jake.

Nous étions installés à une table libre et j'époussetai les miettes avec ma serviette.

Mon café était trop chaud pour que je le boive, alors je l'ai remué, dans le sens des aiguilles d'une montre, puis dans le sens inverse, dessinant des tourbillons noirs dans la mousse, et évitant le regard de Jake. Je gagnais du temps, pour réfléchir, répéter les mots que j'allais devoir prononcer. *Oh, au fait, Jake, tu sais la fille qui a disparu, c'est une amie, et mon petit ami est la dernière personne à l'avoir vue, encore un peu de sucre ?* Comment allais-je larguer cette bombe et la déposer avec les croissants et le café à la cantine ?

Mais il m'a prise de court.

— Al-ors…, a-t-il lancé, détachant chaque syllabe. Avant que la voiture déboîte devant nous, tu allais me parler…

— Ah, oui ? ai-je demandé en le regardant enfin.

Il s'est enfoncé dans son siège, les mains derrière la tête, les manches courtes de son tee-shirt révélant ses muscles. La nature contradic-toire de la climatisation du NNN nous obligeait à nous habiller en été quand il faisait glacial dehors et vice versa.

— Allons, Rachel, je ne mords pas. C'est Jonny ? Ça va tous les deux ?

J'ai souri à ça, au fait qu'il imaginait qu'on s'était disputés. Comme ça aurait été innocent. Si ordinaire et réparable.

— Oui et non.

J'ai fermé les yeux et je me suis jetée à l'eau.

— Je ne sais pas où il est.

Ses yeux se plissèrent en deux fentes, son visage affichant une profonde perplexité.

— Il n'est pas parti tourner en Afghanistan ? C'est impossible de joindre qui que ce soit là-bas, tu le sais bien.

Il essayait, mais il se doutait bien que ça ne devait pas être que ça. Il a tenté un demi-sourire.

— Nick, son collègue et ami, m'a appelée tôt ce matin. Jonny n'a pas pris l'avion.

— Oh…

C'est tout ce qu'il a réussi à me répondre.

— Je ne saisis pas, a-t-il ajouté.

— Tu ne peux pas, et moi non plus, tout est caché, tordu. Je ne comprends pas du tout ce qui se passe, je ne comprends rien du tout.

Ma main a cogné la table, secouant les tasses de café. Et soudain sa main s'est posée sur la mienne.

— Arrête de t'inquiéter, tout ira bien, il n'est parti que depuis un jour ou deux, il va revenir, a-t-il assuré, comme si Jonny était un chat qui s'était perdu.

— Ça fait trois jours, ai-je corrigé.

Il a relâché légèrement la pression de sa main, sans la retirer pour autant. J'ai regardé autour de moi, prenant conscience tout à coup de ce que les autres pourraient croire en nous voyant. Mais Jake ne m'a pas quittée des yeux, cherchant sur mon visage des réponses à ses questions. Pendant un instant, il s'est tu et j'ai pensé que j'en avais assez dit.

— Quoi d'autre, Rachel ?

Et c'est là que j'ai vu du coin de l'œil ton visage sur un des écrans de télé.

Ton timing, toujours impeccable, Clara.

— Ça, ai-je répondu en hochant la tête vers le moniteur.

J'ai eu l'impression qu'une digue s'était ouverte. Les mots ont déferlé, sans que je ne puisse plus les arrêter.

— Jonny était avec elle le soir de sa disparition.

— Avec elle ? a répété Jake, incrédule, les yeux plus grands que des soucoupes. Qu'est-ce que tu racontes ? Pourquoi ? Je veux dire, comment le sais-tu ?

— Je suis allée parler à la police à Brighton, ils m'ont montré le film de la caméra de surveillance, Jonny et Clara marchant sur la promenade avant

140

de disparaître. (J'ai eu un rire sans joie.) Comme ça.

— Qu'est-ce qu'il aurait fait avec elle, bon Dieu ?

Il secouait la tête, n'en revenant toujours pas.

— Il la connaît, ai-je lancé, comme si cela expliquait tout.

Je savais que cela n'expliquait rien.

— Oh…, a-t-il ponctué, sans vraiment le contrôler.

Je pouvais presque entendre les pensées se bousculer dans sa tête, *il la connaît, il la connaît.* Cela rendait les choses plus obscures, plus sinistres.

— Clara, ai-je commencé, marquant une pause pour m'assurer qu'il m'écoutait bien, Clara O'Connor est ma meilleure amie.

— Je te paye un salaire exorbitant et toi, tout ce que tu trouves à faire, c'est apparaître à l'écran comme si tu venais de t'échapper d'un zoo ?

Je me tenais à côté de Robbie dans la salle de rédaction et j'ai vu quelques postillons s'échapper de sa bouche et atterrir sur son écran d'ordinateur. J'ai entendu une voix étouffée à l'autre bout. Jane devait être en train de se justifier. Toujours une erreur.

— Jane… Jane, écoute-moi, ma chérie. Je n'ai pas la moindre idée de ce que tu disais au sujet des spéléologues dans leur grotte. C'était peut-être un putain de reportage digne de remporter un BAFTA, mais je n'ai pas écouté un mot. Pas un seul PUTAIN de mot ! Et tu sais pourquoi ?

141

Il s'est interrompu et j'ai vu tous les journalistes autour de moi ricaner, attendant que Robbie achève son exécution.

— Bon Dieu, je vais te dire pourquoi, Jane. Je ne pouvais décrocher mon regard de la monstruosité que tu portais. Je ne laisserais pas ma grand-mère aller jouer au casino dans cette tenue. Et tu sais ce que je pense, Jane, vu les e-mails qu'on reçoit, je pense que quatre-vingt-dix-neuf pour cent de nos téléspectateurs ressentent la même chose.

Il a raccroché violemment, ses grosses mains tremblant d'agitation, et il s'est tourné vers moi.

— Tu n'as pas de travail, toi ?

Il avait le visage écarlate et son torse se soulevait rapidement. J'ai remarqué une tache jaune sur son polo vert, un reste de ses œufs brouillés du matin.

— Il faut que je vous parle, ai-je dit, ce qui a provoqué un changement immédiat d'expression sur son visage.

Colère, compassion, je n'en avais aucune idée.

— Allons dans la salle de réunion, a-t-il proposé en s'extirpant de son fauteuil.

La salle de réunion était une pièce rectangulaire sans fenêtre, avec une grande table blanche, douze chaises, un tableau dans un coin et bien trop d'éclairage. Malgré le nom, toute cette disposition était clairement destinée à empêcher les réunions trop longues, ou même des réunions tout court parce que en restant assis là on pouvait souvent goûter à la sensation physique de s'échapper de son propre corps.

J'ai tiré une chaise et lancé un regard vers le tableau. Quelqu'un avait écrit au marqueur rouge : « MOTS INTERDITS » et l'avait souligné trois fois, insistant très lourdement. Sous le titre figuraient les mots suivants :

« MOUVEMENT SOCIAL – GRÈVES »

« FLEURS ET COURONNES » – qui avait pu penser à ça ? Et en majuscules en plus.

« HOSPITALISÉ – JARGON POLICIER À NE PAS EMPLOYER. »

Robbie a soufflé en s'asseyant, se calant sur la chaise. Il a posé les bras sur son gros ventre.

— Jake m'a dit que tu connaissais cette femme qui a été portée disparue.

— C'est une amie, ai-je répondu.

Il a levé les yeux au ciel et a secoué la tête.

— La conférence de presse était lundi, et là on est…

Il s'est interrompu et, d'un geste exagérément théâtral, il a approché son poignet de ses yeux pour lire la date.

— Mercredi.

— J'ai essayé… je veux dire, avant de passer à l'antenne, mais…

Mes excuses sonnaient si creuses. « J'étais sous le choc. » Un tel cliché, une telle issue de secours, je ne pouvais pas me résoudre à l'utiliser. Robbie ne m'écoutait pas, de toute façon. Son regard était perdu au-delà de la salle de réunion. Il était concentré comme une bête sauvage prête à se jeter sur sa proie. Il a secoué la tête et est revenu à moi.

— Tu vois, Rachel, ce que je pense, c'est que j'ai une correspondante qui parle à l'antenne d'une enquête et que l'instant d'après elle va aider la putain de police. Je pense aux journaux, aux gros titres, aux premières pages. Je pense à combien ils vont apprécier, a-t-il craché, essuyant la couche de transpiration sur son front.

J'ai dissimulé mon sourire en faisant mine de bâiller. N'importe qui d'autre m'aurait fait une leçon sur l'éthique professionnelle, sur les conflits d'intérêts. Mais Robbie était un vieux de la vieille, un journaliste d'un autre temps, qui ferait n'importe quoi pour une bonne histoire, s'il pouvait s'en tirer. Je savais à quoi m'attendre de sa part.

— Je te retire le dossier, a-t-il dit. Et je ne dirai pas pourquoi, ça ne regarde personne.

Je savais que je ne pourrais pas le faire changer d'avis. Je ne pouvais pas couvrir une affaire tout en étant une des protagonistes. Et pourtant, je détestais l'idée que Robbie m'en retire le contrôle et qu'un autre reporter parle comme s'il vous connaissait, toi et Jonny, qu'il expose au monde entier ton caractère, ton passé. Je voulais que Robbie comprenne ce qu'il perdait. Je voulais qu'il réfléchisse encore un peu.

Je me suis adossée contre mon siège et j'ai hoché la tête.

— Tu as raison. Maintenant que la police me confie des détails en privé, je ne peux pas apparaître trop proche de cette histoire, bien que ce soit vraiment très frustrant.

Mon visage s'est fendu d'un sourire sans conviction et j'ai attendu.

Un clignement, un éclair dans ses yeux, puis plus rien. Il a fait une grimace supposée montrer qu'il compatissait mais qui lui donnait plutôt l'air de retenir un vent.

— Rachel, je veux que tu saches que je suis vraiment désolé d'apprendre que c'est une amie à toi. J'espère qu'ils vont la retrouver.

Je savais qu'il n'avait pas terminé sa phrase.

— Et euh... la police, qu'est-ce qu'ils t'ont dit?

— Pas mal de choses, ai-je lâché dans un soupir, avant de me pencher si près de lui que je pouvais sentir l'odeur du café dans son haleine. Vraiment pas mal.

Il a souri en salivant comme un chien qui vient d'apercevoir une friandise.

— Alors...

Le mot a sifflé entre ses dents:

— Des pistes?

J'ai réfléchi un moment à comment le formuler et j'ai hoché la tête lentement.

— Oui, quelques-unes, très intéressantes.

J'ai vu sa bouche qui s'ouvrait sans qu'il puisse la contrôler, se préparant à ce que je continue. Je me suis approchée encore.

— Mais, comme tu l'as dit toi-même, Robbie, il faut que je garde mes distances.

9

National News Network se targuait d'être « la première chaîne à dévoiler l'information », une devise que son équipe de journalistes, au grand dam de Robbie, faisait très régulièrement mentir. Mais, quand il s'agissait de colporter des ragots, mes collègues se surpassaient. Un calcul rapide m'a permis de conclure que j'aurais cinq minutes entre le moment où je quitterais Robbie dans la salle de réunion et celui où toute la chaîne entrerait en ébullition pour parler de moi, de toi.

Le fait est que les salles de rédaction n'excellent pas en matière de pitié ou de compassion, et la dernière chose que je voulais, c'était les accolades embarrassées de Jenny, la comptable, ou des tapes dans le dos compatissantes de ce lubrique de Ian, présentateur du bulletin de midi. Mais je savais qu'ils s'en donneraient à cœur joie pendant les pauses et au Duke of Cambridge autour d'une bière après le travail. Les murmures, les regards, devenir le centre d'intérêt. Je ne pouvais pas rester assise à me croiser les bras en attendant. Je suis retournée devant mon ordinateur, pour trouver un moyen d'agir. C'est là que j'ai repensé à Ann Carvello. Elle avait refusé de parler à tous les journalistes. À moi aussi, elle m'avait dit non, mais jamais je ne me laissais arrêter par un rejet.

— Si on me demande, dis que je vais rencontrer un contact, ai-je lancé à Jake. Et je prends une équipe de tournage.

Je suis sortie en courant avant qu'il puisse poser la moindre question.

Le ciel bleu qui avait été tellement prometteur plus tôt dans la journée était désormais rempli de nuages. Ils devenaient de plus en plus lourds à mesure que je quittais Londres jusqu'à ce qu'ils forment une épaisse couverture grise. Au moment où je suis arrivée sur l'A10, d'immenses grêlons ont commencé à tomber, se fracassant comme des éclats de verre sur le pare-brise. Une traînée de gouttelettes blanches giclait de la voiture devant. J'ai plissé les yeux dans un effort pour distinguer la route et trouver mon chemin.

J'ai tourné la tête d'un côté et de l'autre, dans le but de soulager la tension qui semblait avoir calcifié mes os. La fatigue coulait dans mes veines. Qu'est-ce que je faisais là, à rouler au milieu de nulle part ? (Ou plutôt à Leigh-on-Sea, ce qui revenait au même.) En apparence, je prenais un pari sur une histoire, mais ne crois pas que je vous avais oubliés, toi et Jonny. Tu étais la vraie raison, Clara. Je prenais du large pour te retrouver. J'étais trop proche de l'affaire, j'avais trop le nez dessus pour voir quoi que ce soit. J'avais besoin de clarté et de perspective, et, sans un certain recul, je savais que je ne vous retrouverais jamais.

En arrivant à Leigh-on-Sea, la route s'ouvrait pour révéler la mer, lugubre, noire et morne. Je n'ai pas vu âme qui vive en approchant de la ville, aucune silhouette en train de marcher, emmitouflée pour lutter contre les éléments. Les bancs étaient vides, les arbres nus. L'endroit était austère, abandonné, même les restaurants de *fish and chips* étaient barricadés avec des planches.

J'avais abordé Ann Carvello la semaine précédente, juste après le verdict. Je me tenais sur notre stand de direct balayé par le vent qui souffle devant l'Old Bailey[1], quand j'ai aperçu du coin de l'œil une mèche de ses cheveux blancs. En me tournant, je l'avais vue qui se précipitait en dehors du tribunal, la tête penchée si bas que son foulard l'englobait pratiquement tout entière. Elle ne pouvait pas courir, pas à son âge, et, de toute façon, cela aurait trop attiré l'attention. Elle voulait filer incognito et elle n'était pas loin de réussir. J'avais retiré mon oreillette et je m'étais élancée aussi vite que possible dans sa direction. Au bout de la rue, je l'avais rattrapée.

— Madame Carvello ? avais-je demandé, comme si je n'étais pas sûre qu'il s'agissait bien d'elle.

Je m'étais arrêtée droit devant elle et elle avait failli me percuter. Elle avait levé la tête et m'avait examinée de ses yeux injectés de sang.

— Je ne crois pas, avait-elle articulé à travers ses lèvres peintes en rouge. Je n'ai rien à vous dire.

---

1. Cour d'assises de Londres.

Elle a hoché la tête et a continué son chemin, une femme qui n'avait plus dans la vie qu'une histoire que tout le monde voulait entendre.

J'ai trouvé sa maison à quelques rues de la plage. Assez grande avec un jardin très bien tenu. De chaque côté de la porte verte, des paniers vides se balançaient dans le vent. Les apparences devaient beaucoup compter pour Ann Carvello, me suis-je dit.

J'ai frappé et attendu, m'enveloppant de mon anorak pour cacher mon tailleur. Derrière la porte, j'entendais des pas dans le couloir, puis un visage est apparu derrière le verre cathédrale.

— Qui est-ce ? a-t-elle demandé gentiment.

— C'est Rachel, j'espère que je ne vous dérange pas, je passais dans le coin.

Je me disais qu'elle allait penser à une Rachel qu'elle connaissait, ça aide d'avoir un prénom courant, une nièce, une amie, et qu'elle ne voudrait pas vexer la personne en disant « Rachel qui ? ».

Je l'ai entendue défaire la chaîne et ouvrir la porte lentement, ses cheveux blancs apparaissant d'abord, puis son visage, rouge à lèvres rouge même à la maison. Elle était vêtue d'un gilet en laine bleu ciel et d'une jupe en tweed. Impeccable.

Elle m'a fixée un moment, cherchant dans sa mémoire, et soudain j'ai vu la lueur dans ses yeux qui montrait qu'elle m'avait reconnue. La porte a commencé à se refermer. J'ai avancé rapidement mon pied pour l'arrêter.

— Je pensais que vous aimeriez me parler, ai-je dit.

— Je n'ai rien à dire, a-t-elle rétorqué en poussant la porte plus fort sur mon pied.

— Je ne pense pas que vous étiez au courant de quoi que ce soit, je me trompe ? Toutes ces interviews que vos prétendus amis ont données, votre voisine pour le *Sun* aujourd'hui, votre amie d'enfance dans le *Mail*, dimanche. Ils affirment le contraire, mais pas moi.

Des pas sur le trottoir, le crissement du portail qui s'ouvre. Un homme livrant un magazine gratuit descendait l'allée du jardin. Elle a bougé, mal à l'aise, et a secoué la tête dans sa direction pour qu'il s'en aille. J'ai élevé la voix pour couvrir le bruit de la pluie, assez fort pour qu'il entende.

— Ils ne comprennent pas que vous ayez pu vivre avec quelqu'un si longtemps sans savoir. Mais je sais que les gens sont très doués pour cacher des choses quand ils le veulent.

— La pluie, parfois, je pense qu'elle ne va jamais s'arrêter, a-t-elle ponctué.

— Je comprends.

Je dégoulinais, mon visage, mon nez, mes cheveux.

Elle a sorti la tête de sa maison et a regardé à droite et à gauche pour voir si quelqu'un la regardait.

— Cinq minutes, pas une de plus, et je ne veux pas que vous citiez mon nom, c'est compris ?

— Bien sûr.

Une femme qui poussait un landau a tendu le cou au-dessus du portail pour voir à qui parlait Ann.

151

— Vite, a-t-elle lancé en m'entraînant à l'intérieur. Avant que je ne change d'avis.

Le salon sentait le propre et le désodorisant, et les traces sur la moquette suggéraient qu'elle avait passé l'aspirateur récemment. Sur le bord de la fenêtre trônaient les figurines en porcelaine d'une petite fille en jupon et chapeau avec un agneau et d'un chien. Un petit panier de pot-pourri dégageait un parfum écœurant. Des écoliers en uniforme souriaient dans des cadres sur la cheminée et des couples s'embrassaient sur des photos de mariage. Un jeune homme lors d'une remise de diplôme. Toute une vie d'une famille parfaite. Pas une seule d'Ann. Ni de son mari.

Sans que ce soit nécessaire, elle a tapoté un coussin en velours vert et m'a invitée à m'asseoir. Ensuite, elle m'a laissée seule pour aller dans la cuisine, et j'ai entendu la bouilloire et un tintement de porcelaine. Quelques minutes plus tard, elle est réapparue avec un plateau sur lequel elle apportait des tasses et des soucoupes, une théière et une assiette de biscuits secs. Ces petites attentions étaient importantes pour elle, peut-être encore plus maintenant.

Elle s'est assise sur une chaise en face de moi et a tiré sa jupe sur ses genoux, époussetant une miette imaginaire.

— Vous vous demandez peut-être comment j'ai pu être aussi bête ? a-t-elle commencé d'une voix faible et tendue.

— Cela n'a jamais traversé mon esprit, ai-je répliqué.

— Mes amis…

Elle a eu un petit rire vide.

— Ceux qui viennent encore me rendre visite disent qu'ils me croient, mais je le vois bien dans leurs yeux. Le doute ne les quitte pas. Je ne peux pas le leur reprocher. Je me demande moi-même comment j'ai pu vivre avec lui toutes ces années, sans m'apercevoir de rien.

Elle a détourné le regard et a levé la tasse vers ses lèvres, les mains tremblantes. Elle a bu une petite gorgée avant de la replacer sur la soucoupe.

— C'était votre mari, ai-je affirmé le plus délicatement possible.

— J'avais cinq enfants à m'occuper, il travaillait de longues heures. Il rentrait tard, et moi, je lui servais son repas. C'était comme ça à l'époque. On ne partageait pas les rôles. Il sortait une ou deux fois par semaine au pub, comme la plupart des hommes. Je n'ai jamais rien soupçonné. Il a toujours subvenu à nos besoins, n'a jamais levé la main sur moi ou les enfants. Tout était tellement… ordinaire.

— Quand on ne cherche pas, ce n'est pas facile de trouver.

J'ai remarqué le vert intense de ses yeux, un peu passé désormais avec l'âge, mais toujours saisissant. Ann a hoché la tête et m'a dévisagée comme si elle me jaugeait.

— Vous semblez plus fine que les autres. Quand on est trop près des choses, on perd le recul nécessaire. Ce n'est que lorsqu'on prend ses distances que tout s'éclaire.

Elle a tendu la main vers sa tasse et sa soucoupe et l'a laissée en suspens comme si elle prenait une décision.

— Quand je regarde en arrière désormais, je vois que toute ma vie n'a été qu'un mensonge.

Sa confession m'a surprise, la simplicité avec laquelle elle lui était venue, alors que c'était encore tellement à vif pour elle. Pendant tout le procès, elle avait gardé le silence, affichant son soutien. Elle a dû voir mon étonnement.

— Oh, je n'ai jamais cru qu'il l'avait fait, pas une seule seconde, a-t-elle affirmé. Je ne voulais pas croire que c'était vrai, tout mon être réclamait qu'on prouve que ce n'était qu'une affreuse calomnie. Il n'arrêtait pas de dire que je devais le croire, que j'étais la seule qui le croyait encore. Et je ne mettais pas en doute ses paroles. Je le lui ai répété encore et encore.

— Parfois, c'est plus simple, ai-je dit en prenant un biscuit.

Elle a fermé les yeux comme pour convoquer le souvenir.

— Un jour, au tribunal, je l'ai entendu expliquer au procureur pourquoi il faisait des virées en voiture tard dans la nuit. Il a prétendu être insomniaque, il n'arrivait pas à dormir, alors il partait se promener en voiture.

Elle s'est interrompue et j'ai vu ses lèvres trembler, sa voix a déraillé.

— Mais la vérité, c'est qu'il s'endormait dès qu'il posait la tête sur l'oreiller. Toujours. Pas une seule fois, pendant toute la durée de notre mariage, je ne l'ai vu avoir des difficultés pour s'endormir.

Elle a claqué des doigts. Clic.

— Ce n'était qu'un tout petit mensonge, mais j'ai compris qu'il avait menti pour tout le reste. Tout s'est effondré dans l'instant. Toutes nos années passées ensemble, les enfants, tout a implosé.

Elle a sorti un mouchoir de sa manche et s'est essuyé les yeux.

— Ce sont les petits détails qui trahissent. Ils sont tellement infimes qu'il est pratiquement impossible de les remarquer. C'est pour ça que les choses peuvent passer inaperçues si longtemps. Mais, en étant suffisamment attentif, on ne peut pas les rater.

Elle s'est interrompue une nouvelle fois et a laissé échapper un soupir.

— J'ai été mariée avec lui pendant trente et un ans, et j'espère qu'il va brûler en enfer pour ce qu'il a fait à ces femmes.

Ces femmes.

Quatre femmes, des mères, des épouses, des filles, toutes assassinées par Charlie Carvello, dont les crimes sont passés inaperçus pendant des années jusqu'à ce que la science finisse par le confondre. Il venait d'être condamné à vie, par l'Old Bailey, la semaine précédente.

— Je suis désolée, ai-je dit. Et je suis désolée que personne ne vous croie.

— Vous m'avez demandé si j'avais une déclaration à faire, eh bien, voilà. Il est possible d'être proche d'une personne pendant des années sans vraiment la connaître.

J'ai examiné Ann et j'ai essayé de voir au-delà de son maquillage impeccable, ses cheveux parfaitement coiffés. Et tout ce que je voyais, c'était un vide béant qui parlait par lui-même. Tous les précieux souvenirs construits au fil des ans, ses enfants, son amour, tant les sourires et les rires que les épreuves, tout lui avait été arraché par ce mensonge.

—Désormais, quand je regarde en arrière, je me dis que je suis passée à côté des signes. Il existe toujours des indices, il suffit d'accepter d'ouvrir les yeux. En général, on ne voit que ce qu'on veut bien voir.

Nous avons encore parlé pendant une heure jusqu'à ce que le thé devienne froid et qu'elle en prépare un autre. Nous avons évoqué ses enfants, la façon dont les journalistes l'avaient traitée. « La plupart étaient horribles, pas comme vous. » Et au moment où j'ai proposé que mon cameraman vienne la filmer quelques minutes pour *Votre histoire, votre version*, elle n'a opposé aucune résistance.

Une fois le tournage terminé, je l'ai prise dans les bras avant d'aller à ma voiture, son corps encore plus frêle au toucher qu'à la vue.

—Merci de m'avoir comprise.

Je lui ai dit que c'était normal et j'ai vu le soulagement sur son visage, ses traits qui se détendaient. Un poids lui avait été retiré des épaules. Je lui avais donné une chance de s'exprimer. Je l'ai saluée, emportant avec moi l'interview dont tout le monde rêvait, trente minutes avec Ann, la femme du tueur en série. Mes collègues disaient toujours que j'avais un don pour faire parler les gens, comme si c'était une chance. Mais la chance n'avait rien à voir avec ça. Je savais exactement ce dont mes interlocuteurs avaient besoin, ce qu'ils voulaient, avant même qu'ils n'en soient conscients eux-mêmes.

Il faisait noir quand je suis arrivée à West London. En m'arrêtant devant le hangar à avions qu'était le studio de NNN, j'ai aperçu les lumières d'une salle de rédaction en plein travail. Une fois garée, je me suis élancée vers la porte, insérant dans la fente ma carte pour entrer. Je me suis arrêtée un moment pour chercher mon portable et vérifier les appels en absence. *Est-ce que Jonny a essayé de m'appeler ?* J'ai senti les bords rugueux de la cassette dans mon sac et j'ai souri en imaginant la tête que ferait Robbie quand je lui annoncerais le sujet de l'interview. J'ai fini par trouver mon téléphone dans la poche extérieure de mon sac. Cinq appels manqués, un de ma tante Laura, deux de Jake, deux de Sandra, la mère de Jonny. Elle aussi avait été contactée, la police l'avait prévenue. Je devais l'appeler.

Je me dirigeais vers le bureau de Robbie, assez près pour entendre sa conversation animée, « tu as loupé le coche, imbécile ! », quand j'ai été arrêtée par une main qui m'entraînait dans la direction opposée.

— Je te conseille de ne pas t'approcher, a lancé Jake, en faisant un signe de tête vers Robbie.

Il n'a rien dit de plus, mais son bras me tenait fort et je me suis sentie attirée en dehors de la salle de rédaction. Quand j'ai tenté de protester, il a dit qu'il allait m'expliquer « dehors ».

Nous étions déjà presque à la porte quand je l'ai vue. La photo sur grand écran, dominant toute la pièce. Je n'ai reconnu ni le costume ni la cravate, et le visage était immanquablement plus jeune. Le sol s'est dérobé sous mes pieds, plus rien n'existait en dehors de son portrait, jusqu'à ce qu'il disparaisse, remplacé par le commissaire Gunn qui parlait devant la caméra. Et avant même que je ne le voie à l'écran, j'ai su ce qui allait suivre. Le film de la vidéosurveillance, Jonny et toi sur la promenade, le plan de plus en plus serré sur vous deux. Si proche que je me disais qu'il suffirait que je tende la main pour te toucher.

— Sortons, a lancé Jake, et je l'ai suivi sans un mot.

On est allés au coin de la rue, chez Ozzie, un boui-boui à l'ancienne mode. Seuls les vieux de la vieille de la chaîne y descendaient dévorer leurs saucisses et leur pain frit. Tous les autres préféraient le nouveau café qui servait des jus de carotte, gingembre et spiruline, des smoothies et des soupes aux combinaisons étranges. Ozzie était un vieux Grec qui avait trop mangé de sa propre nourriture et s'acharnait à peigner ses dernières mèches teintes en noir sur son crâne chauve. L'endroit était désert, mais il nous a conduits à une table à côté de la fenêtre et a paru passablement irrité quand on lui a demandé de s'asseoir dans le fond, loin des regards, à côté d'un grand miroir. Nous avons commandé deux thés et fait semblant de consulter les menus jaunis qu'il nous avait donnés.

— L'annonce est passée cet après-midi en même temps que la diffusion du film de la vidéosurveillance. J'ai essayé de t'appeler.

— C'est fou, complètement fou. Jonny ne lui ferait jamais aucun mal. Jamais, c'est impossible.

Je voulais le répéter encore et encore et le hurler si fort que tout le monde finisse par l'intégrer. Jonny n'avait rien à voir avec ta disparition.

— Tu as dit que tu avais tout raconté à Robbie, Rachel, a dit Jake en secouant la tête.

Il portait une veste vert olive, qu'il a retirée pour la mettre sur le dossier de sa chaise.

— Je lui en ai raconté assez.

Je ne voulais pas regarder Jake, je ne voulais pas répondre à ses questions.

— Mais tu as omis de lui révéler que ton petit ami était la dernière personne à l'avoir vue, a-t-il lâché en refermant le menu dans un claquement.

— Je n'en sais rien.

Je fixais toujours les mots sur le menu, omelette-frites, saucisses-frites, pizza-frites, pensant aux mains graisseuses d'Ozzie qui touchaient la nourriture.

— Bon Dieu, Rachel! J'essaye de te protéger, là. Tu ne vois pas déjà les gros titres? « L'amant de la journaliste, suspect numéro un dans la disparition de son amie. »

— Tu aurais été un épouvantable rédacteur, Jake, l'ai-je taquiné en le regardant grimacer de frustration alors qu'Ozzie traversait la salle pour nous apporter nos thés.

—Qu'est-ce que je vous sers à manger ? a-t-il demandé.

Jake a commandé des œufs et des frites. J'ai secoué la tête et rendu le menu à Ozzie. Il a alors grommelé quelques mots pour dire que j'étais trop maigre et qu'il fallait que je me remplume un peu.

Jake est resté à me dévisager et, après s'être assuré qu'Ozzie ne pouvait plus nous entendre, il a esquissé un faible sourire.

—Tu n'es pas aussi forte que tu le penses. Je sais ce que tu essayes de faire, Rachel, je t'ai vue en action bien assez souvent. Ta façon de fonctionner. Tu dis aux gens ce que tu penses qu'ils veulent entendre. Tu leur épargnes ce que tu penses qu'ils préfèrent ignorer. Ça marche dans la plus grande majorité des cas, comme si tu leur jetais un sort. Mais ne fais pas l'erreur de croire que ça marche avec tout le monde.

Je sentais la chaleur de son regard sur moi.

Il n'avait plus la même tête, il semblait plus sérieux, inébranlable, pas le type de qui on peut se moquer. C'est à cet instant, je pense, que j'ai décidé que je le voulais de mon côté.

—OK, ai-je lancé. Je te dis tout.

Je suis restée assise là, dans la salle mal éclairée d'Ozzie, avec ses murs autrefois blancs, jaunis par des années de friture tandis que l'odeur de cuisine imprégnait mes vêtements. Je lui ai parlé de Clara, ma meilleure amie, la personne qui avait illuminé de ses couleurs le gris de ma vie. Je lui ai décrit la fille qui avait ri, fait la fête avec moi et qui m'avait promis qu'on resterait amies pour toujours.

Je lui ai dit que je t'avais crue et que, pourtant, quand tu es tombée malade, notre amitié a déraillé sans que je puisse rien y faire, que j'ai eu beau essayer de nous remettre sur pied, je n'y suis jamais parvenue.

Je lui ai ensuite expliqué comment j'avais trouvé la photo dans ma chambre, celle de Jonny et moi remplacée par celle de ma mère avec toi. J'ai vu son visage s'assombrir, ses yeux s'ouvrir grands. Et j'ai écouté ses questions : étais-je sûre de ne pas m'être trompée ? Comment était-ce possible, si personne n'était entré par effraction ?

Comme je n'avais pas de réponse, son expression est devenue encore plus préoccupée.

Il m'a interrogé sur Jonny et toi, sur votre relation, un mot qui m'a blessée, Clara, il a parlé de vous dans le même souffle comme d'un couple uni par les ficelles de l'histoire. Je lui ai dit ce que je savais en remontant au début. La première fois que Jonny et toi vous êtes rencontrés, moins de dix-huit mois plus tôt.

10

20 h 30, c'est l'heure à laquelle je t'ai dit que la fête commençait, c'est-à-dire une demi-heure plus tard que ce que Jonny et moi avons dit au reste des convives. Je me disais que ce serait mieux ainsi, d'avoir plus de monde autour de vous quand vous feriez connaissance. Je me disais que ce serait moins évident, que, désormais, il fallait compter avec trois personnes alors qu'avant nous n'étions que toutes les deux.

Mais, quand nous arrivons à 19 h 45, tu es déjà là, installée sur l'un des canapés de la grande salle réservée pour la soirée de Jonny. Tu es assise, une jambe repliée sous l'autre, en train de siroter un mojito. Tes cheveux noirs sont peignés en arrière, comme si tu n'avais pas fait l'effort de te coiffer, et ton visage rayonne, le blanc de tes yeux est d'un blanc parfait, rehaussé par l'eye-liner qui les fait paraître immenses. Tu rayonnes avec ta robe mauve, décolletée devant et derrière, et tes talons aiguilles. Tu envoies un long bras svelte dans les airs pour me faire signe. Je vois que Jonny te regarde, puis il se tourne vers moi, me demandant des yeux si c'est toi. Je hoche la tête.

Le bar est sombre, encore dans le calme du début de soirée, et nous traversons la salle vers toi. Tu te lèves alors, les bras tendus. Tu nous gratifies d'un sourire dentifrice.

—Rach, me salues-tu en m'embrassant les deux joues, et, dans le mouvement, je hume ton parfum.

Ensuite, tu recules et examines Jonny, ses cheveux noirs, ses yeux en amande, sa tenue.

—Tu as toujours eu très bon goût pour choisir tes amis, Rach.

Et tu m'adresses un clin d'œil avant de te pencher vers Jonny pour lui faire la bise.

—Je suis Clara, te présentes-tu, sans que ce soit utile.

—Je te rencontre enfin, lance Jonny. J'ai beaucoup entendu parler de toi.

—Que des bonnes choses, j'espère. (Tu émets un petit rire nerveux.) Tu as bien dit que tu allais au bar, Rach ? Pour moi, ce sera un mojito.

Je grogne.

—Ben, voyons.

—Allons, je viens à peine de le rencontrer, on a plein de choses à se dire !

Je grimace.

—Je te promets, je m'occupe de la tournée suivante, ajoutes-tu.

Tu t'affales sur le canapé et tapotes la place à côté de toi. Jonny s'assoit.

—Rach ne me dit jamais rien, t'entends-je soupirer en m'éloignant. Je compte sur toi pour me donner toutes les dernières nouvelles.

Depuis le bar, j'entends ton rire. Il est bruyant et contagieux. Je ne suis pas d'humeur pour un

164

cocktail, il me faut quelque chose de plus chaleureux, alors j'achète une bouteille de vin rouge.
Quelques amis de Jonny arrivent et je les salue.
Quand je reviens vers notre salle, elle se remplit
déjà, des collègues de Jonny, son groupe, des gens
qu'il connaît depuis des années. Des proches qui
font désormais partie de mon cercle.

Je regarde le canapé, Jonny sourit, rit avec toi.
Il ne me cherche pas, n'attend pas son verre. Il est
envoûté par ton charme. Je dis bonjour à quelques
personnes et je viens vers toi, mais c'est embarrassant, parce que le canapé ne peut accueillir
que deux personnes, ce qui veut dire que je suis
de trop. Jonny me voit et il fait mine de se lever.

— Rach, assieds-toi, vous devez être impa-
tientes de vous retrouver.

— Ne t'en fais pas pour nous, dis-tu à Jonny. On
se connaît depuis si longtemps qu'il ne nous reste
plus rien à nous dire !

Finalement, tu te tournes vers moi, ton visage
se fendant d'un large sourire.

C'est une réflexion étrange, Clara. Tu étais loin
si longtemps, on a tant de choses à rattraper. Mais
je perçois une tension qui passe entre nous.

— Je peux encore t'étonner, Clara, te dis-je en
trinquant avec Jonny qui se lève pour me laisser
la place.

Nous regardons Jonny se mêler à ses amis,
leur donnant une accolade virile comme font les
hommes entre eux.

— Je me demandais si tu allais venir. J'ai essayé
de te joindre toute la semaine, me plains-je,
enfonçant doucement mon coude dans tes côtes.

165

Quelques coups de fil, un ou deux textos, ce n'est pas si dur.

Cela ne fait que quelques mois que tu es revenue et moins encore que ton père est mort. Je me fais du souci pour toi à Brighton, toute seule. Je veux m'assurer que tu vas bien.

— Je peux comprendre que tu sois accro, remarque-t-elle en le suivant des yeux.

— Je suis contente que tu sois venue, dis-je en serrant légèrement ton genou dans ma main. Ça commençait à être bizarre que tu ne l'aies pas encore rencontré. Je lui ai tout raconté sur toi.

— Tout, répètes-tu. (Ta voix est plate, distante. Je ne sais pas si c'est une question ou une affirmation.) Pas tout, je suis sûre, ajoutes-tu.

Je ris, mais d'un rire plus nerveux qu'enjoué.

Tu poses tes mains sur les miennes, tu les enveloppes et tu me fixes intensément, comme avant, quand je savais tout de toi et que tu savais tout de moi, quand on pouvait lire dans les pensées l'une de l'autre, et je me demande si je me trompe. Peut-être que tu es contente pour moi. C'est tellement difficile de te lire depuis ton retour.

— C'est touchant…, dis-tu, les yeux pétillants, dansant dans la lumière.

— Tu vois pourquoi je l'aime, hein ?

Je sens que tu relâches la pression, et soudain tu retires complètement tes mains et tu glisses derrière mon oreille une mèche de cheveux qui était tombée sur mon visage.

— Il m'aime aussi, te dis-je.

En m'entendant prononcer ces mots, tu t'approches de moi pour me serrer dans tes bras.

166

Une vague de bonheur s'empare de moi et je sens ton souffle sur mon oreille. Tes paroles me transpercent comme un poignard.

— Il ne te connaît même pas, Rachel, lâches-tu dans un soupir. Il ne sait pas qui tu es.

Il est minuit et demi et nous sommes dehors dans la rue. L'air frais me dégrise après la chaleur du bar. Dylan, l'ami de Jonny, t'entoure les épaules de son bras. Je veux rentrer chez moi, mais j'imagine ce que tu vas me dire : « Bon sang, Rachel, tu n'as que vingt-cinq ans, pas quarante-cinq, pour l'amour de Dieu ! » Un taxi avec sa lumière orange s'approche et tu le hèles.

Je suis sûre que Jonny non plus n'a aucune envie de venir, mais Dylan insiste. Manifestement, tu as retrouvé ce soir tes pouvoirs magiques et tu les exerces sur lui. Dans ses yeux, un éclat nouveau luit, rempli de promesses sur ce qui va se passer et il ne va pas y renoncer. On va dans un club quelconque de Soho, le genre qui te donne envie de tout oublier le matin. On paye bien trop cher pour entrer, et quand on se glisse derrière les rideaux noirs qui pendent sur la porte, la musique me prend au ventre. Je me tourne pour regarder Jonny et je vois qu'il pense la même chose que moi. Tu dois t'en être aperçue, parce que tu me tires par le bras pour m'entraîner dans les toilettes. Une fois que nous sommes toutes les deux dans une cabine, tu sors un petit rectangle de papier.

— T'as besoin d'un remontant, expliques-tu.

167

Tu coupes deux lignes de cocaïne sur le battant des toilettes et tu ne m'écoutes pas quand je te dis que je ne suis pas d'humeur. Tu pivotes vers moi.

— Allons, Rach, tu ne vas pas me dire que tu as complètement décroché.

Tu me tends un billet de dix livres roulé.

— Comme au bon vieux temps.

— Non, vraiment pas, dis-je, et je file par la porte.

Quand je trouve Jonny, je crie dans son oreille que je veux qu'il me ramène à la maison. Il dit un mot à Dylan, pour qu'il veille sur toi. Même si tu ne reviens pas chez moi, je sais que tu auras un endroit où dormir ce soir. On met des heures à arrêter un taxi, mais, pour une fois, ça m'est égal. Je suis contente d'être seule avec Jonny. On est en septembre, une chaude nuit d'été. J'ai toujours aimé Londres à cette heure, quand la plupart des gens sont déjà couchés, mais que la ville est encore en ébullition, pleine de vie. J'ai l'impression que tout m'appartient, les rues, les lumières, la lune qui nous éclaire.

— Ton amie est bien partie pour combler Dylan ce soir, commente-t-il.

— Elle est exactement comme tu te l'imaginais, je suppose.

J'attends qu'il acquiesce. On se tient par la main, Jonny serre plus fort et m'attire contre lui.

— Honnêtement ? Je l'ai trouvée un peu extrême.

Je le regarde, sentant qu'il n'a pas encore tout dit.

— Bon, voilà, je l'ai trouvée un peu en mal d'affection. Je ne m'y attendais pas, surtout de la part d'une de tes amies. Ça fait de moi une mauvaise personne ?

— Pas du tout.

Je ne peux réprimer un sourire qui s'élargit sur mon visage. Il le voit et m'embrasse.

Il me connaît mieux que toi, Clara. Tu te trompes.

11

La police avait un mandat de perquisition. Ils étaient dans mon appartement. Je ne peux pas te décrire ce que ça m'a fait. Savoir qu'ils farfouillaient dans nos affaires, qu'ils démontaient pièce par pièce une vie que j'avais mis tant de soin et de labeur à construire. Ils allaient lire les lettres, les cartes, les mails que Jonny et moi avions échangés, pénétrer dans nos moments d'intimité comme dans un magazine ouvert, pour saliver. Et tout ce temps, ils chercheraient quelque chose, le détail qui reliait Jonny à toi. À ta disparition. Le détail qui n'existait pas.

J'avais filmé ces scènes tant de fois pour mes reportages, les hommes et les femmes en combinaisons blanches, les experts médico-légaux qui passaient au peigne fin les maisons et les jardins, qui travaillaient sous des tentes érigées pour protéger les cadavres des yeux fouineurs des médias. Maintenant j'étais devenue un personnage dans ma propre histoire.

Je voulais croire que peut-être tu avais simplement pris l'avion, Clara, que tu étais partie sans laisser de traces. Que personne n'était à blâmer et que tout cela n'était qu'un malentendu innocent. Mais, au fond de moi, une pensée dominait:

171

j'avais toujours su que cela arriverait. J'avais juste attendu et attendu.

Je n'avais pas répondu aux coups de téléphone de la mère de Jonny. Je dois bien le reconnaître, j'avais repoussé cette épreuve le plus longtemps possible, comme un travail que vous devez rendre, mais qui vous semble si démesuré que vous ne savez pas par où l'aborder. J'avais été tellement absorbée par mes propres émotions que je ne pouvais pas envisager de supporter celles de quelqu'un d'autre. Mais, quand j'ai vu son numéro s'afficher pour la troisième fois sur mon écran de téléphone, j'ai su que je ne pouvais plus l'ignorer.

— Sandra, je suis vraiment désolée, j'étais sur le point de vous appeler.

Je l'ai écoutée faire écho à mes propres pensées : « Ça n'a aucun sens, Rachel, aucun sens », et j'ai attendu patiemment pendant qu'elle pleurait, essayant de la réconforter. Mais, alors qu'elle me fusillait de ses rafales de questions – je ne pouvais répondre à aucune d'elles –, j'ai senti que j'étais à bout de nerfs. Elle ne voyait donc pas que moi aussi, je devenais folle ? J'ai ensuite éprouvé une telle culpabilité que j'ai proposé de venir chez elle à St. Albans dans la soirée.

— Pour que vous ne restiez pas seule, ai-je justifié. Je n'aime pas vous savoir seule.

Elle a accepté faiblement.

— Si ce n'est pas trop te demander…

J'ai pensé à l'heure de route jusqu'à St. Albans dans la circulation chargée de la fin de journée.

— Pas du tout, ai-je assuré.

De toute façon, je n'avais nulle part ailleurs où aller.

Jonny disait toujours en plaisantant que si St. Albans était un sport, ce serait du golf, propret et très classe moyenne. Quand je lui ai avoué que j'admirais son côté rangé et organisé, il m'a taquinée en disant que je me transformais en sa mère.

— Secrètement, c'est la vie à laquelle tu aspires, n'est-ce pas ? Le pavillon avec son jardinet et des paniers de fleurs qui se balancent à côté de la porte. Si jamais tu achètes une Nissan Micra, je vais commencer à me faire du souci.

J'ai remarqué en entrant dans l'allée de Sandra que sa Nissan immaculée avait été remplacée par une Volkswagen Golf gris métallisé et pimpante.

Le vent me cinglait le visage quand j'ai sonné à la porte. J'ai entendu les pas de Sandra dans le couloir. Quand elle est apparue, elle m'a saluée comme si j'étais simplement venue prendre le thé avec elle. Je l'ai embrassée, serrée dans mes bras, parce que je pensais que les circonstances l'imposaient, mais à en croire la tension dans ses muscles, j'ai compris que mon geste était malvenu.

— Entre, m'a-t-elle invitée en prenant mon manteau.

Une fois dans la cuisine, elle m'a fait asseoir à la lourde table en chêne et a commencé à s'agiter dans tous les sens, ouvrant et fermant le réfrigérateur, les placards et les tiroirs, pour en extraire des cuillères, des assiettes, du lait, des tasses, un gâteau (au citron) qui semblait tout frais. Et elle a tout arrangé soigneusement et élégamment sur la table, comme si c'était le cadre sur lequel notre conversation pourrait s'appuyer. Le nom de Jonny, que nous n'avions pas encore prononcé, pesait, oppressant, dans la pièce. J'ai examiné les motifs floraux sur la toile cirée pour ne pas regarder son activité frénétique et résister à la tentation de balancer le pot en porcelaine à travers la cuisine pour voir le lait dégouliner sur ses murs turquoise, n'importe quoi pour attirer son attention et la forcer à s'asseoir, et me parler de la vraie raison de ma venue. Jonny. Au lieu de cela, j'ai pris une profonde inspiration et je me suis concentrée sur le clapotis de la pluie contre les vitres.

Sandra m'était toujours apparue comme un modèle de sang-froid, un peu rigide peut-être et capable de dire des mots comme « balivernes », mais solide et coriace d'une façon un peu coincée. Quand son mari est mort, deux ans et demi plus tôt, Jonny m'a raconté comment elle s'était consacrée au club de golf et avait commencé à participer à des compétitions de pâtisserie, occupant tout son temps, plutôt que de rester à la maison à se morfondre.

Je voyais bien que le gâteau au citron et la table parfaitement dressée étaient sa façon de faire face, mais, justement, le problème était bien là. Elle ne faisait pas face du tout, il était évident qu'elle s'effondrait. Ses yeux exorbités, son visage marqué et ses cheveux ébouriffés me révélaient une vérité qu'elle ne m'aurait jamais avouée. Elle était rongée par l'angoisse. Son fils constituait la seule famille qui lui restait et maintenant

174

il lui échappait aussi. C'était douloureux à voir. Elle s'est enfin assise et m'a fixée de son regard suppliant, pénétrant. Je me sentais étourdie par la pression. Elle voulait que je lui présente des théories qui clarifieraient la *situation*, alors que je les cherchais encore moi-même. Dieu sait que j'aurais aimé l'aider, j'aurais juste souhaité qu'elle puisse regarder mon visage pendant plus d'une seconde et qu'elle perçoive ma douleur. Je vacillais tout autant qu'elle, m'enfonçant dans le désespoir. Jonny était son fils, mais il était mon petit ami, mon avenir.

Elle a versé le thé.

— Juste une goutte pour toi, je me souviens de ces choses-là.

Je savais qu'elle attendait que j'entame la conversation, alors j'ai tendu la main vers le pot de lait pour me servir et j'ai bu une petite gorgée pour gagner du temps, pour permettre à mon cerveau d'élaborer un discours qui irait droit au but, à la fois apaisant et réconfortant.

— Ils parlent de lui comme s'il était le coupable, a-t-elle finalement lâché en remuant son thé. Ils l'évoquent toutes les heures sur les ondes. Je ne peux plus les écouter.

Elle a jeté un regard vers la radio sur le comptoir, comme si elle craignait qu'elle se mette à parler toute seule, et a bu une gorgée de thé.

— Et ta chaîne aussi, Rachel. J'aurais imaginé mieux de leur part. Tu ne peux pas les faire cesser ?

Ses yeux m'ont transpercée un instant avant de se reposer sur la table.

— Du gâteau ? m'a-t-elle demandé en poussant l'assiette vers moi.

Le ton de sa voix était caractéristique. *Tu ne peux pas les faire cesser ?* Je commençais à regretter d'être venue.

— Ils vont continuer à diffuser le sujet jusqu'à ce qu'on le retrouve, Sandra, et, malgré tout mon désir de les arrêter, vous savez bien que je ne suis pas en mesure de le faire.

Je m'efforçais de me montrer la plus douce possible.

— Je connais les règles, Rachel, j'ai regardé des feuilletons policiers, a-t-elle rétorqué, méprisante.

Elle a tapoté sa petite cuillère sur le bord de sa tasse.

— Ce que je ne comprends pas, c'est pourquoi il était avec elle. Il n'appréciait même pas cette fille !

Elle a craché le dernier mot, comme si c'était de la saleté dans sa bouche.

— Il disait qu'elle se comportait tout le temps comme si tu lui étais redevable. J'ai trouvé que c'était étrange de dire une chose pareille, Rachel, très étrange.

Mes réserves de patience s'amenuisaient. Je sentais que Sandra souffrait, qu'elle était bouleversée de ne pas savoir où se trouvait Jonny, mais tout ce qu'elle m'infligeait, ce n'était pas juste. Je voulais lui hurler : *Je ne suis pas votre punching-ball.* Je n'arrivais pas à croire que Jonny s'était confié à elle, et même si c'était vrai, il n'aurait certainement pas voulu qu'elle se serve de ces informations comme d'une arme contre moi.

176

Je me suis coupé une tranche de gâteau au citron et je l'ai mise dans mon assiette. Le glaçage avait rendu mes mains poisseuses, alors je me suis léché les doigts. Sur son calendrier punaisé à côté du buffet en bois, la date d'aujourd'hui était encerclée et, à côté, elle avait inscrit « CLUB DE LECTURE » en majuscules. Pour le lendemain, il était indiqué « GOLF/MARJORIE ». Plus bas dans la semaine suivante, « BRIDGE ». Tous les événements qui ponctuaient son existence bourgeoise. Ils devraient se passer d'elle pour quelque temps, même si je suppose que les ragots lui feraient bourdonner les oreilles.

— Je ne pense pas que Jonny vous ait tout dit, ai-je fini par déclarer.

Sans attendre sa réaction, je lui racontai que tu as traversé une période difficile. Les mots exacts que j'ai employés, « Clara a dû affronter de sérieux problèmes psychiques », ont bien résumé ta maladie, je trouve, pour qu'elle puisse se faire une idée. Je me suis adossée contre la chaise et j'ai grignoté le gâteau, espérant que l'explication suffirait.

— Je ne vois toujours pas pourquoi c'est sur toi qu'elle se déchargeait comme si c'était ta faute qu'elle ait fait une dépression, a-t-elle affirmé en me fixant plus longtemps que nécessaire.

J'ai laissé échapper un long soupir de frustration. Ce n'était pas ce que j'avais voulu dire. Elle déformait mes propos.

Une vive douleur m'a déchiré la tête, et je l'ai mise sur le compte de la faim, alors j'ai pris une autre bouchée de gâteau. Le citron et le sucre

177

m'ont immédiatement fait saliver. Voyant que je ne pouvais parler la bouche pleine, Sandra a enchaîné.

— Quand est-ce que tu l'as vue pour la dernière fois, Rachel ? a-t-elle demandé.

C'était une question logique, qu'on me reposerait encore et encore, jusqu'à ce que je puisse y répondre si rapidement qu'on m'accuserait de réciter un texte appris par cœur.

Pour l'instant, je ne l'avais expliqué qu'au commissaire Gunn, décrivant soigneusement les détails, prenant des notes dans ma tête de ce que j'avais dit et comment.

— Il y a deux semaines, à l'appartement. C'était un peu gênant, en fait. Jonny et moi devions retrouver des amis pour dîner, mais elle a insisté pour passer avant.

J'ai vu les yeux de Sandra se plisser, son esprit embrumé essayant d'intégrer ce que je lui disais.

— Elle m'avait contactée quelques jours plus tôt pour me dire qu'elle venait, qu'elle se rendait à une galerie d'art à Bethnal Green et m'appellerait sur le chemin du retour. Je lui ai dit que je n'aurais pas beaucoup de temps parce que je devais être à Soho à 21 heures, mais elle n'a rien voulu entendre.

Ce que je n'ai pas raconté ni à Sandra, ni au commissaire, c'était la raison de ta venue, Clara. Tu attachais à cette date, le 7 janvier, plus d'importance qu'il n'était nécessaire. C'était l'anniversaire de ma mère. Un jour que je n'avais jamais célébré avec elle quand elle était en vie et que je ne remarquais même pas sur le calendrier jusqu'à ton retour, dix-huit mois plus tôt. Cela m'avait surprise que tu insistes tant pour le commémorer. Je ne comprenais pas pourquoi tu voulais ruminer le passé, mais je t'ai laissée faire la première année. Là, tu revenais pour la deuxième.

— Je ne peux pas te laisser seule pour un tel anniversaire, as-tu lancé, comme si tu exigeais plus que tu ne proposais. On boira quelques verres de vin, on trinquera à la mémoire de Niamh et ensuite, toi et Jonny, vous pourrez sortir, ça m'est égal. Je serai contente de me détendre à la maison.

C'était de *ma* maison que tu parlais, mais j'ai laissé passer.

— Je ne reviendrai pas du travail avant 19 heures, t'ai-je dit, me sentant acculée.

— D'accord, je m'installerai en t'attendant, as-tu acquiescé, et je me suis dit qu'il faudrait que je te reprenne ma clé.

Ce soir-là, quand j'ai ouvert la porte de mon appartement, l'odeur d'ail m'a accueillie, s'échappant de la cuisine.

— Rach, m'as-tu saluée en venant vers moi. Prends ça, je sais que tu vas en avoir besoin.

Tu m'as tendu un verre de vin blanc. Tu portais un jean et un pull couleur vieux rose en angora et mon tablier de cuisine. Tes cheveux lâchés scintillaient dans la lumière.

— Je te l'ai dit, on dîne dehors, ai-je répondu en te regardant remplir deux bols de risotto et en les posant sur la table.

— Une heure, Rachel, tu peux bien m'accorder une heure ?

179

Tu as tiré une chaise pour moi et t'es assise sur la tienne. J'ai fixé la fumée qui se dégageait du risotto.

— C'était comment à la galerie ? ai-je demandé.

J'ai remarqué que tu avais utilisé mon service des grands jours.

— La galerie ? as-tu répété en arrêtant de souffler sur ta fourchette.

— Celle que tu devais visiter à Londres aujourd'hui.

J'ai vu une lueur de gêne dans tes yeux, tes joues se sont empourprées.

— Oh… Très décevante, très surfaite selon moi.

Tu ne me regardais pas, tes yeux étaient rivés sur le bol devant toi.

— Si c'était en ton pouvoir, tu la ferais revenir ?

J'ai soupiré et j'ai repoussé ma chaise loin de la table. Je ne comprenais pas cette obsession. Pourquoi tu voulais faire revivre un vieux fantôme.

— Tu n'as pas idée de ce que j'ai vécu, de comment elle était, de ce que c'est de vivre avec une mère dont les yeux sont remplis de déception. Et comme elle pense que ce n'est pas assez clair, elle te répète encore et encore que tu es pour elle le rappel de ce qui a fait dérailler sa vie. Et elle boit pour tout oublier, elle se soûle au point que plus rien n'a d'importance, et c'est ce qui t'attend tous les jours après l'école.

Tu n'as même pas levé les yeux, ta tête au-dessus du bol, essayant de refroidir doucement ton plat. *Tu me poses une question et tu ne t'intéresses même pas à ma réponse ?* Je ne voulais pas parler de ma mère et je ne voulais pas être avec toi à cet instant.

Toutes ces fois où je t'ai appelée pour t'inviter au cours des dernières semaines et où tu n'avais même pas pris la peine de répondre, et te voilà au moment où j'avais le moins envie de te voir. Ce n'était pas une question de réconfort ou de souvenir. C'était quelque chose de plus profond, enfoui en moi, et que je ne voulais pas toucher.

— Donc, ça veut dire non ?

— Ma vie s'est améliorée depuis sa mort, je pense que c'est évident.

— Et tu as toujours su que ce serait le cas, as-tu lancé avec un regard qui m'a fait tressaillir. Tu l'as toujours su.

Je me suis levée pour quitter la table, pour m'éloigner de cette conversation que tu tenais absolument à avoir. Je pensais que tu avais compris le message. Je ne voulais pas en parler. Tu avais déjà essayé avant, tu te souviens ? Quelques semaines plus tôt, pendant nos vacances au ski. Sur un de ces télésièges interminables où on était toutes les deux seules et où on imaginait qu'on s'envolait au-delà des nuages vers le sommet du monde. Tu respirais le sujet en même temps que l'air alpin vivifiant, tournant autour du pot, jusqu'à ce que tu te jettes enfin à l'eau. À en croire ton visage, ce jour-là, ma réponse ne t'avait pas satisfaite, mais nous n'en avons pas reparlé parce que, peu de temps après, tu avais fait une mauvaise chute sur une piste noire et on avait été trop occupés à te conduire à l'hôpital pour reprendre la conversation.

— On sait toutes les deux ce qui s'est passé, Clara, ai-je dit fermement, et je t'ai vue te ratatiner un peu sous mon regard.

— On connaît toutes les deux la vérité, Rachel, as-tu riposté, et, prenant mon bol, tu es retournée dans la cuisine jeter le risotto à la poubelle.

J'ai préféré omettre ces détails quand j'ai raconté cet épisode à Sandra et au commissaire Gunn. Je pense que la plupart des gens dans ma situation auraient fait de même. On sait tous que des mots prononcés dans le feu de l'action peuvent être sortis de leur contexte et prendre un sens qu'on n'avait jamais voulu y mettre. Tu ne peux pas me reprocher de m'en être tenue à la version épurée.

Un peu plus tard, quand nous n'avons plus rien trouvé à nous dire, avec Sandra, nous avons décidé d'aller nous coucher. Une fois à l'étage, nous avons dépassé l'ancienne chambre de Jonny avec le lit double où je dormais en général avec lui pour aller dans la chambre d'amis avec des draps et des couvertures pliés sur un lit d'appoint. Manifestement, je n'avais le droit à certains privilèges qu'en compagnie de Jonny. J'ai eu un sommeil agité, les ressorts du matelas me rentrant dans le dos, et chaque fois que je me réveillais, la même pensée flottait dans ma tête, troublante, ne me laissant entrevoir que des fragments d'une histoire que je ne pouvais saisir. Une histoire qu'il faudrait que je reconstitue pièce par pièce.

12

J'ai quitté la maison de Sandra tôt le lendemain matin, pour m'engager sur l'autoroute M1
alors que la pénombre de la nuit laissait la place
à une terne clarté laiteuse. Il était encore trop
tôt pour voir clairement le soleil, mais, de temps
à autre, de faibles rayons prometteurs venaient
lécher mon pare-brise, m'aveuglant l'espace d'un
instant. La circulation n'était pas encore assez
dense pour freiner mon voyage et j'avais l'impression de flotter dans l'air vers la lumière.

Au moment où je suis arrivée à Westminster,
la rivière scintillait de soleil. Les contours de Big
Ben, du Parlement et des immeubles alentour se
profilaient sur un ciel bleu cobalt. J'ai traversé
le pont de Westminster et me suis garée sur la
rive sud. J'ai sorti mes lunettes de soleil de mon
sac et ai enfilé mon manteau pour longer à pied
la Tamise, parmi les joggeurs matinaux et les
costumes-cravates en route vers un petit déjeuner
de travail.

Dès l'instant où j'avais vu ton visage dans le
commissariat, Clara, un épais brouillard avait
envahi mon esprit. Un voile s'était posé devant
mes yeux et je n'avais plus été en mesure de réfléchir à ce que je devais faire. Désormais, dans la

fraîcheur de la matinée, il commençait à s'éclaircir. Mes pensées devenaient plus aiguisées, se teintant d'une lucidité qui m'avait échappé depuis des jours. J'ai pris conscience que je m'étais retrouvée coincée, engluée dans le noir, incapable d'intégrer le flot des informations qui concernaient ta disparition. Le commissaire Gunn avait publiquement nommé Jonny comme suspect dans cette affaire, sans même m'appeler pour m'en informer. Et comme j'étais officiellement déchargée de ce sujet, je n'avais plus accès aux réunions privées de la police. Je ne pouvais pas non plus compter sur Sarah Pitts et ses rancunes de collégienne pour me tenir au courant. Tant de pièces de ton puzzle me manquaient, Clara, et je savais qu'avant de vous retrouver, toi et Jonny, il faudrait que je le reconstitue.

Une seule personne pourrait peut-être m'aider.

Je me suis installée dans un des cafés du bord de l'eau et j'ai commandé un latte au soja, du saumon fumé et des œufs brouillés, attendant que la serveuse s'éloigne avant de composer le numéro de téléphone de ton appartement. Une sonnerie, puis deux, puis trois, et soudain une sorte de murmure a répondu, comme si la personne au bout du fil ne savait pas vraiment parler au téléphone.

— Amber ? ai-je demandé, sachant que c'était elle.

— Qui est-ce ? a-t-elle interrogé, soupçonneuse.

— C'est Rachel, l'amie de Clara. Nous ne nous connaissons pas mais j'ai besoin de votre aide, je...

— Je ne peux pas vous parler.

Si je n'enchaînais pas rapidement, je savais qu'elle allait raccrocher.

— Amber, attendez, s'il vous plaît, écoutez-moi, pour Clara. C'est important. C'est tout ce que je vous demande.

Et je lui ai expliqué doucement que nous voulions toutes les deux la même chose, que tu aurais été heureuse que tes amies se serrent les coudes. Est-ce qu'on pourrait se rencontrer ?

À Brighton, des heures plus tard, j'attendais sur la plage avec un café qui refroidissait instantanément sous le vent tonifiant du bord de mer. L'air était plus vif qu'à Londres, le bleu du ciel s'étendait à l'infini. Viendrait-elle ? Amber, ton amie, pas la mienne.

C'est alors que je l'ai vue descendre les marches, sa silhouette frêle voûtée par la force du vent. Elle a jeté un œil vers le café et, quand elle m'a vue, elle a fait un petit signe de la main et esquissé un sourire qu'elle a regretté au moment où il est arrivé sur ses lèvres. Elle n'a plus levé la tête jusqu'au moment d'arriver à côté de moi.

Elle n'était pas comme dans mon souvenir. Plus souple, moins tendue. Ses cheveux blonds étaient attachés en arrière simplement, et elle portait des tennis et un pantalon bouffant qui flottait dans le vent autour de ses jambes. J'ai remarqué un tapis bleu de yoga qui dépassait de son sac. Je me suis levée en remontant mes lunettes sur la tête et ai fait un pas pour la prendre dans mes bras. Elle a reculé et m'a tendu la main à la place. Quand je la lui ai serrée, je l'ai sentie froide et molle.

— J'ai dit à la police tout ce que je savais. Je suis sûre que vous aussi, a-t-elle affirmé en s'asseyant devant moi, avec un faible sourire.

Elle a sorti de son sac une écharpe couleur moutarde et s'en est entouré le cou, masquant sa bouche en partie, si bien que je ne voyais que sa lèvre supérieure quand elle parlait.

— Je ne vois pas vraiment en quoi on pourrait s'entraider.

J'ai redescendu mes lunettes sur mes yeux et j'ai suivi son regard qui se perdait vers l'horizon.

— Les journalistes n'arrêtent pas de m'appeler, je ne veux pas parler à la presse, ni répondre à des interviews de télévision. J'ai déjà fait tout ce que je pouvais pour aider. Je ne peux plus rien, a-t-elle ajouté.

Elle s'est tournée pour me regarder.

— Vous êtes ici en tant qu'amie de Clara, n'est-ce pas ?

Sa voix était froide et plate, mais l'aigreur dans ses mots m'a surprise. J'avais imaginé qu'on échangerait quelques banalités pour alimenter la conversation avant que je l'oriente vers ce qui m'avait poussée à la rencontrer, des informations qui pourraient me mener à toi.

— Clara est ma plus vieille amie, ça n'a rien à voir avec mon travail, ai-je dit, et je l'ai regardée lever les sourcils. Oh, mon Dieu ! me suis-je exclamée en me jetant en arrière. Ce n'est pas du tout ce que vous pensez. On m'a envoyée sur un sujet, je n'ai appris qu'il s'agissait de Clara que

186

quand je suis entrée dans la salle de conférences de presse et tout a commencé trop vite, j'étais à l'antenne avant même de pouvoir réagir. Je n'avais pas programmé tout cela. J'ai dit à mon chef que je ne pourrais pas couvrir l'histoire dès que je suis revenue à Londres. Vous ne pouvez tout de même pas penser que j'ai décidé de me servir de la disparition de ma meilleure amie pour mon travail ?

Je me suis pris la tête dans les mains.

— Ces derniers jours ont été les pires de toute mon existence. Je suis ici parce que je ne sais plus vers qui me tourner. Je ne sais plus quoi faire.

Elle a sorti la tête de son écharpe, digérant mes paroles, et, pourtant, elle ne m'a gratifiée d'aucun sourire. Elle me cachait quelque chose, c'était évident. J'ai choisi mes mots avec soin.

— Je crois que Clara me trouvait un peu étouffante depuis quelque temps. Je ne voulais pas être comme ça, c'est juste…

Je me suis interrompue et j'ai attendu que mon aveu la désarme.

— C'est juste qu'elle est si fragile parfois que je me disais que si je ne veillais pas sur elle, personne ne le ferait.

— Vous n'êtes pas sa seule amie, Rachel, a-t-elle lâché sur la défensive. Écoutez, je n'aurais pas dû venir.

Je l'ai vue mettre la main sur son sac, comme si elle s'apprêtait à partir.

— Je ne sais pas ce qui s'est passé entre vous, mais je sais que ça ne tournait pas rond.

— J'ai toujours voulu la protéger, je ne voulais pas…

— Quand je l'ai vue après Noël, elle était différente, comme si elle se consumait.

— Elle a fait une mauvaise chute quand on était au ski. Elle s'est blessé les côtes, ça l'a ébranlée. Ça aurait ébranlé n'importe qui.

À travers mes lunettes noires, j'ai regardé Amber pencher la tête sur le côté et plisser les yeux comme si elle essayait de distinguer quelque chose.

— Pourquoi est-ce que vous vous donniez tant de mal avec elle ? Elle ne faisait pratiquement aucun effort. Si quelqu'un me traitait comme elle le faisait avec vous, j'aurais renoncé depuis longtemps.

J'ai froncé les sourcils. Elle me dépeignait comme le genre de personne désespérée et en mal d'affection qui ne vous lâche pas, quoi que vous leur fassiez. *Tu as dû planter ces graines dans son esprit, Clara. Cela m'a inquiétée sur ta santé mentale, surtout parce que rien n'aurait pu être plus éloigné de la vérité.*

— Je suppose que vous ne la comprenez pas comme je la comprends, ai-je déclaré calmement.

— Vraiment ? Je les ai vus passer, tous ces appels, ces textos et ces invitations auxquels elle ne prenait même pas la peine de répondre. Elle voulait de l'espace.

Les joues d'Amber se sont légèrement empourprées, comme si elle enrageait *pour toi*. Mais comment aurait-elle pu comprendre notre amitié ? Comment qui que ce soit aurait-il pu ? On ne peut pas laisser une relation aussi spéciale se désagréger et s'éteindre. Il faut faire tout ce qui est en notre pouvoir pour la sauver. En secouant la tête, j'ai scruté la jetée, où nous allions quand nous étions adolescentes, à présent calcinée et carbonisée, la rambarde en métal tordue et abîmée.

J'ai retiré mes lunettes et les ai posées sur la table.

— Je suis désolée que vous ayez une si piètre opinion de moi. C'est difficile à expliquer. Clara était comme une sœur pour moi.

J'ai marqué une légère pause, comme si j'avais du mal à trouver les mots.

— Je ne veux surtout pas paraître condescendante, Amber, je sais bien que Clara a d'autres amies et j'en suis heureuse pour elle. Mais je ne pense pas qu'elles savent ce qu'elle a traversé.

Le visage d'Amber s'est assombri. *Tu ne lui as pas dit, Clara, tu ne lui as pas dit.*

— Est-ce que vous avez la moindre idée de l'endroit où elle a passé une partie des sept dernières années ? ai-je demandé.

Amber a secoué la tête lentement.

— C'est bien ce que je me disais.

Je me suis penchée vers elle.

— En d'autres circonstances, je ne l'aurais jamais raconté à personne. Mais j'estime qu'étant donné la situation il est important que nous nous montrions honnêtes et ouvertes l'une envers l'autre. Il faut que vous compreniez que l'appréhension qu'avait Clara de la réalité n'était pas toujours très fiable.

J'avais enfin réussi à capter son attention. Éberluée, elle m'a écoutée, ponctuant mon récit sur toi, Clara, de petits sons compatissants.

— Je sais bien que vous préféreriez peut-être ne pas me croire, ai-je conclu. Mais la police sait déjà tout. Je suis sûre qu'ils vous le confirmeront.

Amber a secoué la tête comme pour dire : « inutile. » Et j'ai senti que sa résistance déclinait.

On a commencé par vendredi soir. J'ai d'abord présenté ma version des événements, indiquant à Amber mes zones d'ombre, lui suggérant les instants qui auraient besoin de son éclairage. Je savais qu'elle avait déjà dû exposer son histoire à la police. J'espérais pouvoir recueillir chez Amber les détails que la police m'avait cachés.

Elle m'a expliqué que Clara avait eu l'intention de me retrouver, du moins à ce qu'elle avait compris.

— Mais je savais que quelqu'un devait d'abord venir dans l'appartement, peut-être qu'il a été retenu et que c'est pour cela qu'elle est arrivée en retard.

Tu ne m'avais jamais parlé d'une visite. Tu disais que tu étais malade.

— Il s'agissait d'un homme ?

— Oui, à ce que j'ai compris.

Jonny.

Je l'ai revue, l'image de vous deux ensemble, son corps appuyé contre le tien sur la promenade. Avais-tu invité Jonny chez toi, Clara ? De quoi avez-vous parlé ? L'idée m'a estomaquée. J'ai fouillé dans mon sac pour en sortir ma bouteille d'eau. Et j'ai trouvé mon téléphone. J'y ai cherché ton dernier texto pour le montrer à Amber.

Rach, désolée, pas la forme, sûrement la
grippe, encore au lit, je me secoue pour venir.
Je t'appelle plus tard, Clara.

— Oh, a lâché Amber. Peut-être qu'elle a juste
oublié de vous en parler.

Mais le peu de conviction dans sa voix me prouvait qu'elle n'y croyait pas elle-même.

— Elle vous a dit son nom ?

— Non, mais elle a dit que ce n'était pas son
petit ami.

— Son petit ami ?

Je me demandais combien encore de secrets tu
me dissimulais, Clara.

— Il s'appelait Jim ou quelque chose comme
ça, je ne l'ai jamais rencontré. Je crois que c'est
quelqu'un qu'elle a connu des années plus tôt.
Bref...

Elle essayait de ne pas se laisser détourner de
son sujet.

— Mais, ce jour-là, ce n'était pas lui. Elle
semblait préoccupée, surexcitée. Vous savez
comment elle pouvait être parfois.

Elle m'a regardée pour recevoir mon approbation. J'ai hoché la tête en repensant à la semaine
précédente. Les appels quotidiens pour t'assurer
que je viendrais bien à Brighton, cela te ressemblait si peu. Et moi si contente que tu fasses enfin
un effort...

— Je lui ai demandé une ou deux fois si elle
allait bien, a continué Amber, son regard rivé
sur l'horizon. Parce qu'elle n'était pas seulement
surexcitée, elle était vraiment très nerveuse,
comme si elle avait peur de quelque chose. Elle

disait qu'elle avait quelques soucis, mais qu'après cette nuit-là ce serait réglé. Je n'ai pas insisté, elle aime s'entourer de mystère. Ça peut être très agaçant. Je regrette désormais de ne pas avoir creusé davantage. Je regrette de ne pas avoir su qui elle devait retrouver. Même si la police pense qu'il devait s'agir de ce type sur le film de la vidéosurveillance.

—Jonny?

—Exact.

—C'est mon petit ami.

Amber a plissé les yeux, déconfite.

Elle a grommelé quelques mots qui sonnaient comme des excuses et une certitude factice que ça devait être une erreur. Ensuite elle s'est plongée dans son histoire avec force détails pour ne plus avoir à mentionner Jonny.

—Je vous ai dit que je ne pourrais pas vous aider, a-t-elle repris, se cachant les lèvres avec sa tasse de café et grimaçant en s'apercevant qu'il était déjà complètement froid.

J'ai souri et posé ma main sur la sienne.

—Vous m'avez aidée plus que vous ne l'imaginez.

Elle a rassemblé ses affaires, pris son téléphone sur la table, son sac et s'est excusée, elle avait un cours de yoga qu'elle ne pouvait pas manquer.

—C'est la seule chose qui me détend en ce moment.

Je me suis levée et l'ai remerciée, tendant la main pour serrer la sienne. Cette fois, elle s'est penchée vers moi et nous nous sommes étreintes. Elle a griffonné son numéro de portable sur un papier et est partie, son pantalon battant toujours dans le vent.

Je suis restée assise encore un moment à regarder les mouettes voltiger au-dessus de moi, s'élevant dans le ciel, si haut dans le blanc du ciel qu'elles en disparaissaient presque. *On connaît toutes les deux la vérité, Rachel.*

Les derniers mots que tu m'avais adressés, et soudain la pensée m'est revenue, trouble devant mes yeux. J'en ai entraperçu des bribes, des vacillements, mais quand j'ai essayé de la saisir, elle s'est évanouie dans le soleil.

13

Tu es sortie des radars au cours du week-end. Ton nom n'apparaissait plus à la radio, ni ton visage sur les couvertures des journaux et à la télévision. Jonny non plus. Il fallait que tu nous offres un rebondissement, un virage inattendu pour occuper les gros titres, et, en attendant, tu avais plongé dans le silence.

Dans mon appartement, le silence régnait également. Pas de rire, pas de conversation au petit déjeuner, ou pour commenter les programmes télé du samedi soir ou les journaux du dimanche, pas de Jonny. Seulement un coup de fil incongru de Sarah Pitts pour rompre le silence, me surprenant de son ton confus.

— Écoute, Rachel, je suis désolée pour l'autre jour, je n'avais pas dormi. Je devenais folle à force de penser que j'aurais pu faire quelque chose pour la protéger, mais je n'aurais pas dû me défouler sur toi.

J'ai repensé à notre échange glacial dans le café, combien j'avais voulu qu'on se comprenne et qu'on s'entraide, mais l'ombre de notre adolescence planait toujours sur nous.

— J'accepte tes excuses, ai-je assuré, lentement, permettant à Sarah de reprendre la conversation.

Elle m'a expliqué qu'elle avait été interrogée par la police mais qu'elle n'avait rien entendu à ton sujet depuis. Elle m'a demandé où j'en étais.

Je me noie.

Doucement, je me noie.

—Oh, tu sais, nulle part. Je n'arrive à me concentrer sur rien, ces derniers temps.

—Je vois très bien ce que tu veux dire, Rachel. Écoute, est-ce que je peux t'appeler de temps en temps, si ça ne te dérange pas ? Je me dis juste que tu risques d'obtenir plus d'informations que moi.

J'ai hésité, puis j'ai cédé.

—Pas de problème, ai-je acquiescé, m'attendant à ne plus jamais entendre parler d'elle. À plus tard.

J'ai raccroché et je suis retombée dans un grand trou noir.

L'ironie, c'est que Jonny et moi n'aurions pas été ensemble ce week-end-là de toute façon. Il aurait dû se trouver en Afghanistan, ce qui n'aurait pas été facile, mais quand quelqu'un vous manque et que vous savez que son absence se justifie, cela n'a rien à voir avec ce que je vivais, avec l'incertitude, avec cette torture. Une immense fissure s'était ouverte dans mon univers et avait englouti les deux êtres que j'aimais le plus au monde. Et je n'avais rien vu venir. Tout ce qu'il me restait maintenant, c'était les dégâts qu'elle avait causés.

Je me rappelle ce week-end dans des tremblements, des quintes de toux et des douleurs. Ma gorge était sèche, mon corps était tellement tendu qu'il menaçait de se briser. Je portais plusieurs

couches de vêtements, des pulls, des chaus-
settes, des chaussons, j'ai monté le chauffage au
maximum, et pourtant le froid s'était insinué dans
mes os et refusait de les quitter. J'ai mangé sans
pouvoir me retenir, comme je ne l'avais plus fait
depuis des années, pizzas à emporter, thaï, curry,
biscuits dans le placard, tout ce que je pouvais me
mettre sous la dent, tout ce qui pouvait combler le
trou béant qui me remplissait. Au bout du compte,
j'ai tellement vomi que je me suis sentie encore
plus mal.

Je n'avais pas les idées claires, mes émotions
oscillaient comme un pendule entre la furie et
la désolation la plus totale. Je ne savais plus ce
que j'éprouvais : étais-je dévastée par le deuil
ou blessée par la trahison ? Et tout a fini par se
mélanger.

Dans les rares moments de calme, mon imagination s'enflammait et je discutais avec Jonny qui,
après être revenu à la maison les bras ouverts, me
soulevait dans les airs et m'embrassait partout,
m'arrachant à ma tristesse avec une explication
innocente. Je me mettais alors à me gratter la
peau de frustration et la confusion s'emparait
de nouveau de moi. Pour ne pas sombrer dans
la folie, je me concentrais sur autre chose. Mes
pensées allaient vers toi, Clara.

C'est la chanson qui m'est d'abord venue, je
me suis retrouvée à la fredonner avant même de
savoir ce que c'était, et soudain le nom a jailli
dans mon esprit. J'ai éclaté de rire en constatant

l'ironie de mes souvenirs. La chanson de notre été 1995, *Missing* par le duo Everything But the Girl.

Tu te rappelles, Clara, cette époque de notre vie, où nous n'étions pas encore adultes, mais, en tout cas, certainement plus des enfants ? Nous avions troqué Take That contre des compilations de DJ et nous nous étions promis que, cet été-là, nous irions au Zap Club (même si nous n'avions pas encore l'âge).

Nous en parlons depuis des mois, mais nous n'avons pas trouvé le courage d'y aller seules de peur de nous faire refuser l'entrée sous prétexte que nous sommes trop jeunes, devant une queue de gens cool. Et puis Matt, le gars de terminale que tu fréquentes, dit qu'il connaît quelqu'un à la porte. Paul Oakenfold va jouer, est-ce qu'on veut venir ?

C'est l'été et, toute la semaine, nous avons traîné sur la plage, ou sur la jetée à manger des glaces à l'eau, rapidement avant qu'elles fondent au soleil. Le parfum à la noix de coco de ton autobronzant nous suit partout, comme ma crème solaire ultra-protectrice et mon chapeau au large bord que je porte pour empêcher la progression des taches de rousseur sur mon visage. Au fur et à mesure que les jours passent et que ta peau prend une jolie teinte hâlée, nous ne parlons plus de rien d'autre que de samedi soir, de quelle tenue nous allons mettre et de ce que nous dirons à ton père pour qu'il te laisse rentrer plus tard. Pas besoin de convaincre Niamh, un des rares avantages à avoir une mère négligente.

Le samedi en question, j'arrive tôt chez toi, deux bouteilles d'alcool cachées dans mon sac. Nous buvons et dansons sur *Missing* des Everything But the Girl, *Dreamer* de Livin'Joy et *Rhythm is a Mystery* de K-klass que nous passons en boucle, pas seulement parce que nous aimons les morceaux. Nos goûts en musique ont évolué plus vite que notre collection de CD qui comporte surtout des albums de Take That.

—Alors? demandes-tu, une fois que nous sommes habillées. Qu'est-ce que tu en penses?

Tu tournes sur toi-même, ce qui fait virevolter tes cheveux, éclairés par la lumière de la pièce. Les minutes défilent et je ne peux détacher mon regard de toi, cette vision devant moi, ta peau bronzée rayonnant dans ta robe blanche, tes yeux d'un bleu renversant scintillant d'excitation, tes épais sourcils noirs, tes lèvres rouges et pleines. Je me demande si tu es réelle.

—Tu es… renversante.

Tu t'approches pour m'embrasser.

—Alors on est deux, me complimentes-tu. Allez, Rach, on va faire la fête.

Avant de sortir, nous promettons à ton père que nous reviendrions en taxi, le seul moyen de l'empêcher de venir nous chercher.

—Une heure, Clara, pas une minute de plus, claironne-t-il. Si vous n'êtes pas de retour à cette heure-là, je lance les recherches. Et les filles, amusez-vous bien, vous êtes toutes les deux splendides.

Nous avons souri et avons filé avant qu'il puisse nous voir rougir. Nous lui avions dit que nous allions voir Blur au Paradox, sachant qu'il ne t'aurait jamais laissée aller au Zap Club.

Sous les arcades de King's Road, l'avenue du Zap, la techno résonne. Une longue file de fêtards attendent, bien habillés ou pas, piétinant, bavardant, riant. Ils me paraissent plus âgés, plus branchés. Pour moi, ils sont tout à fait à leur place ici. En m'examinant dans mon jean noir, mon petit haut vert que j'ai acheté la semaine dernière chez Oasis, je me rends compte combien je suis ordinaire et banale en comparaison. Toi, en revanche, tu surpasses tout le monde ici, comme toujours, Clara.

Nous allons nous planter au bout de la queue, mais Matt et son copain Scott secouent la tête et nous attirent vers le début de la file. Je baisse la tête, anticipant la gêne que nous vaudrait d'être rembarrées par la blonde à queue-de-cheval et écritoire. Mais, à ma grande surprise, elle hoche la tête et ouvre la porte, nous invitant à entrer.

Le club se remplit, sombre et moite, l'odeur de l'alcool et du tabac saturant l'air. Matt ne te lâche pas, murmure à ton oreille, approuvant tout ce que tu dis. J'ai observé sa réaction quand nous nous sommes retrouvés plus tôt dans la soirée. Il doit se douter qu'il n'est pas à la hauteur et pourtant il veut t'avoir pour lui ce soir, au moins. J'écope de Scott qui a commencé à agiter les bras et à danser bien trop près de moi. Après toute cette anticipation et une semaine entière à faire des plans sur la comète, je n'ai qu'une envie, tourner les talons et m'enfuir. Je réfléchis encore à quelle excuse je pourrais te présenter, quand tu arrives vers moi pour passer ton bras sous le mien.

— Viens, il faut que j'aille faire pipi.

Dans la cabine des toilettes, enfermée avec toi, je comprends que nous sommes là pour une tout autre raison. Tu ouvres la main et révéles deux comprimés blancs, plus petits que du paracétamol.

— Tu veux ? chuchotes-tu, tes yeux pétillant de malice. Matt dit que c'est vraiment de la bonne qualité.

Je ne sais pas quoi dire. Pendant toutes les heures que nous avons passées à parler de la soirée, il n'a jamais été question de prendre de l'ecstasy. Je ne l'ai même pas envisagé. Tu perçois mon hésitation.

— Allons, insistes-tu en me tendant un cachet, tout le monde en prend.

Je me dis que je vais rentrer chez moi, parce que je ne me sens pas du tout à ma place, et je te vois mettre le petit comprimé dans ta bouche, rejetant la tête en arrière et le faisant glisser avec une gorgée de ta bouteille d'eau. Tout ce temps, tu affiches un sourire provocateur, me défiant de te suivre.

— Plus moyen de faire machine arrière, lances-tu.

Et je te prends la bouteille des mains. Je place le comprimé sur ma langue, grimaçant de son amertume et de son goût chimique. Je l'avale avec un peu d'eau. Deux minutes plus tard, on sort des toilettes pour retourner dans le club sans savoir ce qui va se passer.

La réponse, c'est rien, pendant des heures. Le club s'est rempli de corps chauds et transpirants, bien trop proches les uns des autres, se balançant au rythme agressif de la musique. Le visage de Matt est rouge, luisant de sueur. Il ne s'éloigne pas de toi, se demandant à l'évidence quand la drogue fera effet et que tu t'écrouleras sur lui. On n'arrête pas de se regarder. *Alors, ça agit ?* Et on secoue la tête, parce qu'on se sent toutes les deux parfaitement normales. Je ne vois pas pourquoi on parle tant de l'ecstasy. Soudain, une chanson que je ne reconnais pas résonne. Petit à petit, je sens les pulsations s'insinuer en moi, une chaleur s'empare de ma tête comme du velours liquide et je ne peux que me laisser faire. Je me tourne vers toi, tu as les pupilles immenses et dilatées, nos sourires se rejoignent. Tu es tout près de moi, ta main sur mon dos déclenche des frissons le long de ma colonne vertébrale et jusqu'à ma tête. Tout mon corps s'éveille, si merveilleusement, si délicieusement réceptif au moindre contact.

C'est à cet instant que nous entendons *Missing*, notre chanson, et nous ne pouvons plus arrêter de sourire parce que c'est trop bon pour être vrai, comme si quelqu'un avait concocté une drogue seulement pour nous deux et programmé toute la soirée selon le plan cosmique le plus judicieux. Ta main prend la mienne, et, dans notre propre petite bulle, nous nous laissons entraîner par la musique jusqu'au centre bruyant du club où la chanson s'insinue dans nos cœurs et les lumières clignotantes dansent devant nos paupières. Tu te penches vers moi et tu cries à mon oreille, si bien que les mots vibrent en moi :

— Ne perdons jamais ça, Rach.

Tu ne parles ni de la drogue ni de la musique, même si elles nous envoûtent. Tu parles de nous, et une idée d'une clarté limpide traverse mon esprit. *Si je te perdais, je me perdrais moi-même.*

— Jamais, je te le promets ! dis-je. Je ne te laisserai jamais partir !

On reste là, à danser, parce qu'on ne peut pas s'arrêter, jusqu'à ce qu'enfin on se dirige vers un coin plus calme, plus sombre. On s'écroule sur le sol, nos dos contre le mur, pour goûter à l'instant. On a perdu Matt et Scott depuis longtemps dans l'agitation, mais quand je te le fais remarquer, tu hausses simplement les épaules et fermes les yeux.

— Pas grave, dis-tu, et tu prends ma main et poses ta tête sur mon épaule.

Le temps s'étire à l'infini jusqu'à ce qu'enfin la chaleur quitte nos corps. Tu ouvres les yeux et tu regardes ta montre comme si tu venais de te souvenir de quelque chose.

— Merde, lâches-tu, mais lentement, rêveuse. On va se transformer en citrouilles, il faut qu'on rentre.

Dehors, l'air froid pique notre peau. On traverse la rue et on se laisse attirer par le bruit et les ombres noires des vagues sur la plage.

— Stop ! cries-tu, alors qu'on foule les galets. Regarde là-haut ! lances-tu en pointant vers le ciel. Tu as vu comme elles sont grosses ce soir ?

Je m'assois pour admirer les étoiles. Elles semblent énormes, si proches de nous que je me dis qu'elles vont tomber du ciel.

Tu viens te blottir contre moi, les lumières scintillant au-dessus de nous. On s'allonge, tendant nos bras vers la nuit noire, le plus haut possible. C'est là que nous la ressentons, la chaleur électrique qui s'infiltre par le bout de nos doigts pour irradier nos corps. Les vagues lèchent la rive tout près de nous et nous jurons toutes les deux que nous avons touché une étoile.

14

Lundi matin, de retour au travail, ton nom planait de nouveau dans l'air, au-dessus de moi, inaccessible. J'ai senti mon estomac se crisper en pensant que j'allais être laissée de côté alors que quelqu'un d'autre couvrirait l'information.

Me glissant dans la salle de rédaction, j'ai percuté Richard Fineman, un correspondant de la chaîne, qui a renversé tout son café sur mon manteau en laine couleur crème.

— Bon Dieu ! ai-je grommelé, essayant de me faufiler, mais il me bloquait le passage.

— Merde, désolé, a-t-il lâché avec son accent traînant typique d'école privée.

Il a ensuite levé la tête et a vu que c'était moi.

— Tu es la dernière personne que je m'attendais à voir au bureau.

Il m'a toisée de haut en bas, cherchant tout signe de faille émotionnelle.

— Il vaut mieux rester occupé.

— Oui, si ça fonctionne pour toi. Mais sache que je suis avec toi.

J'ai examiné son visage pour voir s'il était sincère ou s'il se réjouissait de ma déconfiture. J'avais le sentiment qu'il ne me pardonnerait jamais de l'avoir grillé pour le poste de correspondant criminel et je me suis rappelé ce qu'un collègue avait dit de lui quand j'avais commencé à NNN : « Plus tu le connais, moins tu l'aimes. »

— En tout cas, ça va peut-être te soulager de savoir que le sujet est entre de bonnes mains, a-t-il lancé en frottant les siennes. Je viens d'être mis sur l'affaire.

Sur cette nouvelle, il m'a faussé compagnie et a filé vers le parking.

Je ne suis pas de nature vindicative, mais parfois la justice a besoin d'un petit coup de pouce, et, là, c'était vraiment le cas. Je ne voulais pas des gros doigts boudinés de Richard sur Jonny et toi, et oui, si je ne pouvais plus couvrir l'affaire, au moins je voulais être tenue au courant de toutes les avancées confidentielles de la police. Richard préférerait mourir que de me fournir des informations privilégiées. Il fallait que j'agisse, mais comment, je l'ignorais. L'heure du déjeuner est arrivée et une opportunité impossible à rater s'est offerte à moi.

Richard était à Brighton, sur la promenade, en direct pour le bulletin d'informations du 13 heures. Son texte consistait simplement en : « Richard Fineman, en direct de Brighton, où la police a passé le week-end à interroger les automobilistes et les fêtards qui se trouvaient sur place le soir de la disparition de Clara O'Connor, il y a plus d'une semaine déjà. » Le journal enchaînerait ensuite sur le reportage suivant. Ce n'est pas le genre d'annonce qu'on peut se permettre de dire de travers parce qu'on n'a que dix secondes, et si on s'emmêle les pinceaux, on n'a pas le temps de se rattraper. Mais Richard a bredouillé dès qu'il a ouvert la bouche. Et, si vite que j'ai failli le rater, tout en bas de l'écran, je l'ai vu poser sa main sur son entrejambe pour replacer son matériel. Comme par magie, il s'est ressaisi. Le cadeau, le vrai cadeau. J'ai jeté un œil vers Jake, mais il fixait le journal, très concentré. J'ai rejoué la scène pour voir si j'avais rêvé. Mais non, j'avais bien vu.

D'instinct, j'ai sorti un vieux bloc-notes dans lequel j'avais noté le mot de passe d'un faux compte e-mail que j'avais créé quelques mois plus tôt. Je m'étais fait passer pour une vieille dame durant une enquête sur une compagnie qui forçait des retraités à s'équiper de systèmes de sécurité. Le compte appartenait à Jean Beattie, un nom que j'avais emprunté à une vieille voisine de Dover Road qui autrefois me faisait passer des bols de crème anglaise à travers le grillage et discutait avec moi de mes plantes.

J'ai entré le mot de passe et cliqué sur le bouton pour écrire un message à salledredaction@nnn. co.uk.

```
Cher monsieur,
À soixante-sept ans, ma vue n'est certaine-
ment plus ce qu'elle était. Cependant, je
suis persuadée que je viens de voir votre
correspondant, Richard Fineman, tripoter son
pénis durant son reportage dans le journal de
13 heures. J'espère que la chaîne n'encourage
pas ce genre de comportement. J'ai toujours
```

apprécié vos journaux, mais j'aurais peu d'hé-
sitation à me diriger vers la concurrence.
Cordialement,
Jean Beattie

Je l'ai relu une fois avant d'appuyer sur envoi.
Trente-deux minutes plus tard, une réponse est
arrivée dans la boîte de réception de Jean Beattie.

Chère madame Beattie,
Merci pour votre e-mail. Je viens de regarder
le reportage en question, et même s'il semble
que sa main frôle la zone que vous mentionnez,
je doute que ce soit dans le but que vous
décrivez. Je vous prie d'accepter nos excuses
si cela vous a offusquée de quelque façon que
ce soit. Recevez mon assurance que je trans-
mettrai votre remarque au reporter concerné
pour qu'un tel geste ne soit pas répété.
Je souhaite que vous continuiez à apprécier
notre programmation.
Bien à vous,
Robbie Fenton
Rédacteur en chef

J'ai attendu dix minutes avant d'entrer dans le
bureau de Robbie, avec sur les lèvres le goût du
gloss fraîchement appliqué, prête à exécuter la
deuxième partie de mon plan.
Je l'ai vu lever la tête.
— Particulièrement élégant, le geste de Richard,
ai-je complimenté, sans une pointe d'ironie.
Il a grommelé quelques mots dans sa barbe.
— Tous les autres étaient occupés.
J'ai fait un geste pour repartir, mais je suis
revenue sur mes pas, comme si je venais de me
souvenir de quelque chose.

— J'ai rencontré Amber Corrigan, l'autre jour.

Il a froncé les sourcils, essayant de mettre un visage sur ce nom.

— La fille de la conférence de presse, lui ai-je rappelé.

— Ah… elle. Elle veut bien répondre à nos questions ?

— J'en doute. Elle a accepté de me parler parce que je suis l'amie de Clara. Elle a dit à tous les journalistes d'aller se faire voir.

— Ah, oui…, a lâché Robbie, en frottant son menton rêche d'une barbe de quelques jours. Je comprends.

Et je savais qu'il avait très bien compris.

L'idée a pris forme dans ma tête un peu plus tard dans l'après-midi. Au début, j'ai pensé que c'était trop cruel, mais je me suis dit qu'il ne tomberait dans le piège que s'il n'était vraiment motivé que par son ego, comme il avait fini par me le laisser croire. Et je suis arrivée à la conclusion qu'il serait le seul responsable de sa chute. De toute façon, j'avais mieux à faire que de me préoccuper de la carrière de Richard Fineman. Comme te trouver, Clara. Plus je pourrais glaner d'informations, plus j'aurais des chances de mettre la main sur Jonny et toi.

J'ai vérifié l'ordre des titres du journal. Richard arrivait en deuxième. Un reportage à Brighton et, juste après, un direct avec lui. Je savais qu'il chercherait une remarque pertinente à faire, une

209

analyse à offrir, ou, même mieux, un scoop. Je savais aussi qu'il ne trouverait rien de la sorte.

J'ai attendu jusqu'à 17 h 51 pour appeler. J'imaginais Richard faisant les cent pas sur la promenade, répétant son texte pour le direct, l'adrénaline coulant dans ses veines. Pour être honnête, j'ai craint d'avoir trop attendu. Il aurait pu mettre son portable sur silencieux, mais je n'avais pas le choix, je ne voulais pas lui donner le temps de passer des coups de fil pour vérifier l'information.

Quatre sonneries avant d'entendre sa voix empruntée.

— C'est Rachel, ai-je lancé. Écoute, je viens de recevoir un appel d'un de mes contacts dans le Sussex pour m'informer que la voiture de Clara a été abandonnée à côté de Devil's Dyke. Ce n'est pas encore officiel, on pourrait être les premiers à l'annoncer.

— Tu me donnes l'info ? a-t-il demandé, n'en revenant pas, exactement comme je l'avais prévu.

— Mets ça sur le compte de la générosité professionnelle, ai-je déclaré, sachant que mon explication ne le convaincrait pas. Écoute, si tu veux tout savoir, ça me fait mal de te la donner, mais puisque je ne peux rien en faire, autant que ce soit toi qui t'en serves plutôt que nos concurrents. C'est le moindre mal, disons, ai-je conclu dans un rire.

— Et c'est un bon contact ?

— Un des plus fiables que j'aie. Je ne peux pas te convaincre de passer l'annonce, c'est toi qui vois. Et tu ne dois dire à personne que ça vient de moi. Peut-être qu'on ferait mieux d'attendre, je pense qu'ils vont faire une déclaration publique un peu plus tard. Allez, dépêche-toi, tu passes à l'antenne dans cinq minutes.

J'ai raccroché.

Pas sûre du tout qu'il ait le cran de le faire. Mon seul espoir était qu'il trouve la perspective d'un scoop trop alléchante pour résister.

Cinq minutes plus tard, Richard Fineman a annoncé à la télévision nationale, une octave plus haut qu'à l'accoutumée, qu'il pouvait « révéler en exclusivité » que la voiture de Clara O'Connor avait été retrouvée abandonnée dans un fossé près de Devil's Dyke.

Il n'a pas fallu trois minutes pour que son euphorie retombe, quand la police du Sussex a appelé la salle de rédaction pour se plaindre qu'ils n'avaient jamais fait pareille découverte. Dix minutes plus tard, mon BlackBerry a vibré avec un e-mail de Robbie.

```
J'ai besoin de ton aide pour l'affaire O'Connor.
On en parle demain.
```

J'étais survoltée. Une porte qui m'avait été fermée au visage venait de se rouvrir. J'ai pris ça comme un signe que tout s'arrangerait, que la situation s'améliorait en ma faveur et, quand Jake m'a invitée à boire un verre, je l'ai surpris en acceptant.

Nous sommes restés dans le pub jusqu'à ce qu'ils nous jettent dehors, deux bouteilles de bordeaux plus tard. J'avais chaud, légèrement le vertige et je me sentais détendue. J'ai même ri à ses plaisanteries, oubliant pendant quelques heures bénites tout ce qui se passait autour de moi.

Dans la rue, Jake a hélé un taxi et m'a dit que je ne pouvais pas rentrer seule chez moi, « pas après le cambriolage ». C'était la première fois qu'il disait tout haut ce qu'il pensait être arrivé. Mais, quand nous nous sommes arrêtés devant mon appartement, nous avons compris que, de toute façon, je ne serais pas seule.

Une voiture de police stationnait sur le trottoir d'en face, tous feux éteints. Alors que nous payions le chauffeur, j'ai entendu une portière claquer et, le cœur battant, j'ai vu deux officiers s'avancer vers nous. Jake s'est tourné vers moi pour me rassurer, me questionner, je ne sais pas. J'étais incapable de m'occuper de lui. Quand ils sont arrivés à notre hauteur, l'un d'eux s'est présenté comme étant l'inspecteur Simon Ramilles.

— On peut entrer ? a-t-il demandé sur un ton solennel qui montrait bien qu'il ne s'agissait pas d'une question.

L'autre, une femme, lui a emboîté le pas et m'a adressé un regard de pitié quand je lui ai montré la porte. Une fois dans le salon, je me suis assise et j'ai essayé de me concentrer pour que la pièce arrête de tourner autour de moi. Dans la cuisine, j'entendais le bruit de la bouilloire électrique et

Jake qui s'affairait, ouvrant les placards pour trouver des tasses, des sachets de thé et du sucre.

L'instant avant que l'inspecteur Ramilles prenne la parole s'est éternisé si longtemps que j'ai cru qu'il ne parlerait jamais. Un silence suffocant nous a entourés. Enfin, perché sur le bord du canapé, les mains serrées, il a pris une profonde inspiration et m'a annoncé qu'un corps avait été retrouvé.

La morgue de Brighton ressemblait à un bungalow des années soixante-dix avec un auvent fixé sur le côté comme s'il avait été rajouté après coup. À l'intérieur, un tapis en matière synthétique bleue recouvrait le sol de la salle d'attente. Des tableaux bon marché représentant la mer et la plage décoraient les murs. Vraiment le genre qu'on achète dans les stations-service sur l'autoroute.

Une vieille dame m'a offert une tasse de thé comme si le thé avait la vertu de tout adoucir. Mais le thé ne vous prépare pas à être conduite dans une salle avec des rideaux rouges et des fleurs, ni à avoir si froid que vous pensez que plus rien ne pourra jamais vous réchauffer. Cela ne vous prépare pas à ce que vous êtes censé dire quand le drap se soulève et que vous voyez la personne que vous avez autrefois connue, grise, cireuse et rigide. Si rigide que vous avez l'impression qu'elle n'a jamais été en vie. Comme si tout n'avait été que le fruit de votre imagination. J'ai d'abord regardé les orteils qui étaient jaunes, mais bleus sous les ongles, et lentement j'ai remonté le long des jambes, fortes, épaisses et livides, et le sexe, source de plaisir autrefois, mais qui désormais était flasque et mou. Le torse où j'avais posé la tête, où un cœur puissant avait battu. Et le visage, ce merveilleux visage que j'avais vu pour la première fois deux ans plus tôt. Ce n'était pas toi, Clara. Mais Jonny. Froid et mort, parti pour toujours.

Ils m'avaient prié de l'identifier à la demande de Sandra. Elle ne pouvait se résoudre à le faire. Voir son bébé, son fils, étendu là. Ses espoirs et son avenir arrêtés net sur une table de morgue. Elle patientait dehors, avec une tasse de thé froid. Et quand je suis sortie, elle a levé la tête. Son regard implorant me hantera à jamais. Elle me suppliait de lui dire quelque chose que je ne pouvais pas. Que c'était une erreur. Que c'était un pauvre bougre qu'on ne connaissait ni l'une ni l'autre. J'aurais plus que tout aimé le faire. Mais j'ai secoué la tête et je l'ai retenue quand elle s'est effondrée dans mes bras.

15

Dans mon carnet, j'ai toujours les mots que j'ai notés quand on m'a expliqué comment Jonny était mort. Ma main tremblait, personne ne pourrait déchiffrer mon écriture. Je revois les phrases plus que je ne les relis. Leur empreinte restera dans mon esprit pour le restant de ma vie.

Je me souviens de la policière chargée de la liaison avec la famille, nous exposant les détails doucement, la tête penchée pour manifester sa compassion, regardant tour à tour Sandra et moi et prononçant un millier de fois : « Je comprends, je comprends. »

Elle nous a expliqué que le corps de Jonny avait été retrouvé non loin de Preston Park dans une zone boisée, le long d'un sentier. Il avait été recouvert pendant des jours, certainement par une épaisse couche de neige, jusqu'à lundi, quand elle avait fondu et qu'un type qui promenait son chien était tombé dessus.

—Quand nous avons trouvé son corps, il ne portait pas de manteau, juste un jean et un tee-shirt. Les températures étaient inférieures à zéro pendant le week-end.

Il était dehors, seul, et il avait besoin de moi, et maintenant il était parti pour toujours.

Je leur ai dit que Jonny n'aurait jamais été aussi irresponsable, jamais il n'aurait bu au point de s'endormir dehors. Il devait partir pour l'Afghanistan le lendemain.

Sandra sanglotait à côté de moi. La policière lui a pris la main et m'a adressé un regard qui signifiait : *Ce genre de remarque n'aide pas.*

— Je comprends que c'est un choc, a-t-elle répété, comme si elle voyait tous les jours, sur une table de morgue, froid et sans vie, l'être qu'elle aimait le plus au monde.

Dans le train qui me ramenait à Londres, je fixais le paysage nu et glacé qui défilait devant ma vitre. La nuit tombait, une obscurité lugubre enveloppait le wagon. Je me suis demandé ce qui se passerait si le soleil ne se levait plus jamais, si le monde arrêtait de tourner autour de son axe et si nous nous retrouvions pour toujours piégés dans ces ténèbres. Est-ce que les arbres et les plantes seraient les premiers à dépérir ? Ensuite, il est certain que ce serait notre tour.

Parce que nous avons tous besoin de la chaleur du soleil pour survivre, n'est-ce pas ? Tout comme nous avons besoin d'être aimés et désirés, d'être le centre de l'attention et de l'adoration de quelqu'un. Si nous n'avons pas cela, comment savoir même que nous existons ?

Je m'étais prélassée dans la chaleur de ton attention, Clara. Je m'étais épanouie comme une fleur sous ton regard, puis tu l'as laissé dériver loin de moi et je suis restée à grelotter dans le froid. Je me souvenais si clairement de la douleur que j'avais ressentie, comme si on m'enfonçait un couteau dans le corps pour me vider de ma substance. Oh, je m'étais remise, Clara, j'avais trouvé un moyen pour faire face, mais ce n'est que quand Jonny est apparu dans ma vie et a fait de moi le centre de son univers que j'ai pris conscience du froid qui m'habitait et de combien ta chaleur m'avait manqué. Maintenant il n'était plus là et de nouveau le gel s'emparait de mes os, l'obscurité suffocante m'aveuglait comme le brouillard qui monte de la mer. Et je m'y perdais, disparaissant de nouveau.

La femme invisible.

J'ai entendu le cliquetis des bouteilles sur le chariot des rafraîchissements dans l'allée et levé la tête à temps pour le voir passer à côté de moi, sans que le steward me propose une boisson. Est-ce que je m'étais déjà volatilisée ? J'ai tendu ma main devant moi, mais je n'ai pas pu la voir à travers le rideau de mes larmes. C'est seulement quand j'ai glissé les doigts dans mes cheveux et que j'ai tiré de toutes mes forces que la mèche que je venais d'arracher m'a convaincue que j'étais encore là.

Je ne voulais plus être seule. Je ne voulais pas rentrer chez moi, passer ma porte et m'évanouir dans les airs. Il fallait que quelqu'un me voie, me parle et me prouve que j'étais encore en vie, que je respirais encore.

Jake.

C'était le seul vers qui je pouvais me tourner.

Je suis arrivée à son appartement tard ou tôt, je ne m'en souviens plus. Je dérivais. Les minutes et les heures appartenaient à un autre monde. Celui dans lequel j'étais coincée n'avait ni début ni fin.

À cet instant, j'avais pris conscience que la découverte du corps de Jonny ferait la une de toutes les chaînes de radio et de télévision. Les photographes m'attendraient devant chez moi, parce que j'étais désormais un élément de l'histoire. Une raison de plus pour me rendre chez Jake.

Son appartement se situait au rez-de-chaussée, et quand j'ai sonné, il est sorti dans la rue pour m'accueillir. Je me souviens de m'être écroulée dans ses bras, comme si l'effort de me maintenir debout était au-dessus de mes forces. Il m'a soutenue pendant un temps qui m'a paru infini, immobile et silencieux, avant de me conduire à l'intérieur.

J'ai retiré mes chaussures et je me suis installée sur le canapé, les jambes repliées sous moi, tandis que Jake est parti dans la cuisine pour en ressortir avec une bouteille de vin et deux verres.

— Tiens, a-t-il lancé en m'en tendant un.

J'ai bu une gorgée, laissant la douceur de l'alcool me réchauffer la gorge. Mais mon corps avait été froid pendant tant de jours qu'il avait oublié comment absorber la chaleur.

Nous n'avons rien dit pendant un moment, nous contentant d'écouter la musique : une voix d'homme profonde et suave, le genre de mélodie qui vous fait plonger en vous-même. Je l'ai laissée se répandre en moi, tout en sirotant mon vin.

C'est à ce moment-là que cela m'a traversé l'esprit.

— Je n'ai pas pleuré, je n'ai pas versé une larme. J'ai l'impression que tout s'est asséché en moi. Comme si je n'avais plus rien.

— Chacun réagit à sa manière.

Jake a posé son verre sur la table basse et s'est levé pour changer de CD. Je l'ai regardé étudier sa collection, sortant un disque pour le ranger aussitôt après jusqu'à ce qu'il trouve celui qu'il cherchait. Une œuvre de Banksy décorait son salon, des gens qui jouaient au bowling avec des bombes à la place des boules, ainsi qu'un poster délavé de *Star Wars*. Les murs étaient sombres et neutres, et il avait baissé la lumière, une sorte d'attitude décontractée sans y paraître qui m'aurait impressionnée en temps normal, mais pas ce soir, alors que je me sentais anesthésiée.

J'ai entendu la musique résonner doucement de nouveau et il s'est assis à côté de moi, m'entourant de son bras.

— Ne sois pas trop dure avec toi, Rachel.

— Tout m'échappe, parfois j'ai l'impression d'avoir imaginé ma vie, ai-je dit, d'une voix plate, dénuée d'émotions.

Avec sa main, il a touché mon menton, soulevant mon visage, me surprenant par la chaleur de ce contact.

— Tu vas surmonter cette épreuve. Tu es la personne la plus forte que je connaisse, a-t-il affirmé, m'attirant vers lui.

Contre ma poitrine, les battements de son cœur résonnaient, *toutoum*, *toutoum*, *toutoum*. Je voulais rester contre lui assez longtemps pour que ses pulsations raniment mon propre cœur, pour que la chaleur de son corps m'envahisse. Il a fini par se reculer, ses yeux sombres brillant sur moi. Je pense que j'ai dû fermer les miens, parce que je ne me rappelle pas l'avoir vu se pencher de nouveau. Tout ce que j'ai senti, c'est la douceur de ses lèvres sur ma joue. Quand j'ai rouvert les yeux, je ne voyais que ses lèvres, rouges et chaudes et pleines, et je me suis sentie attirée par elles, poussée par le désir de toucher quelque chose qui ne serait pas froid, bleu et mort. Et l'espace d'un instant, je n'ai pas réfléchi à combien c'était déplacé, tout ce que j'avais en tête, c'était que toucher ses lèvres était pour moi le seul moyen de rester en vie ce soir-là.

Quand je suis revenue à moi, la honte m'a frappée comme de l'eau glacée.

— Je suis désolée, ai-je dit. Je ne voulais pas...

— Aucune raison de t'excuser, Rachel, a-t-il déclaré, et il s'est levé pour remplir nos verres.

Je me suis réveillée le lendemain matin dans son lit, couverte jusqu'à la tête et tout habillée. Jake avait dû me porter là quand je m'étais effondrée sur son canapé. Je me suis levée et examinée dans le miroir. J'avais une sorte de touffe hirsute sur la tête. Je me suis dégagé le visage et j'ai attaché mes cheveux en queue-de-cheval. Mes yeux étaient tachés d'eye-liner et injectés de sang, et même pas parce que j'avais pleuré, me suis-je dit. J'avais la bouche sèche et terriblement besoin d'un verre d'eau.

— Quelle heure il est? ai-je demandé en émergeant de la chambre.

Jake était installé à l'îlot de sa cuisine, un café et le journal sur le plan de travail en bois devant lui.

— Tu ne devrais pas être au bureau ? me suis-je enquise en consultant la pendule sur le mur.

9 heures et demie.

— Rachel... il... faut que tu voies ça.

Il m'a montré le journal et d'une main il s'est frotté les yeux comme s'il avait mal.

Trois pas dans le salon ouvert et j'ai regardé par-dessus son épaule pour voir ce qu'il venait de lire.

J'ai plissé les yeux, refusant de croire ce qui était inscrit noir sur blanc sur le papier. L'obscurité, le seuil de la porte. Jake et son étreinte. Une image qui nous avait été dérobée la veille au soir, maintenant partagée avec le monde entier. La première page du *Daily Mail* avec pour gros titre :

La présentatrice se console dans les bras d'un collègue après la découverte du corps de son petit ami.

— Je suis désolé, Rachel, a-t-il lâché. Vraiment désolé.

Et j'ai vu sa bouche qui s'ouvrait pour ajouter quelque chose, mais je n'ai rien entendu parce que je m'enfuyais de son appartement en courant dans le matin glacé.

Courir, courir dans les rues. Le froid cinglant mon visage. Les voitures, les bus, les Klaxons et les gens. Des gens partout. Je voulais claquer des doigts pour les faire disparaître. Pour me ménager de la place, pour qu'ils me laissent tranquille afin de penser et respirer. Mes poumons s'engourdissaient, et pourtant je continuais à courir, je ne pouvais plus m'arrêter, si je m'arrêtais, elle pourrait m'engloutir, cette avalanche qui grondait dans mes oreilles. Elle m'entraînerait avec elle et m'enterrerait vivante.

Devant moi, une étendue de verdure. Queen's Park. J'ai passé les grilles, toujours en courant. Heureusement aucun enfant, trop froid pour sortir les enfants. L'espace m'appartenait. J'étais libre de le remplir avec ma respiration et mes pensées. Plus loin, j'ai vu un banc et je me suis assise. J'ai remonté les genoux contre ma poitrine, si serrés que je devenais assez petite pour disparaître. Pendant un instant, tout s'est immobilisé. La circulation, les promeneurs, les travailleurs, tout le monde s'est tu autour de moi. Une fenêtre de silence. Et soudain une douleur intolérable dans mon ventre comme si on me déchirait en deux. Elles sont enfin arrivées, les larmes, chaudes sur mon visage gelé, roulant sur mes lèvres avec leur goût salé. Tellement violentes que j'ai pensé qu'elles ne s'arrêteraient jamais. Et comme dans les vieux films que Niamh regardait, les images ont défilé, de Jonny, de son corps, perdu à jamais. Je l'avais aimé d'une façon que je n'aurais pas cru possible. Mes larmes se déversaient pour lui, mais surtout pour moi. Pour l'avenir que j'avais perdu. Jonny réparait quelque chose de cassé à l'intérieur de moi, il m'avait offert une issue. Maintenant qu'il était parti, il ne restait personne pour me raccommoder.

16

Le percement incessant était assourdissant et rassurant. Pendant des jours, j'avais craint que, derrière chaque bruit, derrière chaque ombre se tapisse un intrus. J'avais appelé un serrurier et maintenant qu'il remplaçait les verrous, je me disais que je pourrais enfin être en sécurité, comme si mon appartement était verrouillé, étanche, pour que personne sans nom et sans visage ne puisse se glisser par mes portes et mes fenêtres sans que je m'en aperçoive.

L'air sentait l'eau de Javel après les heures que j'avais passées à récurer, aspirer et laver quand les policiers avaient fini leurs recherches quelques jours plus tôt. J'avais frotté jusqu'à faire des trous dans mes gants. Mes bras douloureux à présent ne s'étaient arrêtés que quand j'avais été convaincue que toutes les empreintes digitales, toutes les miettes, tous les germes et l'odeur des gens qui avaient fouillé dans mes affaires avaient disparu. Avec une certaine satisfaction, j'ai inspecté le résultat, un café dans la main, et j'ai vu mon reflet dans les surfaces étincelantes. Tout était à sa place, hormis une pile de lettres à traiter.

Je peux garder cela à distance, je peux le repousser.

Le clignotement d'un message sur le répondeur a attiré mon attention. Je voulais bloquer l'extérieur, mais je savais que le voyant me narguerait toute la journée sans répit, alors j'ai appuyé sur lecture.

—Rachel, c'est Laura à l'appareil, a lancé la voix qui ressemblait tant à celle de ma mère. Je suis vraiment désolée pour tout. J'ai essayé de te joindre après la disparition de Clara et je viens d'entendre ce qui est arrivé à Jonny. S'il te plaît, appelle-moi pour me dire si ça va.

J'ai appuyé sur le bouton stop. Elle voulait savoir si j'allais bien. *Je ne vais pas bien. Mon petit ami est mort, ma meilleure amie a disparu. Rien n'ira plus jamais bien.*

Tante Laura pouvait attendre.

Sur pilote automatique, je me suis dirigée vers la table de la cuisine, scrutant la pile de courrier qui s'était accumulée au cours des dix derniers jours. Pour mon équilibre mental, il fallait que je m'en occupe, ne serait-ce que pour reprendre le contrôle des petites choses simples de la vie qui étaient en train de m'échapper. J'avais ouvert une enveloppe, une invitation pour m'inscrire dans un club de fitness, quand mon portable a sonné. Le nom de Sarah est apparu sur l'écran.

—Salut, poupette. (Personne ne m'a jamais appelée « poupette » avant ça et heureusement plus jamais après non plus.) C'est moi.

Elle s'est annoncée comme si c'était la seule personne à m'appeler.

—Bonjour.

—Je ne savais pas si je devais appeler, enfin, je voulais juste que tu saches que je pense à toi, a-t-elle bredouillé. C'est terrible, je ne peux pas imaginer ce que tu ressens.

— Merci, ai-je lancé, l'entendant à peine à cause de la perceuse.

— Bon Dieu, c'est quoi, ça ? a demandé Sarah.

— Oh, juste un serrurier.

Je n'avais pas l'énergie d'entrer dans les détails.

— Je comprends, a-t-elle affirmé, même si je ne voyais pas trop comment c'était possible. Écoute, je dois y aller, avec un petit groupe de voisins, nous avons décidé de poser des affiches pour Clara. On ne sait jamais, ça pourrait marcher.

J'en doute.

— Bonne chance, lui ai-je souhaité avant de raccrocher.

Je suis retourné à ma pile de lettres, commençant par celles qui paraissaient officielles, les factures, mes relevés de banque que j'ai mis de côté, pour me faire rembourser la plupart de mes dépenses de frais professionnels. Une carte insipide avec des papillons de ma tante Laura, manifestement envoyée avant que le corps de Jonny ne soit retrouvé. Au dos, de son écriture en pattes de mouche, une note :

Ma chère Rachel,
Je suis désolée de la disparition de Clara, j'imagine que tu dois être dans tous tes états. Je t'ai appelée plusieurs fois à l'appartement, mais je n'arrive pas à t'avoir. Donne-moi des nouvelles.
Avec tout mon amour, comme toujours,
Laura

Je l'ai jetée dans la pile des prospectus des agences immobilières promettant que des dizaines de clients imaginaires faisaient la queue pour s'arracher notre appartement. Ensuite, je suis tombée sur une grande enveloppe marron avec mon nom en majuscules et en dessous mon adresse. Elle avait été déposée directement dans ma boîte aux lettres, ne portait pas de timbre, mais était si légère que je me demandais si elle contenait vraiment quelque chose. J'ai attendu un moment, tendant l'oreille vers la perceuse du serrurier qui devenait de plus en plus forte alors qu'il travaillait sur les fenêtres de la cuisine, avant de m'emparer d'un couteau pour l'ouvrir. Je l'ai renversée et j'ai vu deux petits bouts de papiers voler vers le sol. La perceuse résonnait dans mon cerveau. Je voulais qu'il cesse. Je me suis penchée pour ramasser ce qui venait de tomber et j'ai vu une coupure de presse que j'ai tout suite reconnue comme étant l'article du *Daily Mail*. J'ai secoué la tête pour anesthésier la douleur. La page était à l'envers, je ne voyais que la météo et un billet sur Gordon Brown. Mais je savais que ce n'était pas ce que j'étais supposée lire. Doucement, je l'ai retournée et je nous ai vus, Jake et moi, dans les bras l'un de l'autre sur le seuil de sa porte en pleine nuit. La feuille A4 qui était jointe ne comportait que les mots :

TU NE RESSENS RIEN, RACHEL WALSH ?

Le percement s'est interrompu, mais pas l'élancement dans ma tête, féroce et rouge sang. J'ai senti tout près une présence, un souffle sur moi qui m'a fait sursauter. Je me suis tournée et j'ai vu le serrurier, qui, remarquant ma surprise, a eu un mouvement de recul. Il bougeait les lèvres, mais je ne pouvais entendre ses mots. Il les a répétés, plus fort cette fois :

— Je ne voulais pas vous faire peur, mam'selle, mais j'ai terminé. Combien de clés vous voulez ?

Il a remonté sur sa taille son jean trop large, que j'ai vu redescendre aussitôt après. Il s'appelait Mickey et possédait le magasin au coin de la rue. C'est tout ce que je savais de lui. *Ça pouvait être lui, ça pouvait être quelqu'un d'autre.*

J'ai baissé les yeux vers la lettre devant moi, mon nom rageusement écrit en majuscules.

Tu ne ressens rien ?

Je l'ai glissée sous la pile.

— Tout va bien ? a-t-il demandé.

— Ça va, oui, ai-je répondu, espérant qu'il n'entendait pas les battements de mon cœur.

— Combien de clés vous voulez ? Vous habitez seule ici, n'est-ce pas ?

Il avait un visage sympathique, rougeaud. Mais ça ne voulait rien dire.

— Non, il va m'en falloir trois jeux, ai-je répondu, ne voulant pas qu'il sache que je vivais seule. Deux pour moi et un pour mon petit ami.

— Ça marche.

J'ai pris mon chéquier, j'ai griffonné son nom pour lui régler ce que je lui devais et je le lui ai tendu. J'ai laissé échapper un soupir de

227

soulagement en suivant des yeux sa silhouette trapue quitter mon appartement.

Les rideaux étaient fermés pour repousser le jour et j'étais complètement emmitouflée dans ma couverture en cachemire couleur crème. Avec la télécommande, j'ai zappé jusqu'à tomber sur une émission de la chaîne Discovery à propos des requins blancs qui a attiré mon attention. Je m'y suis plongée, imaginant que je fendais les eaux profondes avec les requins, avec autant de grâce que de puissance, sans aucune crainte.

La voix off était grave et rocailleuse pour suggérer le danger. Elle expliquait que les requins sentaient le sang à des kilomètres : « On ne peut pas se cacher du grand requin blanc, il est capable de vous repérer et vous viser grâce à des petites décharges électriques dans le cœur et les branchies. Il programme son attaque et choisit sa proie bien avant que ses victimes ne le voient. C'est ce qui le rend si meurtrier. »

Le générique défilait à l'écran quand le téléphone a sonné, le bruit me faisant sursauter. Je ne m'attendais pas à recevoir un appel. Je ne voulais pas affronter l'inattendu, alors j'ai laissé sonner. Mais, à l'autre bout du fil, on insistait. C'était le numéro de Sandra. Je ne lui avais pas reparlé depuis que nous nous étions séparées à Brighton quelques jours plus tôt, l'image du corps de Jonny encore fraîche dans nos esprits. Au départ, j'avais nourri l'illusion que nous pourrions nous soutenir mutuellement, mais, en la regardant ce jour-là, j'avais compris que nous ne ferions que nous entraîner l'une l'autre vers un abîme de chagrin.

— Rachel ?

— J'étais juste sur le point de sortir, ai-je menti, en coupant le son de la télé.

— C'est l'autopsie...

Je l'ai entendue bloquer sa respiration comme si elle tentait de contrôler ses émotions pour annoncer sa nouvelle, mais y échouait lamentablement.

— Ils ont dit que c'était sans doute un suicide, a-t-elle dit, avant de s'interrompre brusquement.

Plus de mots. Juste le fracas de son effondrement en plein de petits morceaux.

J'ai jeté un œil vers la télévision, l'image était floue avec des parasites, et les murs allaient et venaient comme s'ils respiraient. Je ne voyais plus qu'en noir et blanc, la couleur avait disparu.

— Sandra, ai-je fini par l'interpeller. Comment est-il mort ?

— Hypothermie à la fin.

Je me suis demandé ce que cela voulait dire, « à la fin ».

— Mais ils ont dit...

Elle luttait pour enchaîner les mots.

— Ils ont dit qu'il a d'abord fait une overdose de somnifères. Il n'aurait jamais fait ça, pas Jonny.

Le combiné m'a glissé des mains. Un rayon de lumière s'est faufilé à travers les rideaux pour inonder la chambre.

Petit à petit, je recouvrais la vision, et soudain tout s'est éclairé, tout a pris sa place.

Des somnifères. Quel indice évident.
C'était toi.
Et la photo dans ma chambre, les messages et les lettres.
Tu voulais te venger.
Je te faisais confiance et tu m'as trahie.

J'ai attendu, le souffle coupé, le calme de la pièce pareil au silence de mort qui recouvre la mer avant un tsunami. Je me suis blottie à terre, roulée en boule, mes mains agrippant ma tête comme pour me protéger.

Et ça m'a frappée de plein fouet, incendiant mes poumons. Tout s'est évanoui autour de moi, dévorée par la colère qui désormais me consumait. La pression est montée, prête à faire exploser ma tête. Je ne pouvais rien faire, juste m'asseoir et attendre que ça passe, tout mon corps était vissé au sol par la force de ma rage.

Je ne sais combien de temps je suis restée comme ça, mais le silence est revenu. Le calme s'est installé en moi. La douleur dans ma tête a laissé la place à une sensation de chaleur. Mes mains sont retombées sur mes genoux. Le bout de mes doigts était maculé de sang, là où j'avais enfoncé mes ongles dans mon crâne. J'ai examiné la chambre, l'ordre, la perfection du rangement ne permettaient pas du tout de se douter de ce qui venait d'avoir lieu, tout était en place. Mais, à l'intérieur de moi, tout avait changé. J'ai écouté les mots résonner dans ma tête, cherchant à mettre un visage dessus. *Il existe toujours des indices, il suffit d'accepter d'ouvrir les yeux. En général, on ne voit que ce qu'on veut bien voir.*

Ann Carvello.

À cet instant, j'ai senti ses paroles vibrer dans toutes les fibres de mon être. J'aurais dû voir, Clara, que ce que nous avions était perdu, rongé par les années passées loin l'une de l'autre, par les doutes non formulés et les malentendus.

Et surtout, j'aurais dû savoir que, si tu avais pu me trahir une fois, tu recommencerais.

Clara, ma meilleure amie. Elle n'était pas morte, elle me hantait juste comme un fantôme.

17

Juin 2005

Ce sont tes contours, mais ce n'est pas toi. Tes manières sont différentes, la façon dont tu repousses tes cheveux, plus abrupte, moins élégante. La façon dont tu jettes la tête en arrière quand tu ris, et même ton rire, plus profond, plus rauque, le résultat de trop de Marlboro rouges, je pense. La fumée se lit sur ton visage, ta peau est fatiguée, elle a perdu son éclat, je vois les taches rouges des veines éclatées. Et ton discours est grêlé de mots que tu n'employais jamais, comme «juste» dans «juste incroyable». Et aussi cette petite inflexion à la fin de tes phrases qui les fait passer pour des questions. Mais c'est dans tes yeux que je vois le plus grand changement. Ils sont toujours bleus, un bleu saisissant, mais plus terne, comme si la lumière qui les faisait danser et pétiller s'était éteinte. C'est toi, mais ce n'est pas toi.

Cela faisait sept ans que nous ne nous étions plus revues, Clara, et maintenant que nous sommes de nouveau réunies, je me rends compte du fossé qui s'est creusé entre nous. Je ne sais plus comment t'atteindre, te trouver sous les couches de soupçons et les années de conversations que nous avons répétées dans nos têtes sans jamais les formuler à haute voix. Peut-être que j'attendais trop, que j'espérais être submergée de ta chaleur. *Laisse venir*, je me raisonne.

Mais ta façon de plisser les yeux et de me toiser de la tête aux pieds me perturbe.

—Il ne reste rien de toi, dis-tu, comme si ma perte de poids était malvenue et menaçante.

Il est clair pour moi que tu t'attendais à me revoir à l'âge de dix-huit ans et cela me fait enrager. Tu pensais vraiment que je n'évoluerais pas ? Tu avais si peu de considération pour moi ? Cette fille-là n'existe plus. Elle a disparu peu de temps après ton départ, emportant avec elle ses kilos en trop et ses vêtements bouffants. Quand je pense à elle, c'est comme si je pensais à quelqu'un d'autre. J'essaye de faire comme si de rien n'était et de plaisanter, te racontant à quel point c'était bizarre d'être mince au début.

—Plus je fondais, plus les gens ont commencé à me remarquer.

J'attends ta réaction, mais je n'arrive pas à déchiffrer l'expression sur ton visage. Je ne parviens plus à lire ce que tu penses. Une distance s'est établie entre nous. Je ne sais pas si nous pourrons jamais retrouver notre connexion.

Plus tard, je suis assise sur ton canapé moelleux, soufflant sur mon thé à la menthe pour le faire refroidir, admirant ton nouvel appartement. Il se trouve dans une des imposantes demeures géorgiennes blanches, en bord de mer. Depuis ta fenêtre, je vois la jetée et un jet-ski qui rebondit sur l'eau, contrarié par le vent. À l'intérieur, c'est plutôt dépouillé, à l'exception d'un canapé rouge, que tu as recouvert d'une couverture en laine couleur crème, et de quelques sculptures en bois collectées au gré de tes voyages.

— Il a encore besoin de quelques rafraîchissements, dis-tu en parlant de l'appartement, et tu me racontes comment ton père l'a acheté spécialement pour toi.

— Veinarde, je lance, le regrettant aussitôt.

Ton père est mort deux semaines plus tôt. Je voulais venir aux funérailles, mais tu m'as dit fermement que l'enterrement était réservé à la famille proche et à quelques amis. Je ne t'ai pas demandé où je me situais dans tout ça.

— Il a passé les sept dernières années à essayer de se réconcilier avec moi, affirmes-tu en balayant l'appartement d'un grand geste de la main. Ça, tout ça, c'est sa façon de me dire pardon.

Ta remarque reste suspendue dans l'air, pesant sur nous. Je me repositionne, mal à l'aise sur mon siège, et prends une gorgée de thé.

Je te demande de me montrer les photos de tes voyages, sept ans en images, pour que je voie ce que tu as vécu. J'étais restée en contact avec ton père avant tout pour savoir comment tu allais, mais parfois nous discutions de la vie, du travail, d'adulte à adulte, et il me racontait qu'il m'avait vue à la télévision. J'étais toujours très fière quand il me disait ça. Il me confiait qu'il repensait avec nostalgie à la période où nous remplissions la maison de notre musique infernale et de nos chants. Je lui rétorquais que ses beignets et ses danses burlesques me manquaient beaucoup. Il voulait simplement que tout le monde soit heureux, tu ne penses pas ? C'était l'une de ses plus grandes forces, mais aussi sa faiblesse. Il ne supportait pas les conflits.

Tu files dans les albums à toute vitesse. Grenade où tu as enseigné l'anglais et toi devant l'Alhambra.

— Ça me paraît à des années-lumière, lances-tu, pinçant ton ventre qui était si plat autrefois. Voilà le résultat de tous les tapas gratuits.

Ensuite, Madrid, toute bronzée, tu souris au bras d'un petit ami espagnol, Francesco, qui t'enlace, possessif. Et là, le paysage change. On arrive en Inde, un sarong autour de ta taille, éblouie par le soleil, tu plisses les yeux vers l'objectif. Tu es à Jaipur, le ciel est plus blanc, il fait plus chaud, les panneaux sont plus exotiques. Agra, le Taj Mahal, Palolem Beach à Goa, un ashram au Kerala. Tu m'expliques que tu as appris des « positions juste incroyables » et tu décides de me montrer. Tu tends une jambe derrière toi et tes bras devant toi, et tu restes comme ça, plus immobile qu'une statue pendant plusieurs minutes. Les veines de ta tête pulsent et les muscles de tes bras se contractent sous ta peau hâlée. Et je les vois encore, les marques croisées des rasoirs de bas en haut de tes bras. Les cicatrices du passé.

— C'est la position trois du guerrier, affirmes-tu entre deux inspirations. Tout est une question de contrôle, Rachel. Tu fixes tes yeux sur un détail et tu ne bouges plus.

Une fois ta démonstration de force terminée, tu reviens t'asseoir sur le canapé, ton front luisant de sueur, et tu te tournes vers moi, triomphante, comme si tu venais de me faire entrevoir un monde nouveau.

— La vie existe au-delà de Brighton, tu sais, Rachel.

Je te dis que je vis à Londres depuis cinq ans, mais tu secoues la tête comme si ça ne comptait pas. Et soudain, je suis renvoyée sept ans plus tôt. Nous avons de nouveau dix-huit ans et tu contrôles la situation, tu te mets en avant et tu resplendis pour nous deux, et moi, je te suis. Je comprends que tu veux que je reprenne mon ancienne place. Mais non, je m'y refuse.

— Je suis contente que tout se soit bien passé pour toi, dis-je, et je vois un éclair d'acier dans tes yeux.

J'entre en territoire dangereux, mais je sais que je dois parler maintenant si je veux regagner du terrain. Ne sachant pas comment tu vas réagir, j'enchaîne.

— C'est la chose la plus difficile que j'aie jamais eue à faire dans ma vie, dis-je, mon cœur battant la chamade. Je voulais seulement t'aider, tous les deux nous le voulions, ton père et moi. J'espère que tu le comprends.

Tu feuillettes les pages de l'album de plus en plus vite, sans regarder les photos, t'arrêtant enfin sur celle de ton père devant l'opéra de Sydney.

— C'est la culpabilité qui a fini par l'achever.

— Il est mort d'un cancer.

— Ça l'a rongé. Il a vu comment c'était pour moi là-bas. Cela m'a rendue encore pire, pas meilleure. Il s'est rendu compte qu'il n'aurait jamais dû m'enfermer là. Il n'aurait pas dû t'écouter.

La colère monte en moi. Tu n'as pas le droit de récrire le passé, de choisir les méchants et les gentils. C'est peut-être ta vérité, mais ce n'est pas la mienne.

— Tu penses vraiment que c'est moi qui ai tout fait toute seule? Un médecin a dû signer un formulaire avec ton père. C'est lui qui t'a emmenée à l'hôpital. Il t'y a laissée parce qu'il voyait bien que tu étais malade. Tu te rappelles toutes les fois où il t'a surprise en train de te taillader les veines, en sang? Il était terrorisé à l'idée de te retrouver morte un jour. Alors, oui, je l'ai soutenu, je n'ai pas peur de le dire. Oui, nous en avons discuté, il avait besoin de quelqu'un, mais ce n'est pas moi qui t'ai placée dans cette unité. Il voyait clairement que tu souffrais, il voulait que tu te remettes.

Je pense aux semaines qui ont conduit à ce jour où il t'a dit qu'il t'emmenait faire du shopping, mais où il t'a en fait accompagnée dans cet hôpital. Les conversations secrètes que nous avions eues au sujet du souci que nous nous faisions pour toi. Petit à petit, ton père s'est confié à moi, il a commencé à me demander mon opinion alors qu'il cherchait le meilleur moyen de te venir en aide. Il est venu à moi comme si j'avais toutes les réponses, et cela m'a donné le sentiment d'être quelqu'un de spécial, j'ai savouré l'intensité de son attention.

Le jour où il est rentré, les yeux rouges de larmes, après t'avoir déposée, je l'ai consolé tout l'après-midi, l'écoutant m'expliquer que tes supplications de te ramener avec lui résonnaient encore dans ses oreilles.

— Parfois il faut se montrer cruel pour être bon, lui ai-je assuré.

Pendant un moment, nous restons sans rien dire, seuls les cris des mouettes interrompent le silence, quand elles passent devant ta fenêtre.

Tu fermes l'album et traverses la pièce vers la cheminée. Quelqu'un t'a envoyé une carte postale de Melbourne. Tu la prends et la tournes dans ta main, absente.

— Je t'ai manqué ? me demandes-tu tout bas, ta question allégeant la tension qui s'était installée entre nous.

Je repense à comment c'était vers la fin, toi et ma mère, s'alliant et m'écrasant. Je me souviens de ce que j'avais ressenti quand vous êtes toutes les deux parties, un véritable soulagement. J'ai retrouvé de l'énergie, comme si ce qui aspirait la vie hors de ton être venait m'alimenter directement.

Je ne te dis pas tout ça. Je ne veux pas que tu penses que ton absence m'a été bénéfique.

— Il n'y a pas un seul jour où tu ne m'aies pas manqué.

Tu reviens vers le canapé et je me lève, les bras tendus.

— Est-ce qu'on peut mettre le passé derrière nous ? je te demande en t'attirant contre moi. Amies ?

— Amies, mens-tu.

18

Oh, le temps que j'ai dépensé pour toi, Clara, les heures de coups de fil, de mails, d'invitations, d'arrangements laborieux, les vacances (toute une semaine à skier), tout m'est revenu en pleine figure, comme un coup de tonnerre éclatant dans mon esprit. Cet effort démesuré que j'ai fourni pour retrouver la magie indéfinissable qui nous avait réunies et qui nous avait donné le sentiment que nous étions faites l'une pour l'autre. Tout cela pour rien.

Pourquoi n'avais-je pas vu que la magie avait disparu depuis longtemps ?

Tu as joué un jeu cruel, Clara.

Et moi, j'ai joué avec toi.

Parce que les résultats de l'autopsie n'étaient pas une coïncidence. Tu avais dû tout programmer, imaginer le moment où on me les lirait, le moment où la vérité, affreuse et tordue, m'apparaîtrait si clairement et violemment que le doute ne serait plus permis.

Tu voulais me faire du mal.

Et tu as choisi la personne, la seule personne après toi qui était en mesure de combler le vide immense, le vide douloureux en moi.

Tu avais déjà failli réussir à me détruire par le passé, quand tu m'avais exclue sans avertissement, détournant ton attention ailleurs. Je m'en étais remise, je m'étais construit une vie pour moi, et Jonny y est entré, et nous étions en harmonie parfaite. Il était tout. Tu as dû nous examiner et voir qu'on représentait le couple idéal. Tu as dû nous observer ensemble et tu t'es dit que tu devais nous détruire. Il fallait vraiment que tu me détestes pour agir ainsi.

L'idée que tu m'aies détestée et que, moi, je t'aie aimée m'a frappée avec une telle force que j'en ai perdu le souffle, perdu l'équilibre. Cette pensée s'est nouée dans mon esprit, me donnant le vertige. Et tout ce temps, l'image envahissait ma tête, le corps de Jonny, ses membres bleus et raides, et le gâchis, le monstrueux, scandaleux, inutile gâchis d'une vie.

Un hurlement est monté de mon estomac vers ma gorge et a jailli, mais la pièce était trop petite pour lui, alors il s'est propagé dans le couloir et vers la cuisine avant d'éclater dans la rue. Tout Londres a dû entendre mon cri cette nuit-là, attisé par la fournaise qui bouillonnait en moi.

Tout ce qui se passerait désormais, Clara, serait à cause de toi. Tu m'avais poussée à bout.

Tu avais fixé les règles et tu me forçais à jouer selon elles.

Je ne pouvais repousser l'image de Jonny, je ne pouvais accepter l'idée qu'il soit parti et ne reviendrait jamais. Sa disparition ne me suivait pas comme une ombre, elle était devenue une partie de moi, se logeant en profondeur dans mon être. J'en étais possédée.

Et pourtant la folie du chagrin me poussait en avant, comme un moteur qui grondait en moi, sans jamais perdre de vitesse. Certaines personnes s'écroulent sous le poids de leur peine, d'autres sont alimentées par leur tristesse et réalisent des exploits dont ils ne se seraient jamais crus capables. Pas besoin de te dire dans quelle catégorie j'entrais, Clara.

Au début, à l'annonce de ta disparition, je voulais rester le plus proche possible de ton histoire pour rassembler le maximum d'informations afin de te retrouver. C'était quand je pensais encore que tu étais perdue. Mais, désormais, j'avais d'autres motivations, plus pressantes, pour tirer les ficelles dans la manière de couvrir le dossier. Si cela devenait moi contre toi, il fallait que je montre aux gens qui tu étais vraiment. Jusque-là, comme tous les morts (ou ceux qu'on suppose comme tels), la Clara O'Connor des journaux était une belle jeune femme insouciante qui avait tout dans la vie, l'héroïne de sa propre tragédie. Même la police avait passé sous silence les zones plus sombres de ton passé, désespérée de garder ton affaire à la une des journaux, ce qui contribuait à aider l'enquête vacillante.

Il fallait que je recadre ton image et que tu comprennes que je te traquais. Il fallait que je parvienne à convaincre Robbie de me remettre sur le sujet.

Que je revienne dans la salle de rédaction juste après la découverte du corps de Jonny a causé son petit séisme. En me dirigeant vers le service des informations, j'ai senti que ma présence – mon visage maquillé, ma tenue professionnelle impeccable – provoquait le silence général. Les conversations se sont tues, laissant la place à une espèce de murmure oppressant. Les têtes se sont levées, les yeux grands ouverts de surprise. Quand on reprend le cours de sa vie alors qu'on est censé se morfondre, tapi chez soi, on éveille les soupçons. Je voulais crier haut et fort : *Ce n'est pas parce que je marche, parle et respire, que je ne suis pas morte à l'intérieur.*

Mais cela aurait-il servi ?

Je me rendais compte que, moi aussi, j'avais formulé de tels jugements, m'interrogeant sur les motivations du père trop posé à l'enterrement de son enfant, ou sur le mari qui se rappelait trop précisément le déroulement des événements qui avaient abouti à la disparition de sa femme. Les gens en deuil doivent se comporter comme on s'y attend, sinon, ce sont eux les méchants.

Au bout du compte, j'ai simplement mis un pied devant l'autre et j'ai avancé jusqu'au service des informations. Robbie m'a aperçue.

— Je t'offre un café, a-t-il lancé, une fois n'est pas coutume, et il m'a entraînée dehors.

Le *Daily Telegraph* était sur la table de la cantine, ta photo, à côté de celle de Jonny et moi en première page. Robbie s'est assis, un sandwich au bacon dans une main, l'autre tripotant le journal, résistant à l'envie de le tourner, de nier ce qui s'était passé.

«Deux semaines et la police fait chou blanc», déclarait le gros titre et l'article dessous démontait l'enquête. J'ai senti le regard de Robbie sur moi. Il s'attendait au moins à ce que je verse une larme, que je laisse transparaître une émotion, parce que Jonny était mort et que tu n'avais toujours pas été retrouvée, parce que tous les journaux étalaient le sujet en long, en large et en travers, et qu'on ne pouvait pas y échapper. Mais la vérité, c'est que j'avais trouvé des moyens pour faire face, des réserves de force. C'est ce que font les gens, non?

Nous n'avons pas échangé un mot, au milieu du bourdonnement des conversations et du bouillonnement de la machine à café, des regards furtifs dans ma direction, mes collègues gardant leurs commérages pour plus tard, quand ils retourneraient dans la salle de rédaction. J'ai attendu que Robbie mange son sandwich au bacon, en faisant mine de me concentrer sur la lecture d'un article traitant des femmes devenues mères à quarante ans. Mais, en fait, je répétais les arguments que j'étais sur le point de lui présenter.

Finalement il s'est léché les doigts, l'un après l'autre, sans se soucier des bonnes manières, s'est essuyé la bouche avec une serviette tachée de ketchup et s'est calé sur son dossier.

— Amber Corrigan accepte de nous accorder une interview, lui ai-je dit.

Bien sûr, ce n'était pas entièrement vrai. À ce stade, elle n'avait rien accepté de la sorte, mais un mensonge n'est pas entièrement un mensonge si on peut changer le cours des choses. Et je savais que je pourrais y parvenir. Robbie s'est redressé, le premier éclair d'excitation cédant sa place à un air apeuré.

— Tu ne peux pas l'interviewer, a-t-il affirmé.

— Non, mais quelqu'un d'autre peut le faire, ai-je rétorqué doucement. Je resterais simplement dans les coulisses.

Il s'est trémoussé sur son siège. Il savait que c'était une mauvaise idée de me laisser m'approcher du sujet, surtout maintenant que Jonny était mort, mais je l'ai vu peser le pour et le contre dans sa tête.

— Officiellement, bien sûr, on ne parlera pas de mon intervention.

— Cette Amber, elle refusera si c'est quelqu'un d'autre, non ? a-t-il demandé, froissant sa serviette entre ses doigts boudinés.

J'ai secoué la tête.

— Je ne te l'aurais pas demandé autrement. Écoute, ai-je commencé, baissant la voix jusqu'à ce qu'elle ne devienne plus qu'un murmure. C'est loin d'être idéal. Mais Amber est l'une des dernières personnes à avoir vu Clara. Une interview d'elle pourrait rafraîchir quelques mémoires. Il s'agit d'une de mes amies après tout, et je ferais tout ce qui est en mon pouvoir pour qu'on la retrouve, parce que pour l'instant la police n'a pas l'air de si bien s'en sortir.

Pour illustrer mes propos, j'ai tapoté le journal sur la table.

— Tu penses à qui ?

Il se laissait enthousiasmer par l'idée, sa faim pour l'exclusivité plus forte que ses vagues notions d'éthique. J'ai ménagé une pause avant de lui répondre.

— Jane Fenchurch. Elle est parfaite.

— Tu plaisantes ?

— OK, ce n'est pas exactement cette garce de Kate Adie, je sais, mais avec une bonne préparation, je pense qu'elle ferait du bon boulot. Je vous offre une interview avec Amber Corrigan. Jane est inoffensive, tranquille, Amber se sentira en confiance avec elle. Je ne vois personne d'autre. vous ne pouvez tout de même pas envoyer Richard après sa débâcle retentissante de l'autre jour. Je peux guider Jane, lui souffler les bonnes questions. Croyez-moi, ai-je déclaré, et je l'ai vu tiquer en regardant son téléphone clignoter. On peut tout mettre en boîte avant la fin de l'après-midi si on commence tout de suite.

J'ai plié le journal sur la table et je l'ai rangé dans mon sac. Robbie a essuyé son front couvert de sueur et a pris l'appel sur son portable.

— Une seconde, a-t-il aboyé.

Et ensuite il a acquiescé d'un hochement de tête.

— Pour l'amour de Dieu, Rachel, a-t-il tout de même ajouté, la main sur le micro pour que son correspondant n'entende pas notre conversation, ne la laisse pas se débrouiller seule !

Je l'ai trouvée à l'autre bout de la salle de rédaction, les épaules voûtées, disparaissant dans le journal qu'elle était en train de lire. J'ai éprouvé une pointe de compassion. Pour la plupart des rédacteurs, elle était déjà invisible, la dernière victime d'un système qui dévorait et recrachait les jeunes reporters à la moindre transgression. Souvent ce qu'ils avaient fait de mal n'était même pas évident, parfois ils n'avaient d'ailleurs rien à se reprocher. Les carrières se construisaient ou s'arrêtaient selon le bon vouloir d'un rédacteur.

Je savais que Jane Fenchurch pensait que c'était probablement son manteau en peau de bête qui l'avait achevée, mais ce n'était qu'une excuse commode. Elle n'était qu'une autre de ces blondasses qui n'avaient pas réussi à sortir du lot.

— Jane ! l'ai-je appelée, la faisant sursauter derrière son journal.

Elle a levé la tête, puis regardé derrière moi pour voir si je m'adressais à quelqu'un d'autre.

— C'est moi, Rachel, ai-je lancé en souriant. Prends tes affaires, on part couvrir un sujet.

Nous étions dans la voiture pour sortir de Londres sur la A40 quand j'ai expliqué à Jane le but de notre voyage. Elle connaissait déjà ton histoire et le lien qui me reliait à toi, et elle semblait un peu gênée par la situation, comme n'importe qui le serait si un parfait inconnu vous demandait d'assister à un moment intime.

— C'est délicat, ai-je concédé. Disons juste qu'il faut que j'évite de me montrer trop impliquée.

Nous étions arrêtées à un feu et je me suis tournée vers elle, son visage terne désormais éclairé par l'excitation.

— Je sais que tu ne raconteras pas que je me trouvais avec toi.

Elle a secoué la tête vigoureusement.

— Pas un mot, a-t-elle juré, ses yeux pétillant de complicité.

Comme je l'avais imaginé, Jane Fenchurch ne pouvait pas se permettre de poser trop de questions.

— Laisse-moi juste lui parler quand on sera sur place.

J'ai appuyé sur le numéro 25. C'était ton appartement aussi, Clara, avec Amber. L'espace d'un instant, j'ai eu peur qu'elle ne réponde pas, d'en avoir trop fait miroiter à Robbie, d'avoir traîné Jane ici pour rien. Je me souviens que tu avais dit qu'elle travaillait à la maison comme chroniqueuse pour des magazines et j'ai pensé au tapis de yoga qui indiquait la liberté qu'on a d'aménager son temps quand on est en free-lance.

Pas de réponse. J'ai insisté. Et soudain sa voix, un oui étouffé.

— C'est moi, me suis-je annoncée. Rachel, l'amie de Clara.

— Rachel ?

Sur la place, une voiture de police patrouillait, à l'affût de sa prochaine victime. Une mouette a plongé pour picorer un sac-poubelle dans la rue, repartant avec une cuisse de poulet dans le bec.

Et soudain j'ai entendu la porte qui se débloquait et nous sommes entrées. Dans le hall, une pile de lettres s'entassait sur le sol sans que personne les ramasse. J'ai jeté un œil, mais aucune ne t'était adressée. Nous nous sommes dirigées vers l'escalier, Jane sur mes talons. Je sentais sa nervosité, sa réticence.

— Ce serait peut-être mieux si tu n'intervenais pas au début, si tu me laissais parler, ai-je dit, et j'ai vu ses traits se détendre de soulagement.

Le visage pâle d'Amber nous attendait sur le seuil de la porte quand nous sommes arrivées devant ton appartement. Cela ne faisait qu'une semaine qu'on s'était rencontrées, mais j'ai été frappée par son air épuisé, les cernes pourpres sous ses yeux. Elle portait un jean serré qui moulait ses hanches osseuses et un pull en laine rouge qui dessinait les contours de son estomac creux. Ses cheveux blonds qu'elle venait de laver étaient encore mouillés. Pauvre Amber, ai-je songé, vivre chez toi avec ton fantôme. Une pointe de culpabilité m'a tenaillée pour ce que je m'apprêtais à faire. Puis c'est passé. Parfois la fin justifie les moyens, et, là, c'était le cas.

— Amber, ai-je dit hors d'haleine d'avoir grimpé les trois étages.

Je l'ai embrassée sur les deux joues et ses cheveux humides ont frotté contre mon visage.

— Vous avez l'air surprise de me voir.

— Je ne vous attendais pas, a-t-elle rétorqué.

On aurait dit un animal apeuré pris au piège.

— Oh, non! me suis-je exclamée. Ne me dites pas que Hillary ne vous a pas prévenue.

— Hillary?

— L'officier de la police chargée des relations avec la presse. Elle devait appeler pour vous avertir.

J'ai reculé d'un pas et me suis couvert la bouche avec une main.

— Oh, mon Dieu, c'est vraiment embarrassant.

— Pourquoi devait-elle m'appeler ? a demandé Amber sur la défensive. Je leur ai dit tout ce que je savais.

J'ai soupiré et secoué la tête.

— Peut-être qu'on devrait partir et revenir…, ai-je proposé en reculant encore d'un pas. Je savais que c'était une mauvaise idée, c'est juste que…

Je me suis interrompue.

— Dites-moi ce qu'elle voulait.

— Je leur ai dit que ce serait trop demander, mais comme vous êtes une des dernières personnes à l'avoir vue, et la police…

J'ai sorti le numéro plié du *Daily Telegraph* de mon sac et je le lui ai tendu.

— Ils ont besoin de toute l'aide qu'on peut leur apporter.

Je l'ai observée en trépignant pendant qu'elle lisait le gros titre du journal. Et soudain le déclic.

— Je ne peux pas le faire. Je leur ai dit que je ne ferais plus rien. Je suis désolée, Rachel, c'est impossible.

Elle s'est essuyé les yeux avec sa manche.

— C'est comme de vivre dans un cauchemar.

— Vous n'avez pas à vous excuser. Si quelqu'un peut vous comprendre, c'est bien moi. Elle est ici tout le temps, ai-je dit en me tapotant la tempe avec un doigt. Je la vois partout, au supermarché, au milieu de la circulation. Je la vois dès mon réveil et c'est son image qui me vient quand je m'endors. Je ne peux pas m'empêcher de penser à elle, dehors, frigorifiée et seule. Elle détestait être seule.

Ma voix a chancelé, et, à ma grande surprise, des larmes ont inondé mes joues.

— Je suis désolée, me suis-je excusée en les essuyant du revers de la main. J'aurais voulu pouvoir le faire moi-même, ce n'est pas juste de vous le demander. Je veux simplement l'aider. Je ne sais pas quoi faire d'autre.

Ces larmes que j'avais trouvées autrefois si difficiles à verser ne cessaient plus de couler et je n'ai rien fait pour les arrêter. Je sentais le regard d'Amber sur moi, sa main s'est tendue vers moi. Elle s'est ravisée, cherchant les mots, les gestes pour me consoler. Et soudain, couvrant mes sanglots, elle a pris la parole.

— Allez, entrez.

Mes larmes étaient sincères, Clara. C'étaient des larmes de colère et de frustration. Mais Amber n'y a vu que son propre chagrin.

Pendant les dix-huit mois qui ont suivi notre première rencontre ici, ton appartement n'est pas resté le lieu vide et dépouillé du début. Des photos en noir et blanc d'enfants des rues et de vieilles dames ratatinées que tu avais prises au cours de tes voyages ornaient les murs au même titre que tes propres peintures, des éclairs abstraits de couleurs sur des toiles noires. Un vieux miroir que tu avais acheté sur eBay, une table basse croulant sous le poids des livres de photos et du courrier même pas ouvert. Tout était comme la dernière fois que j'étais venue, mais les bibliothèques étaient nouvelles et elles m'ont fait rire. Toi et tes principes, le genre que seuls les riches peuvent se permettre, n'aviez pas résisté à l'attrait d'Ikea.

Je pouvais encore sentir ton parfum dans le salon. Ou peut-être que c'était juste l'odeur de ton appartement. Chaque appartement en a une, tu ne penses pas ? Et le tien avait un relent écœurant de vanille qui m'agaçait les narines. Amber m'a donné une boîte de mouchoirs.

— Je ne sais pas quoi dire, a-t-elle annoncé, ce qui était ironique, parce que ma tête bouillonnait de toutes les choses que j'aurais voulu te dire.

— Je vous aiderai. Mais je ne peux pas mettre les mots dans votre bouche.

— Merci, a-t-elle lâché avec un faible sourire. Je suppose que ça vous vient facilement, à vous.

J'ai commencé à déballer la petite caméra que j'avais apportée, anticipant que la présence d'un cameraman rendrait Amber encore plus nerveuse. Et surtout, il était inutile que trop de gens soient au courant de ma présence ici.

Je l'ai laissée parler de toi, alors que Jane tournait autour de nous, ouvrant et fermant les rideaux, vérifiant l'exposition de la caméra. Amber a principalement répété ce qu'elle m'avait confié la semaine précédente, une répétition de la même histoire, ce qui m'aurait irrité en temps normal. Mais pas ce jour-là. Elle m'a expliqué de nouveau ton humeur, les semaines qui avaient précédé ta disparition, comme tu avais l'air angoissée le dernier vendredi où elle t'avait vue, passant de l'excitation à l'inquiétude. Je me suis pris la tête entre les mains.

—Désolée, a-t-elle lâché, s'interrompant au milieu d'une phrase. Je ne veux pas vous bouleverser.

—Ce n'est pas votre faute. C'est juste que, plus je vous écoute, plus je pense qu'elle a fait une rechute. Ces hauts et ces bas, c'est exactement comme ça qu'elle était avant sa dépression. Je m'en veux tellement de ne pas avoir reconnu les symptômes. J'aurais dû faire plus pour l'aider.

J'ai observé Amber comme elle considérait cette possibilité.

—Vous pensez qu'elle aurait pu se faire du mal, n'est-ce pas ? a demandé Amber.

—Je ne sais plus quoi penser.

Au moment où la caméra a commencé à tourner, toutes les petites graines que j'avais plantées ont fleuri dans l'esprit d'Amber. Jane a posé une question, et Amber a lâché exactement ce que je voulais entendre. Je ne suis pas sûre que j'aurais pu mieux le dire moi-même. C'était comme si, par osmose, mes propres pensées s'étaient imprégnées en elle.

—C'était bien ? a demandé Jane, secrètement très satisfaite de sa performance.

—Excellent, ai-je répondu.

Parce que c'était Clara.

Depuis la cuisine nous parvenait le ronronnement de la bouilloire qui chauffait. Les voix de Jane et d'Amber se perdaient sans que je m'y attarde, des conversations sur les mérites respectifs du yoga et du Pilates. J'ai remballé le micro dans le sac et j'ai soigneusement marqué la cassette de l'interview. Ensuite, je me suis glissée dans le couloir.

Tu te souviens comme je me plaignais de tes toilettes dont la chasse d'eau était trop bruyante à côté de ta chambre ? Eh bien, ce jour-là, j'en étais très contente. La proximité des deux pièces m'aurait fourni un bon alibi si Amber m'avait vue, heureusement ce ne fut pas le cas.

La porte de ta chambre était légèrement ouverte. Je l'ai poussée doucement, de peur de la faire grincer. Sur le mur, une peinture que j'ai reconnue comme ton interprétation abstraite de la vieille jetée.

— Ma meilleure œuvre, m'as-tu déclaré une fois, et je ne pouvais qu'être de ton avis.

Elle avait quelque chose d'hypnotique. Le rouge, le pourpre et l'orange d'un ciel d'été en feu, les flammes léchant le cadre carbonisé et tordu de la jetée. Sous le tableau, un jean et une veste sur une chaise, des Converse roses posées au sol, l'odeur de vanille plus forte encore ici. Et sur la vieille commode, à côté de l'armoire, des photos : une de toi avec ton père sur la plage, mais quelle plage, je n'aurais pu le dire. Il se tenait derrière toi, ses bras sur tes épaules. Polaires, visages hâlés et yeux plissés, éblouis par le soleil. La suivante, ton père seul, dans la même veste polaire, assis devant un réchaud à l'extérieur d'une tente jaune. La dernière photo représentait un bébé. Un vieux cliché que je n'avais jamais vu avant. Il devait avoir été pris pendant les années quatre-vingt. Les yeux étaient les tiens, pas de doute là-dessus.

En arrière-plan, j'entendais les voix rassurantes de Jane et Amber qui discutaient, leurs petites cuillères cliquetant dans leurs tasses. Rapidement, j'ai sorti de mon sac la photo pour la placer parmi les autres. Ensuite je suis ressortie, aussi silencieusement que j'étais entrée.

— Ce serait bien que nous fassions quelques prises de vue des peintures de Clara, ai-je lancé, ma tasse de thé dans les mains. Ça permettra au public de comprendre qu'elle n'est pas simplement la femme disparue.

Amber a paru enchantée.

— C'est une excellente idée. Deux sont exposées ici, a-t-elle montré.

— Sa préférée est celle de la jetée ouest. En fait, c'est également celle que je préfère, ai-je affirmé. Quel dommage qu'elle ne l'ait jamais mise au mur.

— Elle est dans sa chambre, a rétorqué Amber, hésitante, nous regardant tour à tour, Jane et moi.

— Je ne suis pas sûre que nous devions y entrer.

— On n'est pas obligées d'entrer. On pourrait juste faire un gros plan depuis le seuil de la porte, a proposé Jane, me surprenant de son intervention, alors que je ne lui demandais rien.

— Excellente idée ! me suis-je exclamée, et j'ai vu Jane se pencher pour ramasser la caméra, contente d'elle-même.

— Attends, finis ton thé, ai-je lancé, une main sur son épaule. Je m'en charge.

Je suis retournée sur le pas de ta porte et j'ai fixé la caméra sur un petit trépied. J'ai commencé à filmer le tableau en m'approchant lentement, et ensuite je suis partie de la jetée pour descendre vers les photos sur la commode. Même sans regarder les rushes, j'ai su lequel nous utiliserions.

Sur le chemin du retour vers Londres, j'ai donné à Jane la ligne directe du commissaire Gunn.

— Souligne-lui les points précis dont elle a parlé. Vérifie les résultats de l'autopsie pendant que tu le tiens.

Ils n'avaient pas encore été rendus publics, mais j'imaginais qu'ils le seraient dans la journée.

J'ai senti Jane se raidir.

— Tu ne sais pas encore comment Jonny est mort ? a-t-elle bafouillé.

Nous étions dans la voiture, à un feu rouge, sur Lewes Road, juste après Brighton. Je me suis tournée vers elle, mais elle a évité mon regard, dessinant des petites fleurs sur son carnet.

— Si, je le sais, mais il faut que tu l'apprennes par un canal officiel.

Elle a levé les yeux, son crayon posé sur le pétale d'une fleur qu'elle venait de griffonner.

— Ça doit être tellement dur pour toi. J'imagine ce que tu dois traverser.

Une vraie douceur enrobait ses mots, veloutée et soyeuse. Sa sollicitude m'a touchée, interrompant le fil de mes pensées.

— J'apprécie que tu ne me juges pas, ai-je dit sincèrement. Je sais que ça doit te paraître bizarre que je sois ici, que je t'aide, mais c'est ma façon

257

de sortir la tête de l'eau. Si je ne m'active pas, je vais perdre la raison.

Le feu est passé au vert et nous avons repris notre route, longeant les boutiques d'articles bon marché et les snacks. Quand nous nous sommes engagées sur l'A23, Jane a composé le numéro du commissaire Gunn, enclenchant le haut-parleur à ma demande. La sonnerie a retenti quatre fois avant que je n'entende enfin son accent familier de l'Ouest.

Son ton était plus abrupt, ses réponses plus courtes qu'à l'accoutumée, exaspéré certainement d'être appelé sur son portable par une journaliste qu'il ne connaissait pas.

Il lui a confié qu'ils allaient présenter les résultats de l'autopsie d'ici une heure, et, non, il ne révélerait rien à Jane avant cela. Il a refusé de dire si Jonny était toujours considéré comme un suspect. Il était sur le point de raccrocher quand Jane lui a annoncé que nous avions une interview d'Amber et expliqué en détail ce qu'elle avait dit. Un long silence a suivi.

—Je ne suis pas prêt à spéculer, a-t-il lâché finalement, ce qui en langage policier signifiait allez vous faire voir.

J'ai prié pour que Jane ne renonce pas, réduisant à néant nos chances d'avoir un vrai scoop.

—Je suppose que vous êtes au courant des problèmes psychiatriques de Clara, a-t-elle déclaré, gribouillant furieusement sur son carnet.

—Nous sommes au courant, en effet, a rétorqué le commissaire sur la défensive.

— Mais ce que vous dites, c'est que vous avez définitivement exclu tout lien entre ça et sa disparition.

— Non, ce n'est pas ce que je dis. Nous considérons toutes les possibilités.

Jane était à bout de souffle. La nervosité et l'adrénaline qui affluaient en elle à mesure qu'elle te découvrait pouvaient donner naissance à un excellent reportage.

— Donc, c'est une des nombreuses possibilités ? a-t-elle demandé.

Et j'ai souri, elle n'allait pas lâcher le morceau, j'avais eu tort de la sous-estimer.

— Oui, a-t-il concédé, las. C'est ce que je dis.

— Merci, a conclu Jane, son crayon s'arrêtant soudain sur la page.

Et, quand elle a raccroché, je n'ai pas eu besoin de la regarder pour savoir que son visage s'était fendu d'un large sourire de satisfaction. Jane Fenchurch avait enfin réussi à percer.

Durant le reste du voyage, nous avons réfléchi à la façon de structurer le reportage, aux prises de vue à choisir, aux réponses d'Amber à inclure. Et, quand nous sommes arrivées au studio, je l'ai déposée à la porte en lui tendant la cassette et j'ai continué ma route. Un peu plus loin, j'ai appelé Robbie pour l'informer de notre travail et lui suggérer de mettre le sujet à la une.

— Jane a été incroyable, ai-je assuré, et je l'ai entendu grogner. Tu devrais lui donner une autre chance.

Je suis allée chez Jake qui m'avait invitée à dîner, sentant, j'imagine, que je voulais passer le moins de temps possible seule chez moi. À 18 heures, avec un verre de vin et le parfum du citron, du safran et de l'agneau dans le four, nous nous sommes installés pour regarder les informations. D'après les titres, je savais que l'interview d'Amber était le sujet principal et j'ai attendu de voir si Jane avait exécuté mon projet soigneusement planifié.

Le visage angoissé d'Amber est apparu à l'écran derrière le présentateur qui annonçait le reportage : « La police est toujours à la recherche de l'artiste disparue, Clara O'Connor, et déclare désormais qu'ils considèrent l'éventualité d'un suicide. Mlle O'Connor, qui a connu de fortes dépressions par le passé, est portée disparue depuis deux semaines, comme le rapporte Jane Fenchurch. »

Toi, de nouveau. Le cliché où tu souris, mais cette fois le plan se resserre doucement jusqu'à ce que seuls tes yeux bleus remplissent l'écran. Les mots de Jane en fond sonore.

— Artiste perturbée… dont les amis craignent qu'elle ait pu mettre fin à ses jours…

Puis transition vers Amber, assise dans ton salon, tellement clairement ton salon, parce que, dans le plan large, on pouvait distinguer tes photos, tes meubles, tes tasses sur la table basse.

— Le jour de sa disparition, elle était survoltée, s'agitant dans tous les sens, disait Amber à la caméra. Son humeur était si imprévisible. *A posteriori*, je peux voir que ça grondait depuis des semaines, des mois, même. Elle n'était pas stable. Elle n'arrêtait pas de répéter qu'elle serait plus tranquille après vendredi soir, mais sans m'expliquer pourquoi. J'ai tellement peur qu'elle se soit fait du mal alors que j'aurais pu l'en empêcher.

C'est toi qui m'avais poussée à agir ainsi, Clara. Il fallait que je te dépeigne comme quelqu'un sur le fil du rasoir, quelqu'un de déséquilibré, avec des antécédents de dépression. Il fallait que je détruise ton image de sainte parce que tu étais allée trop loin, tu avais tué un homme, j'en étais certaine. Et pas n'importe quel homme. Tu avais tué Jonny et tu me traquais. Il fallait que les gens comprennent qui tu étais.

Est-ce que tu regardais ? J'espère bien, parce qu'à la toute fin du reportage je t'avais réservé un message.

La meilleure image pour conclure.

Le tableau de la jetée carbonisée dans ta chambre à coucher, qui menait vers les photos posées sur la commode, en dessous. Toi et ton père, ton père seul. Et celle que j'avais ajoutée. Ma mère et toi, souriantes. Celle que tu avais laissée dans mon appartement.

Tu étais capable de me déstabiliser avec tes messages, mais je savais te répondre.

C'était un jeu qu'on pouvait jouer à deux.

— Qui aurait pu imaginer ça ? a lancé Jake. Jane Fenchurch a du talent, après tout, ou peut-être...

Il m'a décoché un petit coup de pied avant de continuer.

— C'est toi qui as tout dirigé, c'est ça ?

— Elle a tout fait toute seule, ai-je rétorqué en lui rendant son coup.

Nous étions installés sur son canapé, nos assiettes vides posées sur la table devant nous. La compagnie de Jake m'était vraiment agréable. Il ne me prenait pas en pitié, il ne remettait pas en question mon comportement, ni ne réclamait que je lui exhibe mon chagrin. Il se contentait de parler, de rire, de plaisanter et de me laisser être qui je suis. Il me devenait étrangement indispensable.

Il a tourné le vin dans son verre et a passé les doigts dans son épaisse chevelure. Une pensée m'a traversé l'esprit que j'ai essayé de repousser. Il m'a surprise en train de le regarder, mais plutôt que de détourner les yeux, il m'a dévisagée.

— Qu'est-ce qui se passe, Rachel ? a-t-il demandé, ses yeux marron interrogateurs. Tu es tout en contradictions, je n'arrive pas à te cerner. Tu crées cette image de dure à cuire au travail et ensuite tu détruis tout en t'engageant à fond pour une reporter débutante.

L'idée que c'était comme ça que mes collègues me voyaient m'a intriguée et irritée à la fois. Ce n'était certainement pas quelque chose que j'avais instauré et cultivé, et en même temps je prenais conscience que c'était l'opinion générale dans la salle de rédaction. Et pas parce que j'étais douée ou ambitieuse. Je l'étais, pas de doute là-dessus, mais comme beaucoup d'autres. C'était parce que j'étais une femme, et tout le monde sait qu'on ne peut pas être une femme ambitieuse, sans être froide et calculatrice.

—Donc, tu essayes de me dire que toutes les personnes que tu connais sont soit tendres, soit dures, soit bonnes, soit mauvaises. Tu vis sur quelle planète ? Celle des Bisounours ?

J'ai ri et je me suis versé un autre verre de vin. Jake a levé les deux mains au ciel en signe de reddition.

—Tu m'étonnes, c'est tout. Et j'aime être étonné.

J'ai croisé son regard et l'espace d'un instant je me suis noyée dans ses yeux. Une tension palpable s'est installée entre nous et nous nous sommes détournés.

Pas maintenant, c'est mal.

—Parle-moi de Jonny, a-t-il demandé, honnêtement et ouvertement.

—Je l'aimais, je ne sais pas quoi ajouter à ça. L'idée de ne plus jamais le revoir… Je ne sais pas, elle pourrait me détruire si je la laissais faire. Mais je ne peux pas. Il faut que j'aille de l'avant.

—Je n'aurais pas pu mieux le formuler moi-même, a-t-il commenté.

J'étais en train d'aider Jake à débarrasser quand Sarah a appelé sur mon portable, sa voix enjouée complètement déplacée, interrompant la soirée. Je ne pouvais pas l'ignorer, vois-tu, parce qu'elle téléphonait peut-être avec une information capitale.

—Comment vas-tu, Rachel ?

—Oh, tu sais, je tiens le coup, ai-je répondu, misérable, m'éloignant du bruit de vaisselle que faisait Jake.

— Je voulais te demander si tu avais entendu quelque chose au travail, mais j'imagine que tu as pris quelques jours de congé, non ? Pour respirer.

— Non, je travaille toujours. Ça me change les idées.

— Bon Dieu, tu devrais te ménager. (Une pause.) Alors tu sais pour cette idiote d'Amber qui a accordé une interview à ta chaîne ? Elle laisse entendre que Clara s'est suicidée, comme si elle pouvait en savoir quoi que ce soit. Certaines personnes feraient n'importe quoi pour passer à la télé.

— Je pense qu'elle essayait juste d'aider.

— Oui, c'est ça. Je ne l'ai pourtant pas vue coller des affiches de Clara avec nous.

Je me demandais comment la voix de Sarah, légère et amicale, avait pu se transformer en vitriol pur et dur en moins d'une minute quand Jake a fait tomber une soucoupe par terre.

— Tu es chez toi, ma belle ? a-t-elle demandé, son ton guilleret de retour.

— Non, chez un ami.

— Tu aurais dû me dire que tu n'étais pas seule plutôt que de m'écouter radoter sur Amber. Allez, je ne te retiens pas plus longtemps.

— Pas de problème, nous avions fini de dîner.

— D'accord, alors je t'appelle dans quelques jours, prends soin de toi.

Et elle a raccroché.

Au moment de la diffusion du journal de fin de soirée, Jake et moi étions de nouveau sur le canapé, détendus par la chaleur du vin. Ton sujet ne faisait plus la une, remplacé par le premier cas de grippe A en Angleterre. On allait massacrer un grand nombre d'oiseaux à la ferme de Bernard Matthews dans le Norfolk. Je les imaginais en discuter au cours de leur réunion du soir. Cent soixante mille oiseaux morts ou une femme portée disparue?

—Mais c'est le premier cas avéré au Royaume-Uni! avait dû argumenter quelqu'un. Ça touche plus de téléspectateurs qu'une femme portée disparue qui, en fait, a très bien pu se suicider.

Les oiseaux l'ont emporté, au bout du compte, Clara. Des dindons morts ont été préférés à toi.

Le journal était pratiquement terminé, le dernier sujet traitant d'un nouveau record pour une vente d'œuvres d'art, avec des pièces de Degas, Renoir et Warhol, quand mon téléphone a vibré.

Le message disait simplement:

`Je viens te chercher, que tu sois prête ou non.`

19

Tu allais entrer au box-office, Clara. Tu allais passer dans l'émission de télé *Crimewatch*. Tu te souviens quand on la regardait et qu'à la fin Nick Ross disait : « Ne faites pas de cauchemars, dormez bien », ce qui était inutile parce qu'ils venaient de montrer un intrus masqué tuer un couple de personnes âgées chez elles, et tout ce qui traversait l'esprit à cet instant était : *Si ça a pu leur arriver à elles, pourquoi pas à moi ?* Mais on aurait préféré mourir qu'admettre qu'on avait peur à se faire pipi dessus, et parfois, si on dormait l'une chez l'autre, tu disais que tu entendais des pas dans l'escalier pour m'effrayer, ou, pire, tu me racontais une de tes histoires de fantômes. Tu les tournais tellement bien que, je te jure, je les voyais flotter autour de nous.

J'ai appris pour la reconstitution en passant la matinée au commissariat de Harrow Road, alors que je signalais le cambriolage sans aucune trace d'effraction, ce qui a déclenché un sourire narquois sur le visage de l'officier qui prenait des notes, et les messages anonymes qui ont provoqué chez lui une réaction moins humiliante.

C'était l'idée de Jake de s'adresser à la police et de rendre le problème officiel, pour me forcer enfin à prendre « la menace » au sérieux. J'étais réticente au début jusqu'à ce que je comprenne que je pouvais en tirer des avantages. C'était dans mon intérêt que la police ait une trace de mes plaintes. Pour l'avenir en tout cas.

Dans la rue, parmi les magasins qui vendaient des tigres ornementaux grandeur nature, des boucheries halal et des rôtisseries, j'ai consulté mon téléphone et j'ai vu que Hillary Benson avait laissé un message, me demandant de la rappeler au plus vite. Ma première réaction a été qu'Amber nous accusait d'avoir trop tiré sur la corde pour la persuader de nous accorder une interview. En fait, Hillary voulait mon aide, et je n'ai jamais été aussi heureuse de rendre service.

Je suis arrivée avec un peu trop d'avance dans les studios de *Crimewatch* à White City, un immeuble blanc cubique, perché sur les bords de Shepherd's Bush. En fermant les yeux, on pouvait presque croire que le grondement de la circulation qui venait de Londres pour rejoindre l'A40 était le fracas des vagues sur la plage. J'ai levé la tête vers le ciel, si lumineux, d'un bleu incroyablement optimiste, et j'ai remercié les anges de m'avoir offert une telle opportunité.

Il ne faut pas croire, j'étais très nerveuse. En approchant de la grande enseigne de la BBC au-dessus de l'entrée, j'ai pris conscience de mon appréhension. Et pourtant, je ne manquais pas d'expérience devant les caméras, à parler en direct.

Tellement d'expérience, en fait, que plus grand-chose ne me déstabilisait. Je posais les questions, arrachant des déclarations aux plus réticents des invités interviewés. Là, les rôles seraient inversés. J'allais céder le contrôle à quelqu'un que je n'avais jamais rencontré avant.

De mes conversations au téléphone avec Sally McDonald, j'étais arrivée à la conclusion qu'elle devait avoir dans les vingt-cinq ans. Son accent écossais enjoué, sa façon de chantonner « bonnn-jour » semblaient indiquer une jeune femme pleine de l'enthousiasme qu'avaient depuis long-temps perdu ses collègues plus âgés. Par consé-quent, j'ai été surprise quand une femme plutôt rondelette, dans les cinquante ans, m'a accueillie à la réception.

— Bonnnjour, Rachel, a-t-elle lancé un peu trop fort en approchant. Vous allez vous enregistrer et ensuite on montera à l'étage pour que vous vous prépariez.

Elle a dû s'apercevoir que son ton était trop jovial parce qu'elle a enchaîné, bien plus sobre.

— Ils filment la reconstitution à Brighton aujourd'hui, espérons que ça donnera des résultats.

Dans l'ascenseur, elle m'a expliqué qu'ils avaient trouvé ton sosie pour marcher sur tes pas. Ils demandent en général à un membre de la famille ou à une amie de le faire, mais tu n'avais pas de sœur, et on ne se ressemblait pas du tout, n'est-ce pas ? Pas les mêmes cheveux, pas la même carrure. Et bien sûr, maintenant, j'étais plus mince que toi.

J'ai suivi Sally dans une pièce où l'équipe nous attendait déjà : un cameraman et un preneur de son. La lumière était réglée au plus bas, l'endroit n'étant éclairé que par une lampe spéciale couverte de papier aluminium. C'était le genre d'atmosphère intense qu'on essayait souvent de recréer au travail, même si les contraintes de l'actualité nous en empêchaient régulièrement. Sally m'a demandé si je voulais me maquiller et a paru étonnée que je décline sa proposition. Je voulais jouer le rôle, Clara, l'amie dévastée qui essaye désespérément de te retrouver.

— Pouvons-nous commencer ? ai-je demandé. Il faut que je retourne travailler.

Sally m'a posé quelques questions, mais, après la troisième, il était clair que je ne lui fournissais pas les déclarations qu'elle voulait.

— Excusez-moi, je vais vous reposer la même question plusieurs fois et nous choisirons la meilleure réponse.

Elle avait dû oublier à qui elle s'adressait, j'utilise cette technique tous les jours quand un invité ne me répond pas ce qui m'arrange.

Ça m'était égal. Sally aurait pu me poser la même question deux cents fois, je lui aurais toujours répondu de la même façon. Cette technique, je l'avais apprise en interviewant des hommes politiques. Tenir compte de la question, mais faire passer le message qu'on voulait. Si vous ne donnez pas de réponses alternatives, vous ne laissez pas d'autre choix que d'utiliser les réponses fournies.

Sally a persévéré pendant une bonne demi-heure, et, bien sûr, j'ai un peu varié les mots pour qu'elle n'ait pas l'impression que je récitais un texte appris par cœur, mais le contenu était toujours le même.

— Pensez-vous que quelqu'un puisse vouloir nuire à Clara ? a demandé Sally.

— Personne ne voudrait faire du mal à Clara, c'est quelqu'un de qui il faut prendre soin, qui vous donne envie de vous occuper d'elle. Et je n'arrive pas à me faire à l'idée qu'elle est partie. Si elle m'écoute, et j'espère que c'est le cas, je veux qu'elle sache que je ne cesserai jamais de la chercher, jamais. Je la retrouverai, même si ça doit être la dernière chose que je fais dans ma vie.

Je me suis interrompue pour jouer avec mes mains, comme si j'étais nerveuse, puis j'ai levé la tête vers Sally, parlant plus fort, plus distinctement cette fois :

— Nous avons été amies pendant si longtemps, je la connais sur le bout des doigts. Je sais ce qu'elle pense, je sais ce qu'elle veut. Je ne pourrai jamais renoncer à elle et elle le sait.

Le jeudi soir, *Crimewatch* passait à la télé, et Jake était avec moi dans mon appartement. Nous ne nous séparions que rarement ces derniers temps, partageant le même espace, mais permettant à l'autre de respirer malgré tout. Quand je regarde en arrière, je me dis qu'il était mon lien avec la normalité, un radeau qui m'empêchait de sombrer et de suivre Jonny. Il était éloigné de toi, pas contaminé par notre histoire, qui finirait par se répandre comme une marée noire dans sa vie.

21 heures, mon cœur battait en rythme avec le générique. Sans surprise, Clara, tu étais le sujet phare. Ton visage, maintenant connu de tous, tellement agréable à l'œil, et ton style de vie de classe moyenne, attisant l'imagination, alors que d'autres femmes et enfants portés disparus ne bénéficiaient que de quelques lignes dans une courte chronique ou étaient complètement ignorés.

Nous avons attendu que la musique se termine et que Fiona Bruce apparaisse à l'écran. Les sourcils froncés d'inquiétude, elle a lu les éléments de la reconstitution, perchée derrière son bureau : « Ce soir, nous vous demandons votre aide pour retrouver cette jeune femme (elle montre la photo de toi). Cela fait plus de deux semaines que Clara O'Connor, une jeune artiste de Brighton avec une brillante carrière devant elle, a été vue pour la dernière fois, alors qu'elle rejoignait des amies en ville, un vendredi soir glacial. Malgré une large couverture médiatique et plusieurs appels, la police recherche toujours l'élément d'information crucial qui lui permettrait de trouver une piste. Donc, si vous pensez avoir vu Clara, s'il vous plaît, contactez-nous, votre appel pourrait être celui qui change tout. »

Et ensuite la reconstitution a démarré.

Pour être honnête, ton sosie ne te ressemblait pas le moins du monde. Oui, elle avait de longs cheveux marron, mais ils ne bougeaient pas avec le même tonus que les tiens quand tu te déplaçais, et même si elle portait le même manteau vert mousse que tu avais sur toi le soir de ta disparition, sa démarche n'avait rien à voir avec la tienne. Jake m'a dit de me taire et de regarder.

— Personne d'autre ne le remarquera, a-t-il assuré.

La caméra suivait ta doublure au Cantina Latina où elle a ri avec une femme censée être Sarah Pitts. Ensuite, elle était de nouveau dehors sur la promenade, saluant un homme qui portait les vêtements de Jonny mais ne lui ressemblait pas du tout. L'espace d'un instant, j'ai tremblé en imaginant qu'ils te montreraient l'enlaçant, l'embrassant même, ajoutant un peu de piment par rapport au récit de la police, mais, à mon grand soulagement, on ne les voyait que marcher. Et c'était la fin. Vous deux sur la promenade, vous enfonçant dans la nuit noire, balayés par les rafales de vent soufflées par la mer.

Après la reconstitution, c'était mon tour. Je me demandais si tu regardais quelque part, Clara, je l'espérais. Moi, assise dans la lumière tamisée du studio, mon visage au naturel, sans maquillage, me mordant les lèvres, jouant nerveusement avec mes doigts. Interprétant le rôle de l'amie bouleversée. Quelle a été ta réaction quand tu as entendu mes mots ?

« Je sais ce qu'elle pense, je sais ce qu'elle veut. Je ne pourrai jamais renoncer à elle et elle le sait. »

—Rappelle-moi de ne jamais te laisser passer à l'antenne sans maquillage, a commenté Jake quand l'interview a été terminée.

Nous étions affalés sur le canapé. J'ai senti son pied me taquiner gentiment le ventre.

—Va te faire voir.

Un coussin nous séparait. Je l'ai soulevé pour le lui jeter à la figure, mais il m'a vue et m'a pris la main pour m'arrêter. De nouveau, cette électricité entre nous. Un regard qui a duré trop longtemps. Il a lâché ma main.

—Tu penses que ça va marcher?

Il ne plaisantait plus, sa voix grave hésitant à prononcer les mots qui se formaient sur ses lèvres. Il les a laissés flotter dans l'air, si bas que je les ai à peine perçus :

—Après tout ce temps, ça semble mal engagé.

J'ai collé le coussin contre mon ventre, me penchant en avant. Tout le monde pensait que tu étais partie, avalée par la nuit de janvier, aspirée dans le néant. Personne ne m'aurait crue, hein? Mais il le fallait, si je parvenais à convaincre ne serait-ce qu'une personne, cela suffirait, et j'ai décidé à cet instant que cette personne serait Jake.

—Est-ce que tu as déjà été persuadé de quelque chose, comme ça, simplement? ai-je demandé. Je veux dire, as-tu déjà eu le sentiment d'être habité d'une conviction absolue? Parfois ça n'a aucun sens, mais tu sais… Eh bien, je sais que Clara est vivante.

Je m'attendais à recevoir une tape sur le bras, une caresse qui dirait : *Je sais, je sais*. Un regard compatissant : *La pauvre Rachel n'arrive pas à*

274

affronter la vérité. Mais, au lieu de ça, ses yeux ne me quittaient pas, comme si ce que j'énonçais le captivait, comme s'il n'avait jamais été aussi intéressé par quelqu'un ou quelque chose qu'à ce moment-là. J'ai pris une profonde inspiration comme si je m'apprêtais à plonger dans une eau glacée.

— Elle est là, quelque part, ai-je affirmé, et j'ai su à l'expression sur son visage qu'il se demandait pourquoi cette certitude ne m'apportait aucun réconfort, pourquoi mes traits étaient déformés par la peur. Je pense qu'elle est là et qu'elle va s'en prendre à moi.

Il a écouté, Clara. En silence, pendant si longtemps que ça m'a fendu le cœur. Il m'a crue, sans l'ombre d'un doute, sans essayer de me convaincre du contraire. Je lui ai avoué notre secret, je lui ai dit ce que tu avais fait et comment cela t'avait rendue folle. Je lui ai raconté que tu avais rejeté la faute sur moi et que j'avais essayé d'améliorer la situation depuis que tu étais rentrée, mais que tout allait de travers. Et je lui ai expliqué que je comprenais désormais que tu avais ruminé ton ressentiment, l'accumulant tout au fond de toi, te préparant pour le jour où tu me le jetterais au visage, pour ta vengeance.

Bien sûr, trois cents officiers de police étaient à ta recherche, Clara, ton visage était si connu qu'il aurait été difficile pour toi de te déplacer sans te faire remarquer. Mais Jake n'a pas remis en question ma théorie, il n'a pas demandé comment il était possible que tu disparaisses de la circulation comme un fantôme. Tout comme moi, il savait que rien n'est impossible.

J'éprouvais un tel soulagement que j'étais au bord des larmes. J'avais l'impression d'avoir enfin percé l'abcès, comme quand on partage un secret qu'on craignait tellement de divulguer. Tout à coup, on ne se sent plus seul.

Je me suis essuyé les yeux et Jake a passé un bras autour de mes épaules.

—J'ai peur, lui ai-je confié.

C'était la vérité. Tu avais déjà tant détruit, Clara, mais tu pouvais faire bien plus de dégâts encore. Il m'attirait contre lui, petit à petit, et, dans ses bras forts et protecteurs, je n'avais plus peur du tout. Son souffle, doux comme le vin, chaud sur mon visage, me chatouillait la peau, en même temps que ses cheveux. Nous nous sommes regardés et c'était là, entre nous, si évident que nous ne pouvions pas l'ignorer. Ses lèvres se sont posées sur les miennes et je n'ai pas reculé. Ni quand ses baisers sont descendus le long de mon cou, ni quand ses doigts ont déboutonné ma chemise, traçant le contour de mes seins, ni quand ses mains en ont caressé la rondeur. J'avais chaud, j'étais vivante et je me suis fondue en lui comme si nous entrions en fusion. Et bien plus tard, quand il est entré en moi, j'ai voulu qu'il y reste à jamais, parce que nous nous harmonisions à merveille, mais surtout parce que rester allonger là avec lui faisait disparaître tout le reste.

Je sais ce que tu penses, Clara, que c'était mal, vraiment mal, que je trahissais Jonny. Mais ce n'était pas une trahison, pas du tout. C'était parce que j'aimais tant Jonny, à cause du vide immense qu'il laissait en moi et qu'il me fallait remplir pour ne pas mourir. Alors ne me juge pas, pas tant que tu n'as pas essayé de prendre ma place. J'étais en deuil après tout.

Nos jambes étaient entrelacées, et la couette, que Jake avait prise dans ma chambre, les couvrait, froide et rafraîchissante, contre nos corps bouillonnants. Nous mangions des chips et buvions du gin, parce que c'était tout ce que j'avais dans mon placard. Jake a consulté sa montre.

— Les dernières infos vont passer d'une minute à l'autre.

Je ne voulais pas que tu débarques dans mon salon, que tu fasses irruption ici. Je ne voulais pas que notre petite bulle de complicité éclate. Et pourtant, j'étais curieuse.

C'était Nick Ross, cette fois. Il a avancé dans la salle des opérations mise en place dans le commissariat de police du Sussex, où étaient installés le commissaire Gunn et la petite inspectrice de l'autre jour qui m'avait montré la vidéo de surveillance. Les cheveux du commissaire étaient peignés en arrière et j'ai aperçu une vague tache orange sur son col. Le pinceau de la maquilleuse avait atténué les rides de son front. Il semblait tendu et transpirait sous les projecteurs du studio.

— Maintenant, pour ce qui est de la disparition de l'artiste Clara O'Connor, la police a eu un retour très encourageant, a commencé Nick Ross. Trois appels en particulier, c'est bien cela ?

— C'est exact, a confirmé le commissaire Gunn. Nous avons reçu cinquante appels de la part de citoyens qui pensent avoir vu Clara dans les premières heures du matin, ce samedi-là. Mais trois appels ont mentionné le même nom en lien avec la disparition. Deux des trois ont laissé leurs coordonnées, mais le troisième a préféré rester anonyme. Je voudrais lancer un appel à cette personne pour qu'elle reprenne contact avec nous. La conversation sera traitée dans la plus grande confidentialité.

Le commissaire était bien lancé, quand Nick Ross l'a interrompu :

— Eh bien, bonne chance, et nous retrouvons à présent les studios pour parler du braquage à main armée de Sheffield.

Trois appels. Deux noms.

— Peut-être que l'étau se resserre, a lancé Jake, mais je ne pouvais pas me concentrer, je me demandais juste de quels noms ils voulaient parler.

Si la police ne croyait plus que Jonny t'avait tuée, de qui étaient-ils en train de suivre la piste ?

J'ai formulé certaines de mes questions à Jake qui m'a dit avoir un contact, « un vieil ami qui lui devait un service ». Il lui demanderait de le découvrir. Mais, au bout du compte, nous avons découvert, bien plus tôt que nous l'aurions imaginé, de quel nom il s'agissait. Ce sont les deux policiers qui sont venus frapper à ma porte à 6 heures du matin qui me l'ont annoncé.

20

Félicitations, Clara, j'étais la femme soup-
çonnée de t'avoir tuée. Qu'as-tu ressenti ? Était-ce
aussi bon que tu l'aurais voulu ?

Je n'arrêtais pas de me dire que je ne pouvais
pas tomber plus bas, et là, bingo, c'était fait. Eh
bien, dix sur dix pour l'imagination, pour la ruse
machiavélique. Je me remettais tout juste du fait
que tu avais mis en scène ta propre disparition,
que tu avais assassiné Jonny, et je ne m'étais pas
du tout attendue à ce que le pire soit à venir. La
cerise sur le gâteau. C'était moi. Tellement engluée
dans tes mensonges qu'il me semblait que plus
personne ne me croirait.

Je suppose que tu as dû beaucoup m'aimer
pour me détester autant.

J'avais été conduite au commissariat de
Brighton à 6 heures du matin pour être mise en
garde à vue. L'agent de service était un vieux type
qui respirait avec difficulté et qui avait été collé
derrière un bureau parce qu'il ne pouvait plus rien
faire d'autre. Son haleine empestait le café. Il m'a
expliqué que je devais être préparée, comme si
j'étais une marchandise. J'ai remarqué qu'il me
dévisageait curieusement.

—Vous êtes la femme de la télé, non ? Vous rapportez les faits divers criminels ? Vous devez savoir ce qui vous attend alors, a-t-il lancé en grimaçant, comme s'il trouvait ça drôle.

Mon visage s'est empourpré de honte. *C'est impossible.* C'est le genre de chose qui arrive aux autres, ceux qui se droguent, qui volent ou qui tuent. Cela n'arrive pas aux jeunes femmes avec des carrières brillantes, des biens, de l'argent. Je me suis mise à pleurer, des larmes de frustration et de colère.

—C'est une affreuse méprise, je n'ai rien à voir dans tout cela !

Et l'officier a hoché la tête comme s'il avait déjà entendu ça des dizaines de fois.

Après une demi-heure, il ne restait plus rien de moi. La femme aux habits et aux bijoux chers et élégants, la femme que j'avais mis des années à construire, s'était évanouie. Mes boucles d'oreilles en diamant, un cadeau de Jonny, ma chaîne de chez Tiffany, tout m'a été confisqué. Mon sac à main Mulberry, mon BlackBerry, mon porte-feuille, la ceinture de mon jean, tout ce que j'avais emporté avec moi était consigné, empaqueté et étiqueté pour m'être restitué quand/si j'étais libérée.

Ensuite, on m'a conduite dans une pièce pour me prendre en photo. Mes yeux étaient lourds de fatigue, gonflés de larmes. J'ai imaginé l'image dans les pages des journaux, en parallèle avec un cliché de moi en tant que reporter pour illustrer ma déconfiture. « Une correspondante criminelle accusée de meurtre. » Comme ils se délecteraient de cette histoire. Comme disait Robbie, elle avait tous les éléments.

Après m'avoir prélevé un échantillon d'ADN, on m'a enfermée dans une salle d'interrogatoire où les festivités ont commencé pour de bon.

La pièce était grise et glaciale. Je me suis assise à la table avec mon avocate qui s'appelait Kirstin Taylor. Quelques années de plus que moi, à en juger par ses vêtements de femme d'âge mur, le chic façon Boden, et des mèches grises qui sillonnaient ses cheveux noirs. Je me souviens d'avoir éprouvé une pointe de soulagement en voyant que ce n'était pas un homme. Dieu sait pourquoi, je pense que j'avais nourri l'espoir vain qu'elle me comprendrait mieux, que, quelque part, elle saurait d'instinct que mon arrestation constituait un affront à la justice, qu'elle comprendrait la mécanique d'une amitié féminine très fusionnelle. Eh bien, disons que si c'était le cas, elle ne m'en a pas fait part, hochant la tête, prenant des notes, et lâchant des « hmm », le doigt sur la bouche, comme si elle traitait d'un problème de ressources humaines et non d'une accusation de meurtre.

Je me trémoussais sur ma chaise et j'ai remonté mon manteau sur mes épaules pour arrêter de claquer des dents. Dessous, je ne portais qu'un jean et un petit haut en coton, la première chose que j'avais trouvée quand la police était venue. Pour couronner le tout, Jake avait ouvert la porte avec son tee-shirt de la télé et un caleçon. Quelle scène romantique : un couple se réveillant dans leur appartement. Seulement, ce n'était pas notre

281

appartement et mon petit ami était mort moins de deux semaines plus tôt. Je n'offrais pas une très bonne image de moi.

Le commissaire Gunn est entré dans la pièce avec une femme et s'est assis sur la chaise en face de moi. Il ne m'a pas salué, aucun bonjour, pas le moindre sourire dans ma direction. Il s'est juste installé et s'est mis à consulter ses notes. Nous étions des adversaires désormais, trois années de déjeuners, de plaisanteries et de confiance balayées en un coup de vent. Tu vois, être accusée de meurtre remet les pendules à zéro, peu importe qui tu étais avant, dans la salle d'interrogatoire, la caméra guettant tes moindres gestes et le mouvement de tes yeux, tu deviens le plus faible des maillons de la chaîne.

— Heure de l'interrogatoire, 10 h 05. Les officiers présents sont le commissaire Roger Gunn et l'inspectrice Laura Tomey, a-t-il déclaré, feuilletant toujours ses papiers, soulignant quelques phrases, en barrant d'autres.

Je ne pouvais rien lire de là où j'étais, l'écriture était trop petite, la table entre nous trop grande. *C'est un dossier sur moi*, ai-je songé, *tout parle de moi et les pousse à croire que je t'ai tuée.*

Je n'avais jamais vu l'inspectrice Tomey avant, et son visage me fournissait une diversion bienvenue tant celui du commissaire Gunn me dégoûtait. Ses dents proéminentes, la façon dont elle tordait sa bouche, son visage couvert de taches de rousseur. *On dirait un petit rongeur*, me suis-je dit. Ses cheveux attachés en une queue-de-cheval sévère étaient un ou deux tons plus clairs que les miens, mais je ne percevais aucun signe de la solidarité entre rousses dans la pièce.

— Pourriez-vous nous dire où vous étiez la nuit du vendredi 19 janvier 2007, Rachel ? a-t-elle demandé d'une voix douce teintée d'un accent du Sud.

Elle devait être de la région.

— J'étais à Brighton, ai-je tenté de répondre, mais les mots sont restés collés à mon palais tant ma bouche était sèche.

J'ai pris une gorgée d'eau du verre posé devant moi. Ça n'a pas aidé, de la glu enrobait ma langue.

— Je suis allée au Cantina Latina avec des amies, pour une petite réunion d'anciennes du lycée, Clara était supposée nous y rejoindre, mais, ça, vous le savez déjà.

Cette dernière remarque était destinée au commissaire Gunn, espérant déclencher chez lui une réaction, mais rien.

— Je suis partie vers 23 heures et j'ai marché sur la jetée.

— Pourquoi ? a demandé l'inspectrice.

Le commissaire Gunn n'avait toujours pas ouvert la bouche. Il ne me regardait pas non plus, il fronçait le nez en regardant son carnet.

— Je voulais m'acheter des frites. On faisait toujours ça.

— On ?

— Clara et moi.

Ton nom a provoqué une vague d'agitation dans la pièce, comme si on avait tous oublié pourquoi on était là.

— Mais vous veniez de dîner.

— Oui, enfin, on ne peut pas vraiment parler de dîner au Cantina Latina. On avait partagé quelques bols de nachos plus tôt dans la soirée. J'avais faim, ai-je expliqué, me rappelant comment j'avais refusé de goûter aux nachos, prétextant que j'avais déjà dîné.

Tout le monde touchait, léchait, crachait sur les assiettes communes en parlant.

— Combien de temps y êtes-vous restée ? a continué l'inspectrice Tomey, qui commençait à me faire penser à un terrier avec un morceau de viande entre les dents.

Le commissaire Gunn ne levait toujours pas les yeux de ses notes.

Une stratégie, bientôt il se manifesterait.

— Je ne peux pas vous le dire précisément, je ne sais pas, dix, quinze minutes. Assez longtemps pour acheter une barquette de frites, les manger et avoir les doigts engourdis par le froid.

L'inspectrice Tomey a pris un air intrigué, ce qui m'a agacée.

— Bien sûr, si j'avais imaginé que vous m'accuseriez d'avoir assassiné Clara, j'aurais pris note du timing exact, mais vous savez, je ne suis pas partie dégommer ma meilleure amie, ce soir-là. En fait, je me réjouissais à l'idée de la retrouver. J'étais même très en colère qu'elle ne soit pas venue et qu'elle ait coupé son téléphone. Mais pas assez enragée pour la tuer. J'aime à croire que mes capacités de gestion de la colère sont un peu au-dessus de ça.

Kirstin a gentiment posé la main sur mes genoux. *Ça suffit*, me faisait-elle comprendre, *ça n'aide pas*.

Essayant de me calmer, j'ai observé l'inspectrice resserrer sa queue-de-cheval, tellement fort cette fois que ses cheveux tiraient sur la peau de son crâne, comme ma mère le faisait avec moi quand elle s'efforçait d'être une bonne maman et que toute la journée, à l'école, j'avais mal à la tête.

— Je suis allée jusqu'à chez Clara avant de prendre une chambre à l'Old Ship Hotel.

— Par la promenade ? a-t-elle demandé, très contente d'elle-même pour avoir formulé l'évidence.

— C'est le chemin habituel qu'on prend de la jetée vers chez elle.

Je bouillonnais de furie, mon estomac se crispait. *Garde ton calme, garde ton calme.*

— Mais vous n'avez pas dit avant que vous étiez sur la promenade, a-t-elle chantonné comme si elle venait de marquer un point, comme si cela prouvait le lien entre mon omission et ma culpabilité.

J'avais le sentiment que le piège se refermait sur moi. Mes épaules se raidissaient. J'ai penché la tête pour soulager la tension.

— J'ai été très claire au sujet de la nuit où Clara a disparu. Si vous suggérez que j'ai délibérément tenu à vous cacher quelque chose, alors vraiment vous vous mettez le doigt dans l'œil. C'est un chemin évident, le seul en fait. Pour arriver chez elle depuis la jetée, il FAUT longer la promenade, sauf si vous pouvez voler. J'ai quitté le bar avant

Clara. Je n'ai vu ni elle ni Jonny sur le trajet. Si je les avais vus, je pense que je m'en serais souvenue.

— Sauf si vous tentiez de nous dissimuler quelque chose.

J'ai tourné la tête vers le commissaire Gunn, l'implorant de faire mieux que cette jeunette, et cette fois il m'a regardée, mais ses yeux ne laissaient rien transparaître, aucune émotion, aucun sourire pour dire : *Je lui donne juste l'occasion de s'amuser un peu.* Et quelque part, je m'attendais à voir quelqu'un débarquer avec une caméra de télévision pour me dire que ce n'était qu'une méchante farce. Une farce de très mauvais goût. L'interrogatoire de l'inspectrice était à la fois totalement ridicule, mais en même temps complètement effrayant. J'avais l'impression d'être entraînée dans un univers parallèle, un cauchemar, où des actions innocentes sont déformées pour devenir sinistres et où les mots se chargent d'un sens, d'une lourdeur qu'ils n'auraient jamais dû avoir. J'ai pensé à tous ces jours que j'avais passés au tribunal à couvrir des affaires, à écouter des accusés clamer leur innocence et des procureurs leur dire que leur voix était beaucoup trop calme sur l'enregistrement de leur appel aux secours quand ils avaient découvert le corps. La vérité n'est pas absolue, elle est subjective. Toutes nos vérités sont différentes. Et là, c'était à moi que ça arrivait. Je voulais que ça cesse, qu'elle arrête de parler, mettre un terme à cette absurdité. Mon regard s'est troublé, parce que je tentais de ne plus la voir, mais mes pensées se sont figées sur toi, Clara. Ma plus vieille amie, si intelligente, si malhonnête, qui aurait pu le croire ? Pas moi. La frustration de savoir que tu m'avais piégée était une chose, mais l'idée que personne ne croirait ma version des faits, la vérité, m'a ravagée. *Donc vous dites, mademoiselle Walsh, que votre amie a mis en scène sa disparition pour vous tendre un piège ? Et quelles preuves avez-vous ?* L'humiliation de ne rien pouvoir prouver serait insoutenable.

Et il m'est revenu de plein fouet, l'incendie dans ma tête, grondant avec une telle force que je ne pouvais plus rien entendre. Et dans mon ventre, une boule de rage. Tout cela avait été enfoui, enterré au plus profond de mon être depuis des années, mais tu l'en as délogé.

Quand l'inspectrice s'est enfin tue, mon regard s'est posé sur le commissaire Gunn, qui sortait une feuille A4 de son dossier. Il l'a tendue à l'inspectrice Tomey et m'a dévisagée. Sa collègue a aplati le papier sur la table pour que je puisse le voir. Une autre image, une capture de vidéosurveillance que j'imaginais être celle de toi et Jonny.

— Vous avez dit ne pas avoir vu Clara ce soir-là. Mais elle, manifestement, elle vous a vue.

Elle a poussé le cliché vers moi.

— Ça a été pris sur la promenade.

Elle souriait, triomphante. J'ai observé l'image. Ta main levée dans le ciel, comme si tu faisais signe à quelqu'un. Devant toi, au bord du cadre, une autre silhouette, mais j'avais du mal à intégrer l'information que mon cerveau essayait de traiter. L'inspectrice a posé une autre photo sur la première. Le grain était plus épais, un gros plan sur la personne au bord du cadre, cent mètres environ devant toi.

—Juste au cas où vous auriez un doute, a commenté l'inspectrice.

C'était moi.

Si proche de toi, incroyablement proche.

La chair de poule a recouvert tout mon corps. Mes dents ont commencé à claquer sans que je puisse les contrôler. J'ai senti mon sang se figer, gelé dans mes veines. J'ai entendu Kirstin dire quelques mots, mais je ne les ai pas compris. Mes yeux étaient rivés sur le magnétophone devant moi, le voyant rouge de l'enregistrement allumé. Et, au-dessus, la caméra épiant le moindre de mes mouvements et de mes gestes, du plus petit cligne- ment de paupière à tout mon visage qui s'empour- prait. C'était ces images d'interrogatoire que la police dévoilait à la presse à la fin des procès, une fois le verdict énoncé, pour montrer les meurtriers répondre aux questions, prononcer les mots « sans commentaire » bien trop souvent, transpirer leur culpabilité ou simplement prendre un air blasé. Aucun moyen de gagner. Une vague de nausée m'a traversée, de la bile est montée dans ma gorge. Et devant moi, s'étendant en une couleur nette et terrifiante, j'ai vu l'image de ce qui arriverait si mes mots ne pesaient pas dans la balance, si ma version des événements n'était pas acceptée. Ce n'était pas une vie, Clara, mais une sentence qui s'étendait depuis cet instant jusqu'à l'infini.

Je l'ai déjà dit, la vérité est subjective, elle n'est pas absolue. Ma vérité et la leur. Deux contre un.

La voix du commissaire a tranché le silence, déformée, tonitruante. Cette fois, il n'a pas évité mon regard, je n'avais nulle part où me cacher.

— Vous étiez tellement près d'elle, Rachel, et pourtant vous ne l'avez pas vue. Et elle lève la main. À qui peut-elle bien faire signe ? Sa meilleure amie qui vient de la voir avec son petit ami. Est-ce que c'est pour ça qu'elle a l'air si inquiet ? Elle vous appelle, pour vous expliquer. Et vous l'avez entendue, n'est-ce pas ? Vous les avez vus ensemble. L'homme que vous aimez et la meilleure amie qui vous le vole. Qu'est-ce que vous avez ressenti, Rachel ? Qu'est-ce que vous avez fait, Rachel ? Qu'est-ce que vous lui avez fait ?

Est-ce que tu as déjà rêvé, Clara, que tu parlais, mais qu'aucun son ne sortait de ta bouche ? Et après tu essayes de hurler mais toujours rien. Tu es en danger. Tu as besoin de ta voix, tu as besoin que tes pleurs soient entendus et tu tires sur chaque corde vocale, mais tu ne produis que du silence. Un silence terrifiant qui t'isole. Tu peux être entourée de gens, mais en fait tu es seule, tu te noies, tu sombres, tu disparais. On t'attaque et personne ne vient te porter secours. Tu pourrais aussi bien ne pas exister. C'était comme ça. Les mêmes questions posées encore et encore. Qu'est-ce que je t'ai fait ? Où est-ce qu'on est allées après s'être vues sur la promenade ? Pourquoi t'ai-je tuée ?

— Je vous ai dit que j'avais marché jusqu'à chez Clara. Je ne l'ai pas vue. Je n'ai pas vu Jonny. Je n'ai vu personne, ai-je lancé d'une voix que je n'ai pas reconnue.

L'accent, la tonalité, rien n'était à moi. Mais j'ai su quand j'ai commencé à parler que je ne pourrais pas m'arrêter; si je m'interrompais, ils reprendraient le contrôle et l'avalanche de questions déferlerait de nouveau.

— La vidéo ne me montre pas en train de faire signe. Je ne les salue pas, non? Vous n'avez pas imaginé que peut-être c'était parce que je ne les avais pas vus? Vous ne trouvez pas que c'est l'explication la plus logique?

— Vous voulez vraiment nous faire croire que votre meilleure amie est à cent mètres de vous, qu'elle vous fait signe et que vous ne la voyez pas, que vous continuez simplement à marcher?

Kirstin Taylor, qui n'avait rien dit d'utile jusqu'à cet instant, a soudain ouvert la bouche.

— Nous pourrions certainement visionner les enregistrements des autres caméras de surveillance, et voir Rachel avant qu'elle n'apparaisse sur celui-ci.

Elle était froide, allant droit au but. Son visage ne révélait aucune émotion. J'ai attendu, le cœur battant, et soudain ce que j'ai distingué chez le commissaire Gunn m'a donné un brin d'espoir. Il s'est tourné vers l'inspectrice Tomey, et, malgré la discrétion du geste, je l'ai aperçu, son léger hochement de tête.

— Nous n'avons pas d'autres enregistrements, a-t-elle concédé, et cette fois sans la touche de triomphe qui avait teinté sa voix jusque-là.

Un moment plus tôt, elle s'était pavanée comme un paon, tellement fière d'elle, mais elle déchantait. Je suis restée assise immobile, me concentrant sur le rythme de sa respiration, plus aussi rapide désormais.

— L'autre caméra était en panne.

— Hum, a lâché Kirstin Taylor. Alors ça, c'est la seule image que vous avez de Clara et Rachel? a-t-elle commencé en tapant sur la feuille avec son stylo Parker.

— Exact.

— Et ça démontre uniquement que les deux femmes se trouvaient dans le même secteur.

— Oui, à cent mètres l'une de l'autre, a précisé le commissaire. À quelle heure êtes-vous arrivée au Old Ship Hotel?

Il n'allait pas renoncer, me suis-je dit, il était décidé à trouver un moyen de me mettre l'affaire sur le dos.

— Vers 1 h 30 mais je n'en suis pas sûre.

— 1 h 27, selon le registre de l'hôtel.

J'ai plissé les yeux, choquée. Cela faisait des jours qu'ils enquêtaient sur moi.

— Cela coïncide également avec l'heure indiquée sur la vidéo de surveillance sur laquelle vous apparaissez. Donc, si vous avez quitté le Cantina Latina à, disons 23 heures, et que vous avez mangé des frites sur la jetée pour ensuite marcher sur la promenade, la caméra vous filmant à 23 h 41, est-ce que vous nous dites que cela vous a pris près de deux heures de vérifier si Clara était chez elle et d'aller à l'hôtel? Ou avez-vous fait autre chose entre-temps?

J'ai examiné le visage du commissaire. Sa mâchoire carrée ressortait à angle droit, la ligne de son nez, si aiguisée qu'elle aurait pu harponner un poisson, sa peau grise, privée de soleil, et ses yeux marron, froids et à l'affût. Envolé le bon vieux Roger avec sa bouille empourprée et ses yeux qui pétillaient lorsqu'il colportait un ragot. Tous les liens tissés, la relation que nous avions développée, plus rien ne comptait. Nous ne sommes plus que des étrangers l'un pour l'autre.

Les questions s'abattaient sur moi, tourbillonnant dans la pièce. L'une après l'autre, pas de temps pour répondre, pas d'explication à donner. J'avais eu tout le loisir de te tuer, ils me l'ont répété tant de fois que j'ai presque commencé à le croire. Et Jonny, a-t-il vu ce que je t'ai fait ? Est-ce qu'il s'est suicidé après ? J'étais en plein cœur d'un film policier et je m'attendais d'un moment à l'autre à entendre le clap annonçant la fin de la prise. Mais la scène s'est prolongée encore et encore. Chaque minute de plus dans cette pièce était une réelle torture, les murs gris se refermant sur moi, la peur me réduisant au néant.

Je n'ai aucune idée de l'heure qu'il était quand les questions se sont arrêtées. Mais je me souviens d'avoir pensé que j'allais mourir si je ne dormais pas, la fatigue transperçant mon cerveau, la douleur irradiant derrière mes yeux. Je sentais la crasse sur ma peau comme des poux. Ma bouche était sèche, mon haleine putride de peur et d'avoir trop parlé, une couche de saleté recouvrait mon corps tout entier. Le genre de sensations qu'on éprouve quand on a passé trop de temps enfermé dans un aéroport, baigné dans un air stagnant, dans la chaleur des autres passagers, mais en bien pire. Je voulais sortir du commissariat, m'enfuir et courir jusqu'à ce que le ciel, les océans et les terres me séparent de cet endroit maudit.

Enfin, le commissaire Gunn et l'inspectrice Tomey nous ont laissées seules dans la pièce, Kirstin et moi. Elle m'a expliqué comme si j'étais une enfant que l'unique preuve qu'ils avaient était circonstancielle.

— C'est mal engagé pour eux, a-t-elle déclaré d'une façon qui me donnait à croire qu'elle me pensait coupable, mais qu'elle imaginait que je pourrais m'en sortir.

Va te faire voir avec ta preuve circonstancielle. J'ai vu des jurés condamner des gens sur la base de preuves circonstancielles, tout dépend de qui est le plus convaincant, la partie civile ou l'accusé.

J'ai poussé un grognement de frustration et je me suis pris la tête entre les mains. Je suis restée ainsi jusqu'à ce que la porte s'ouvre de nouveau et j'ai levé la tête pour voir le commissaire Gunn et l'inspectrice revenir.

— On vous relâche sous caution, a scandé l'inspectrice, prononçant ces mots manifestement à contrecœur.

— Quoi ? ai-je demandé.

J'ai secoué la tête pour chasser toutes les autres idées et savourer ses paroles. Un sourire s'est dessiné sur mon visage sans que je puisse m'en empêcher. Je voulais pleurer de soulagement.

— Vous êtes libérée sous caution, c'est tout, a-t-elle répété, son froncement de sourcils creusant son maquillage.

— Merci, lui ai-je lancé en souriant.

L'agent de service m'a expliqué les conditions de ma libération. Je devais revenir au commissariat de Brighton pour un autre interrogatoire dans quatre semaines, sans quoi un mandat d'arrestation serait lancé contre moi, et il fallait que je reste dans mon appartement tous les soirs, ce qui voulait dire ne plus me réfugier chez Jake. Ensuite, un sourire aux lèvres, il m'a rendu mes affaires. Je pensais qu'il voulait se montrer gentil, jusqu'à ce qu'il tende le bras vers le parking.

— Votre public vous attend.

À environ quinze mètres des portes battantes s'étalait un mur de journalistes, de photographes et de cameramen. Quand ils m'ont aperçue, ils ont levé leur matériel comme au garde-à-vous, prêts à l'attaque, avides de saisir un bon cliché. Récupérant mes effets personnels, je me suis aplati les cheveux (vieille habitude bien ancrée) et j'ai aperçu mon reflet dans la fenêtre. Une version cauchemardesque de moi. Une jeune productrice dans une polaire bleue, dont je savais qu'elle travaillait chez Global, épiait à la porte. Quand elle m'a vue prête à sortir, elle a lancé le signal de départ à la foule comme si j'étais l'attraction du jour, et je suppose que je l'étais.

Personne n'est autorisé à filmer ou prendre des photos dans les locaux de la police, donc, j'avais moins de vingt mètres libres devant moi avant de tomber dans la gueule du loup, ou plutôt dans une marée humaine de reporters hurlant mon nom.

— Rachel, Rachel, Rachel !

Clic, clic, clic, les flashes m'aveuglaient et les caméras approchaient trop près de mon visage. J'ai levé la main, pas pour me cacher, mais pour me protéger, éviter d'être heurtée par leur équipement, d'être éblouie par leurs lumières. J'ai senti mes pieds se soulever de terre alors qu'on me bousculait au centre de la mêlée.

— Rachel, Rachel, criaient-ils. Une déclaration ? Pourquoi cette arrestation ?

Différentes voix, différents accents luttant les uns contre les autres au point de se fondre en une cacophonie sans relief.

Par moments, je percevais une voix plus proche de moi, tout droit sur moi.

— Rachel, avez-vous tué votre amie ?

J'ai reconnu l'intonation des voyelles, le dédain qui les animait. J'ai levé les yeux et j'ai vu son visage. Richard Fineman. Il tenait un micro, mais il ne le pointait pas vers moi. Légalement, il n'aurait pas le droit d'utiliser cette question à l'antenne. Mais ce n'était pas le problème. Ma propre salle de rédaction me chassait, et Richard tenait à ce que je le sache. Douce est la vengeance.

J'ai senti que quelqu'un m'attrapait le bras et m'emportait à travers la foule. Je n'ai pas levé les yeux pour regarder de qui il s'agissait. J'ai reconnu la poigne ferme, le parfum. Jake m'a entraînée vers une voiture et, ce n'est que lorsque nous nous sommes trouvés loin, loin des vautours et de leurs questions, sur la route en direction de Londres que j'ai finalement tourné la tête vers lui.

— Merci.

Pendant l'heure et demie de trajet, la réalité s'est trouvée suspendue. Jamais je n'avais autant apprécié les embouteillages sur la M25, retardant mon retour dans le vrai monde. Je savais que les équipes de la télévision et les reporters de la presse écrite campaient devant mon appartement, désireux d'immortaliser l'instant, comme ceux qui venaient de m'accueillir à ma sortie du commissariat, pour alimenter la machine infernale de l'information.

Ce qui est sûr, c'est qu'en les voyant attroupés devant chez moi, mon cœur s'est serré. J'ai pensé à dire à Jake de faire demi-tour et de m'emmener loin, mais où ? Il faudrait bien que je les affronte. Alors nous nous sommes garés devant mon immeuble et sommes restés assis, figés par l'horreur de tout ce cirque en liesse. Les lumières se sont allumées, les journalistes sont sortis de leurs véhicules, les caméras se sont précipitées vers nous. Toute la situation était d'un ridicule pitoyable, presque comique. *Vous allez l'avoir votre photo, saleté de vautours.* Et je voyais bien l'ironie de tout cela. Tel est pris qui croyait prendre, j'avais été à leur place à peine quelques heures plus tôt, mais tu sais quoi ? J'avais la conscience tranquille. Je traquais les meurtriers, les violeurs et les pédophiles, pas des femmes qui venaient de perdre leur petit ami et se faisaient accuser à tort d'avoir assassiné leur meilleure amie.

Et pourtant j'étais désormais aux prises avec le monde des médias. Je n'avais pas le choix, je devais jouer selon leurs règles. Chacun de mes mots, chacune de mes expressions, chacun de mes gestes serait observé, analysé. Il fallait que je me montre à fleur de peau, mais pas coupable. Posée, mais pas distante. Il fallait que le public soit de mon côté, et ce n'est pas le plus facile quand, à l'intérieur, vous bouillonnez de rage. Par conséquent, j'ai simplement pincé très fort les lèvres et me suis frayé un passage entre les flashes jusqu'à mon appartement.

Une fois à l'intérieur, je me suis précipitée sous la douche. J'ai laissé l'eau bouillante se déverser sur ma peau. Tellement chaude qu'elle me faisait mal, exactement comme j'aimais. Je me suis perdue dans la vapeur et la chaleur, me lavant les cheveux trois fois de suite avec du shampooing à l'huile de rose musquée, me frottant le corps jusqu'à ce que je sois vraiment sûre que toutes les particules de la salle d'interrogatoire aient disparu. Je ne voulais pas quitter la douche, je me sentais si vivante sous le jet, si propre. Mais, à travers le bruissement de l'eau, j'ai entendu Jake qui me criait qu'il m'avait préparé quelque chose à manger, et j'ai fini par sortir, si étourdie par la chaleur que j'ai dû me retenir au porte-serviettes.

Nous nous sommes assis sur le canapé pour manger des sandwichs au bacon, chauds et croustillants, préparés avec du pain qu'il avait trouvé dans le congélateur, et du thé. Je pense que je n'ai jamais goûté un bacon plus succulent, ou une tasse de thé si parfaite. Quand nous avons terminé, nous nous sommes affalés et il m'a prise dans ses bras.

— Tu n'auras plus jamais à demander, parce que c'est oui, m'a-t-il dit en m'embrassant le front.

Je me suis blottie contre lui, j'ai savouré la chaleur de son corps. Avec lui, je me sentais en sécurité, sans lui je n'avais plus personne. Et pourtant, il méritait que je lui offre une porte de sortie.

— Je comprendrais que tu veuilles...

Il a placé son index sur ma bouche pour me faire taire.

— Chut, a-t-il lâché avant de me caresser la nuque, déclenchant en moi des frissons de plaisir, et même si tout s'effondrait autour de moi, je me suis dit que j'avais de la chance de l'avoir.

Il est parti tôt dans la soirée, à contrecœur, acceptant enfin d'entendre que je ne craignais rien, seule chez moi. La plupart des équipes de télévision et des journalistes étaient rentrés. Avec Jake, nous avons même beaucoup ri en écoutant les conversations qui se tenaient dehors. « Elle n'ira nulle part et il n'y aura plus de bulletin d'informations avant demain matin. » Ou : « On a déjà deux clichés d'elle, ça suffit, non ? » Tout ça pour ne pas dire, je me les pèle ici, il est près de 23 heures et j'aimerais mieux être à la maison. Pourtant, nous étions bien conscients que les plus tenaces devaient encore nous guetter depuis la rue, et que cela ferait vraiment jaser si Jake restait dormir chez moi. Je l'ai accompagné à la porte et me suis directement glissée sous la couette, mes membres endoloris et épuisés se détendant sur le drap frais, mon esprit désespérant de trouver enfin le repos pour me sortir de cette journée.

L'ancienne Clara a peuplé mes rêves. Celle qui était mon amie. Nous étions à une fête, en train de boire du vin pétillant, dans une maison que je n'ai pas reconnue, des gens de notre âge à l'arrière-plan, comme les figurants d'un film. Mais la caméra était sur nous pendant que nous buvions, que nous dansions et que nous nous amusions. Nous imitions ton père qui, selon nous, était le pire danseur de tous les temps parmi les papas. Ton rire fort, démesuré, emplissait la salle. Il vibrait dans mon corps. Je riais aussi. Tu étais tellement drôle parfois, je me tordais en deux. C'est l'effet que tu me faisais. Mon rire a déclenché le tien. Les larmes coulaient sur tes joues, tu étais hystérique, j'ai pensé que tu ne pourrais jamais t'arrêter. Mais ça a duré si longtemps qu'au bout d'un moment j'ai voulu que ça cesse parce que nous avions quitté la soirée et que ton rire résonnait toujours, totalement déplacé, discordant. « Arrête, Clara, ça suffit. » Cela me trouait le crâne, mais tu continuais, et ton visage semblait déformé et étrange, comme une version écrabouillée de toi.

J'ai ouvert les yeux. J'étais réveillée, mais toujours pas de silence. Tu riais encore. Je ne pouvais plus être en train de rêver. À moins qu'il soit possible de dormir les yeux ouverts et assise dans un lit. Je commençais à me dire que je devenais folle, que quelqu'un riait dans ma tête. Hésitante, je suis sortie du lit et j'ai allumé la lumière. Rien. Mais le bruit n'avait pas cessé. Je respirais trop vite, ma gorge se resserrait, j'étais sur le point d'étouffer. J'ai parcouru mon appartement. Ton rire devenait de plus en plus fort, se réverbérant sur les murs, cognant dans mes os. Je suis arrivée dans la cuisine et j'ai appuyé sur l'interrupteur. Pendant un instant, j'ai gardé les yeux fermés, ils refusaient de s'ouvrir, la peur de ce que je pourrais trouver m'a figée sur place. Mais le rire se répercutait encore en moi, plus fort qu'avant. Je savais que j'étais proche, alors j'ai forcé mes paupières à obéir. Une pièce vide et éclairée. Tu te cachais, tu devais sûrement te cacher quelque part. Mais j'ai aperçu une lumière dans un coin, le voyant vert de la chaîne hi-fi. Je ne laisse jamais rien allumé. Je ne comprenais pas. Ton rire venait de là. Je me suis approchée de l'appareil, incertaine, comme si c'était un chien dangereux dont je devais me méfier. L'enregistrement se répétait en boucle. *Quelqu'un est ici, quelqu'un est entré chez moi. Quelqu'un est venu et a posé un magnétophone pour jouer ton rire.* Le goût métallique de la terreur a envahi ma bouche. Oh, Clara, je voulais hurler, jusqu'où irais-tu? Quand ce petit jeu prendrait-il fin? Ma main est passée sur le bouton stop, mais elle tremblait trop pour atteindre directement sa cible. Et enfin, j'ai appuyé et je l'ai fait taire.

J'avais trop peur pour me rendormir. Je me demandais si je retrouverais jamais le sommeil. Je n'avais plus de refuge, ni dans mon appartement, ni dans mes rêves. Dans le salon, je me suis recroquevillée sur moi-même, avec une bouteille de vin et une couverture pour me réchauffer. J'avais allumé toutes les lumières de la maison, vérifié et revérifié chaque porte, chaque fenêtre. Il fallait que je change de stratégie. Il ne servait à rien de te repousser, tu trouverais toujours un moyen de t'imposer. Tu te moquais de moi. Et soudain l'idée m'a frappée avec une violence surprenante. Te moquais-tu ainsi de moi depuis le début ?

21

31 août 1996

L'air est lourd, empreint d'une chaleur qui vous irrite la peau et vous assèche la gorge. Ça fait des jours, des semaines peut-être. Personne ne court plus dans les rues, tout le monde marche, lentement, mais malgré cela la sueur coule sur les jambes, sous les bras, et une pellicule de crasse urbaine vous recouvre le visage. L'herbe a soif, le vert luxuriant a cédé la place au marron. Les rues dégagent une odeur de goudron fondu, de nourriture avariée. Aux nouvelles, on parle de vague de chaleur, et les journalistes annoncent qu'il fait plus chaud ici qu'en Égypte, qu'à Madrid et que dans tous les autres endroits chauds de la planète. Je me languis de la pluie, de l'humidité dans l'air, d'une libération. Je ferme les yeux et je rêve d'une douche d'été, le genre qui tombe sans crier gare et vous trempe en quelques secondes. Mais elle n'arrive pas, aujourd'hui, la veille de tes dix-huit ans.

Demain, ce sera ta fête, organisée par ton père pour tes amis. J'ai essayé pendant des semaines de lui soutirer des informations.

— Tu verras bien, Rach, me répond-il toujours avec cette lueur malicieuse dans les yeux qui me donne envie d'en savoir plus.

L'autre jour, je me suis faufilée derrière lui dans votre garage et je l'ai vu fouiller dans des cartons de lumières et de lanternes. Je l'ai fait sursauter.

— Bon Dieu, Rachel! s'est-il écrié avant d'éclater de rire. Tu dois promettre que tu ne diras rien, pas un mot!

J'ai hoché la tête et juré.

— Ce sera notre secret, ai-je proposé.

— Je vais les installer dehors, a-t-il expliqué en montrant votre immense jardin avec ses arbres et ses buissons.

Demain, quand la nuit tombera et que les lumières scintilleront, on se croira dans une forêt enchantée. Ton père veut créer un conte de fées pour toi. Il n'est lui-même qu'un grand enfant. Il croit encore aux histoires qui finissent bien.

Mais, avant la grande fête, nous devons assister au barbecue beaucoup moins impressionnant que Niamh organise en ton honneur. J'avais espéré que tu refuserais quand elle a lancé l'idée (en insistant lourdement, pour être précise). *Merci, mais non, merci.* En fait, tu as dit tout le contraire:

— Ce serait génial, Niamh!

Tu l'as prise dans tes bras, comme si c'était la personne la plus généreuse, la plus gentille qui soit, alors que nous savons bien qu'elle n'est rien de tout cela. De toute façon, c'est fait, pas moyen de revenir en arrière à présent.

Voilà ce que je ne comprends pas. Comment tu fais pour t'entendre avec ma mère mieux que moi. Ou plutôt, pourquoi elle t'aime plus que moi. L'attention qu'elle t'accorde, la façon dont elle s'éclaire quand tu es là. Elle parle avec toi, Clara, comme jamais elle ne me parle à moi.

Cela fait des semaines maintenant. Au début, je me disais que j'étais ridicule, *ne sois pas si pitoyablement en manque d'affection, Rach*, mais ça se reproduit tout le temps. J'ai commencé à prendre des notes, comme un détective qui rassemble des éléments. Parce qu'un élément isolé ne prouverait rien, mais l'ensemble, l'accumulation, eh bien, c'est affligeant.

Par exemple, samedi soir dernier, alors que nous nous apprêtions à regarder *Dirty Dancing* (pour la dixième fois), quand je suis revenue de chez l'épicier du coin où j'avais acheté deux canettes de Tango et un grand sac de Maltesers, je vous ai trouvées, toi et Niamh, en train de danser, de chanter et de jeter vos têtes en arrière comme des rockers sur les chansons de Chrissie Hynde. *Saleté de Chrissie Hynde.* En me voyant, tu t'es contentée de sourire bêtement et tu as continué. Tu détestes cette musique, Clara. On la déteste toutes les deux, mais on aurait dit que tu avais oublié. Je suis montée dans ma chambre et j'ai mangé tous les chocolats toute seule. On n'a même pas regardé *Dirty Dancing*. Je ne pense pas que tu l'aies remarqué.

Ça a toujours été toutes les deux seulement, Clara. Tu ne vois pas que Niamh empiète sur mon territoire, me volant ce qui est à moi ?

—Elle se montre juste attentionnée, me réponds-tu quand je te demande (subtilement) pourquoi elle t'organiserait une fête.

Niamh n'est jamais attentionnée.

Mais, le plus étonnant, c'est que Niamh reste sobre quand tu es là. Elle ne fait ça pour personne. Elle utilise l'alcool pour bloquer tout le monde, alors ça voudrait dire que toi, elle te laisse entrer. Seulement toi. Et ça fait mal, parce que chaque fois que tu es ici, tu tiens un petit miroir qui me montre la femme qu'aurait dû être ma mère, celle qui tourne autour de toi, te pose des questions sur le lycée et tes petits amis.

Je veux que tu saches ce que je ressens, Clara, mais j'ai du mal à l'admettre moi-même. Peut-être que, si je te disais que malgré la canicule, malgré le soleil féroce et cuisant, quand je te regarde avec Niamh, je frissonne, tu comprendrais. Je suis gelée et je ne supporte pas cette sensation, c'est comme si j'étais morte.

La première chose que je remarque chez Niamh aujourd'hui, c'est qu'elle boit. Pas au détriment de tout le reste, mais, tout de même, elle boit. Elle sort les saucisses, prépare la salade de pâtes avec bacon, noix et raisins, un mélange étrange qu'elle insiste pour essayer, ainsi qu'une salade de pommes de terre et une salade de tomates.

Trois salades pour trois personnes.

— Je ne suis pas sûre qu'il y ait assez de salade, dis-je.

Elle lève la tête de sa planche à découper et plisse les yeux en me regardant. Elle me fixe un peu plus longtemps qu'à l'ordinaire et après avoir légèrement secoué la tête, elle reprend où elle en était.

Je remarque qu'elle fredonne du Bob Marley, *Don't Worry*, qui, je pense, n'a jamais été écrit dans l'intention d'être fredonné, et elle le fait bien trop vite, en plus. Elle tranche un concombre et coupe des fraises pour le Pimm's.

— Putain ! crie-t-elle en se blessant le doigt.

Le rouge sur le couteau ne vient pas seulement des fraises, mais elle se contente de sucer son doigt et continue. Je me dis que je ne boirai pas de Pimm's. Elle prend la carafe, et j'entends le *glou*, *glou*, *glou* des boissons qu'elle verse pour le cocktail, trois quarts de Pimm's, le reste de limonade. Elle voit que je l'observe.

— Presque pas d'alcool là-dedans, et elle va avoir dix-huit ans, après tout, lance Niamh.

Elle se sert un verre dans lequel elle ajoute une rasade de vodka. Je l'entends couler dans sa gorge. Je déteste ce son. Elle va prendre une autre gorgée et mes yeux restent rivés sur ses mains, parce qu'elles tremblent plus que d'habitude, et, en temps normal, ses mains tremblent déjà beaucoup.

— Tu veux quoi ? gronde-t-elle.

Je ne réponds pas, parce que je sais que ce n'est pas une question.

— Tu te prends pour qui, Rachel, la police du rire ? Pourquoi tu fais pas quelque chose d'utile ? C'est une fête pour ton amie, tout de même. Va mettre les chaises dehors, dans le jardin, pour que ça soit joli quand elle arrive.

J'ai regardé son visage et j'ai pensé qu'elle aurait dû en prendre plus soin, éviter le soleil. La peau commençait à se flétrir sur ses os.

Dehors, une voiture a klaxonné, impatiente, à dix secondes d'intervalle. Les enfants des voisins se bagarraient dans leur jardin.

— Fais-le, Rachel, MAINTENANT ! hurle-t-elle.

En quittant la cuisine, je prends la carafe d'eau, je la remplis avec le tuyau et je l'emporte vers mon carré de fleurs. Des tournesols, des pivoines et des iris, mes adorables iris. Les fleurs offrent la seule touche de couleur dans cet espace dépouillé. *Et elles sont à moi*, me dis-je fièrement. Elles existent et s'épanouissent grâce à l'attention que je leur porte jour après jour. Niamh doit me voir les admirer, parce qu'elle crie dans ma direction si fort que les voisins peuvent l'entendre.

— Les chaises, Rachel ! Arrête avec tes satanées fleurs pour une fois et fais quelque chose d'utile !

Je l'ignore pour me concentrer sur mon arrosage. Il faut respecter un certain rythme. Doucement, méthodiquement. Laisser l'eau imprégner un peu la terre, avant d'en verser davantage, regarder le sol devenir noir et humide. J'ai presque terminé quand j'entends des pas sur l'herbe sèche et, soudain, elle essaye de m'arracher la carafe.

— Qu'est-ce qui ne tourne pas rond chez toi ? demande-t-elle, trop proche de mon visage. Pourquoi tu fais ça ?

— Elles ont soif. Toi, plus que n'importe qui, devrais comprendre ça.

Ses mains agrippent la carafe, que je refuse de lâcher. Quelque chose dans l'air, dans la chaleur du soleil, me donne du courage. C'est là que je me dis que, la meilleure façon de gagner, c'est de la surprendre. Donc, je tire fort, m'attendant à ce qu'elle résiste de toutes ses forces. Quand elle le fait, je lâche et elle est propulsée dans l'herbe, l'eau se répandant sur sa nouvelle robe bleue.

— Sale petite pute !

Je la laisse étendue à terre, à jurer et crier, l'adrénaline pulsant dans mes veines. Une fois à l'intérieur, je me précipite dans ma chambre et j'allume la radio. Ce sont les Spice Girls qui passent, *Who Do You Think You Are ?* Je n'aime pas particulièrement, mais je monte le volume pour couvrir la voix de Niamh et le bourdonnement dans ma tête. Je ramasse mon magazine *More !* posé par terre. Sur la couverture, Leonardo DiCaprio marche le long d'une plage, en compagnie d'une blonde platine aux jambes de top model. J'examine mes propres jambes, blanches et marbrées, pour les comparer à celles de la fille quand la porte s'ouvre en grand. Niamh se rue vers moi. Elle m'arrache le magazine, me prend par le bras et tire si fort que j'ai l'impression qu'il va se déboîter.

— Je t'ai demandé de faire juste une petite chose… *une chose !* Et tu n'as même pas été foutue de la faire. Toute la matinée, j'ai trimé pour que tout soit prêt et toi… toi, tu arroses tes putains de plantes. Elle n'est même pas encore là et tu gâches déjà tout. C'est toujours comme ça avec toi, tu détruis tout ce que tu approches.

Nos nez se touchent presque, tellement nous sommes proches l'une de l'autre. Je recule, mais ma tête heurte le mur, je ne peux pas m'éloigner. Son haleine empeste la vodka et m'irrite le nez.

—C'est quoi, le problème, tu sais plus quoi dire ?

Une mouche vrombit à côté de moi. La fenêtre est entrouverte mais elle n'arrête pas de se cogner contre la vitre dans un petit bruit sourd. Elle se remet à voler dans la pièce, avant de faire une autre tentative pour retrouver la liberté. *Zzzzzz*, le bourdonnement résonne dans ma tête. *Zzzzzz*.

C'est facile de se sauver, si facile.

Tout ce qu'elle a à faire, c'est passer par l'entrebâillement de la fenêtre. Mais elle se fait tout le temps avoir par la vitre, par ce piège.

Que tu es bête, petite mouche.

—Alors ! crie-t-elle à présent. Dis quelque chose, putain de merde !

Je m'entends soupirer. J'ai la tête tournée vers la fenêtre, pas vers elle, quand finalement je me décide à ouvrir la bouche.

—Je sortirai les chaises quand je serai prête. Là, maintenant, je ne suis pas prête.

Ma voix m'a surprise, si calme et posée. Je suis comme un cygne, gonflé à bloc et frénétique sous la surface de l'eau, parfaitement calme au-dessus. Mais je regrette de ne pas avoir eu le cran de la regarder dans les yeux pour lui dire ça.

Il faut que j'arrive à l'affronter. L'adrénaline crispe mes épaules, mon pouls tonne dans mon cou, j'ai le souffle court. Je dois soutenir son regard, je ne peux plus m'enfuir, éviter la confrontation.

Aujourd'hui est un autre jour.

Il me faut une réelle force de volonté pour parvenir à me tourner vers elle, mais quand j'y parviens, quand mes yeux croisent enfin les siens, je suis surprise de ce que j'y vois. Cela fait si longtemps que je ne l'ai pas vraiment regardée, que je n'ai pas étudié son visage. Tout ce temps, je l'ai évitée de peur de la défier, mais la femme assise devant moi est lamentable. Tout le dégoût et l'amertume qu'elle m'adresse depuis des années, les coups d'œil méprisants et les regards vides et durs semblent s'être figés dans ses traits. Et elle a laissé la frustration de la vie la ronger au point qu'il ne reste pas grand-chose d'elle. Elle n'est plus qu'une coquille vide. L'espace d'un instant, je réfléchis à ce qu'aurait été ma vie si elle avait souri, s'était ouverte, m'avait laissé une place. Ça aurait pu être si différent. Mais c'est trop tard. Tout est gravé dans la pierre. Ses yeux se font vitreux, sans doute sous l'effet de la colère et la rage qui grondent en elle.

Et soudain je la vois. Cela me fait un tel choc que, pendant un moment, tout se fige. Une larme, une seule, coule sur sa joue. Alors, un merveilleux doute, délicieux et chaud, me traverse.

Peut-être que ça n'a pas à être comme ça après tout.

Je suis toujours portée par cette idée quand une violente gifle s'abat sur mon visage, rompant le silence. Quand je lève de nouveau la tête vers elle, la larme a été essuyée et ses yeux vides me fixent. Je tombe sur le lit. Un sifflement perce mes oreilles. Ma fureur est plus brûlante que le soleil dehors. Elle est volcanique. Alors qu'elle quitte ma chambre, je hurle :

— Tu ne referas jamais une chose pareille, je te le garantis !

Une demi-heure plus tard environ, j'entends la sonnette et Niamh accourt à la porte avant que j'aie le temps de sortir du lit.

— La star du jour ! salue ma mère d'une voix stridente, complètement différente de la personne qui m'a giflée une demi-heure plus tôt.

Ces mots, sirupeux, flottent en haut des marches pour arriver dans ma chambre. Je sens la bile me monter dans la gorge. J'entends ma mère parler trop, trop vite, faisant trop d'efforts.

— Dix-huit ans et magnifique ! Regarde-toi, tu es resplendissante !

Sa façon de s'exprimer m'exaspère. Ses phrases n'ont ni début, ni fin, ce ne sont que des suites de mots. Je me demande combien de Pimm's et de vodka elle a déjà engloutis.

— Et puisque tu as dix-huit ans, je me suis dit que je pouvais te préparer une boisson spéciale pour ton anniversaire. Ce n'est que du Pimm's, mais je ne suis pas sûre que ton père aurait accepté.

Tu lui dis que ton anniversaire n'est que demain.

— J'ai encore dix-sept ans aujourd'hui, Niamh.

— C'est encore mieux alors, lance ma mère en éclatant de rire, comme si elle avait dit quelque chose d'hilarant. Deux fêtes, c'est comme la reine !

J'entends tes pas, lourds sur le parquet. *Tu dois porter des chaussures plus dures que des tongs*, me dis-je. Et une robe aussi ? Est-ce que tu as fait un effort pour l'occasion ? Des rires résonnent sous moi désormais. Le tien est mélodique, le sien plus fort, frénétique. J'imagine que Niamh te verse un Pimm's. Des verres qui tintent, on trinque. « Santé », devez-vous dire, même si je ne vous entends pas. Tu ne vas pas demander où je suis ? As-tu seulement remarqué que je ne suis pas là ?

Je reste allongée sur mon lit, le visage enfoncé dans l'oreiller pour en sentir la fraîcheur contre ma peau, contre ma joue en feu. Quand je m'assois, je regarde les photos sur mon mur. Toi et moi, moi et toi. Sur la jetée, sur la plage, à Devil's Dyke. En classe de découverte dans le Shropshire, souriant devant le lac que nous pensions un lieu idyllique avant que Lucy Redfern s'y noie et que nous le classions ensuite comme l'enfer sur terre. Un passé commun qui nous lie. Je me lève et m'observe dans le miroir. Ma joue gauche est plus rouge que la droite, mais on n'y voit pas les marques de ses doigts. Ça brûle encore, j'ai les yeux injectés de sang. C'est la colère et non les larmes qui les a rendus écarlates. Encore des rires à travers le plancher, des rires qui pénètrent directement dans mon cerveau. Je me secoue. J'ai l'impression de peser deux tonnes à cet instant, cela me demande tous les efforts du monde pour sortir de ma chambre, mais j'y parviens. Je descends pour te voir, pour faire la fête avec toi. Jusque-là, ce n'était que toi et moi. Je ne laisserai pas Niamh s'interposer.

Elle réduit les flammes du barbecue, ou du moins elle essaye, sans grand succès. Elles s'élancent vers elle, lui lèchent les mains, lui caressent le visage.

— Putainnnn, lance-t-elle dans son accent bourgeois rocailleux, et elle se tourne vers moi.

J'ai une carrure solide. Mes contours sont facilement visibles même à travers la fumée. Mais son regard ne s'arrête pas sur moi, il m'ignore et me dépasse. Je n'existe pas. Son visage est déformé par les vapeurs de chaleur qui montent du barbecue. Ses traits sont ratatinés et le mascara qu'elle applique religieusement dégouline, s'étalant autour de ses yeux. Elle semble sortir droit du purgatoire.

Et je sens quelqu'un derrière moi.

— Tu sais te faire attendre, Rachel, lances-tu en me collant un verre de Pimm's dans la main. Tiens, c'est pour toi, j'ai ajouté une touche de vodka quand elle ne regardait pas. Tu vas me souhaiter bon anniversaire ?

Tu portes une courte robe orange, dos nu, et au bout de tes longues jambes bronzées, des sandales marron à talons compensés. Tu as verni tes ongles en orange aussi. Tes cheveux sont attachés en une queue-de-cheval négligée, si bien que des mèches tombent sur ton visage.

— Tu n'as pas encore dix-huit ans.

— Deux fêtes, quand même, comme une reine.

Tu répètes les idioties de ma mère, maintenant.

— Tu es très belle, je te complimente pour chasser cette idée de mon esprit.

— Et toi...

Tu recules d'un pas pour m'examiner, chancelant légèrement, ce qui me fait penser que le Pimm's a déjà commencé à agir sur toi. Je me vois comme tu me vois : pantalon en lin bouffant, avec des plis et sans forme, mais des jambes trop grosses pour se montrer en robe, une peau translucide qui ne supporte pas le soleil.

— Tu es comme toujours.

Je veux te demander ce que tu entends par « comme toujours ». Grosse comme toujours, Clara ? Mais tu déambules dans le jardin avec tes sandales surélevées, arrangeant les chaises sous le regard de Niamh avant que je ne puisse le faire.

Tout l'après-midi, les mots tourbillonnent dans ma tête, entrant et sortant des replis de mon cerveau. Je répète et raffine mes arguments, tout ce que je veux dire à Niamh et à toi, mais ils restent là, dans ma tête. Je n'ai pas l'occasion de parler, je ne trouve aucune faille pour m'infiltrer dans la conversation. La seule fois où Niamh tient compte de ma présence, c'est pour me coller un appareil photo dans les mains et me demander de vous prendre, toi et elle, dans le soleil. À part à cet instant, vous parlez ensemble, vous riez toutes les deux, vous buvez à l'unisson, et, moi, je reste spectatrice, je vous regarde et vous écoute. Les Pretenders passent sur la chaîne (la sélection de

Niamh), trop lourds pour cette chaleur. Je ne bois pas mon Pimm's, mais la douleur dans ma tête est lancinante. Je me concentre sur mes tournesols, leurs couronnes dressées vers le soleil, impressionnants par leur capacité à garder la tête haute malgré la chaleur écrasante.

Vous en êtes à votre troisième carafe de Pimm's quand je prends congé sans même que vous remarquiez mon départ. Les sons de la journée laissent la place à des discussions d'adultes qui s'échappent des jardins de notre rue. La lumière tombe désormais, le pourpre et l'orange ont remplacé le bleu pâle du jour. Je monte dans ma chambre, je ferme les yeux et je m'effondre sur mon lit. Mon corps est avalé par sa mollesse. Je reste assise un moment, essayant de lire *Cent ans de solitude*. C'est mon livre préféré et de loin. Je l'ai déjà lu deux fois, mais même si je connais l'histoire, je n'arrive pas à me concentrer sur les mots. Ton rire mêlé à celui de Niamh me hérisse, trop fort, trop rauque, l'un alimentant l'autre. Tu n'as pas l'habitude de boire, Clara, pas comme ça. Je me demande si tu vas vomir. Quelle apothéose ce serait pour la petite fête de Niamh. L'alcool a un autre effet plus préoccupant : tu sembles te transformer en ma mère. Je pense qu'elle te pollue. Si seulement je pouvais te protéger d'elle…

Je veux fermer ma fenêtre pour te tenir à distance, mais je n'aurais pas d'air et par conséquent je suis contrainte de t'entendre. J'ai beau me répéter que ça m'est bien égal si tu t'amuses sans moi, ma curiosité finit par avoir le dessus et je me retrouve à vous épier à travers les rideaux pour voir ce qu'il y a de si tordant. On dirait un jeu de charades. À tour de rôle, vous agitez les bras et faites des grimaces comme tu sais si bien le faire, Clara, mais Niamh ? Je ne l'ai jamais vue comme ça, emportée par l'instant, pliée en deux quand le rire devient trop intense pour elle, essuyant des larmes de ses yeux, te suppliant d'arrêter : « Ça suffit, Clara, j'en peux plus ! » comme un enfant pourrait implorer ses parents de cesser de le chatouiller. Malgré la lumière faiblissante, je suis frappée par le changement qui s'est opéré chez elle, le bonheur évident qui semble avoir détendu, adouci ses traits, leur y avoir insufflé de la vie. Et pas une seule fois, vous ne vous quittez des yeux. Je suis toujours cachée derrière le rideau de ma fenêtre, mais même si je me tenais nue au beau milieu du jardin, vous ne me remarqueriez ni l'une ni l'autre.

Je retombe sur le lit, les larmes dévorant mes joues. L'image du visage de Niamh transformé est un rappel trop cruel de ce qui m'est désormais dérobé.

Ton attention. Ton amour.

Depuis ce premier jour à l'école, quand je me suis assise à côté de toi et qu'une décharge électrique m'a traversée, je savais que tu avais le pouvoir de redonner la vie, Clara. C'est comme une énergie qui émane de toi, un enchantement qui attire les gens à toi et leur donne envie de ne plus jamais te laisser partir. J'observais les autres enfants qui essayaient de gagner ton affection, que tu rejetais sans exception et qui repartaient la queue entre les jambes. Cela rendait notre amitié d'autant plus spéciale. Tu m'avais choisie, moi, pour me prélasser dans ton éclat. Et une seule fois j'ai eu l'occasion de voir, l'espace d'un court instant chimique, le soir où nous avons goûté à l'ecstasy, ce que la vie serait si tu te détournais de moi.

Si je te perdais, je me perdrais moi-même.

Finalement le rire s'interrompt et j'entends sa voix, le ton a changé, plus dur, les mots sont inarticulés.

— Rachel, putain de merde, Rachel, sors de là !

Comme je ne réponds pas, elle réessaye, cette fois plus doucement.

— Rachel, où es-tu ? Viens te joindre à nous.

Je sais que je devrais rester au lit. Qu'est-ce qu'elle me veut ? Mais je suis poussée par une ridicule pointe d'espoir que peut-être, toutes les deux, vous souhaitez vraiment ma présence à ta fête. Alors je descends pour vous voir, allongées sur les chaises longues, des verres à côté de vous dans l'herbe. Tu as les yeux fermés. Mais ceux de Niamh sont ouverts, elle me voit et se redresse.

— J'ai offert à Clara un petit cadeau d'anniversaire de ta part, dit-elle en pouffant de rire et en agitant la main en direction de la chaise longue de Clara.

Je tourne la tête et aperçois une mare jaune sur l'herbe tout près de toi. Mes tournesols, tous arrachés. À côté, mes iris, mes ravissants iris, désormais abattus et flétris dans la chaleur. Les pivoines ont subi le même sort, déterrées et jetées sur les autres. Ces fleurs que j'arrosais, dont je prenais soin avec tant de précaution et d'amour ont été détruites. Je regarde mon carré de jardin, un festival de couleurs ce matin encore. Désormais, seules quelques tiges sortent de la terre.

— Un bouquet pour la star de la journée, je savais que tu serais d'accord, Rachel, affirme-t-elle. Et Clara adore, n'est-ce pas, ma chérie ?

— Ouaip, lâches-tu, et tu lèves une main tremblante dans les airs comme si tu levais ton verre à ma santé.

La Clara normale, la Clara sobre, ne serait pas restée assise à assister à ce massacre, tu n'aurais jamais laissé Niamh déraciner une seule fleur, pas en sachant à quel point mes plantes comptent pour moi. Niamh t'a fait ingurgiter tellement d'alcool qu'elle t'a empoisonnée. Je t'ai laissée t'approcher bien trop près d'elle et elle a détruit la Clara que je connais et que j'aime. Elle tue tout ce qui est beau.

Je ne peux pas respirer. Niamh doit voir ma réaction, parce qu'elle esquisse un affreux sourire qui laisse apparaître ses dents jaunies par le tabac. Elle lâche un rire grinçant et guttural, relayé par le tien. Deux sorcières sous un ciel de braise. Mais tu ne sais pas ce que tu fais, Clara, c'est sa faute.

— Tu vas faire quelque chose d'utile pour changer ? demande-t-elle en attrapant la carafe vide de Pimm's sur la table et en la brandissant dans ma direction.

Le feu dans mon ventre a brûlé toute la journée, mais, avec ce rire, il éclate avec toute la puissance d'un incendie. Je jette un dernier regard aux tournesols, aux pivoines et aux iris, et les flammes montent en moi, me consumant. J'ai la chair de poule, pas de froid mais de chaud. Le brasier envahit ma gorge, ma tête. Je ne peux plus le contrôler, c'est lui qui me contrôle.

J'attrape la carafe et pars dans la cuisine, la laissant un moment de côté. Je réfléchis, *j'ai besoin qu'elle se taise, je ne peux plus l'entendre, je dois te protéger d'elle*, et je me demande comment je peux la faire taire, comment je peux l'éteindre, juste pour quelque temps. Et soudain, j'ai une idée. Je file à l'étage. Je suis dans la salle de bains et ils sont là, droit devant moi. Deux paquets, comme si c'était le destin. J'en prends un dans mes mains, le plastique froid dans mes paumes incandescentes. Les comprimés dont Niamh a besoin pour dormir. Il n'en manque qu'un, ce qui veut dire qu'il en reste onze. Mais je ne les utiliserai pas tous, seulement quelques-uns. Je reviens dans la cuisine et les sors de leur emballage, l'un après l'autre. Je ne m'arrête pas. Avec une cuillère, je les écrase méthodiquement. Pas la peine de se presser. Après un moment, une jolie poudre blanche s'étale devant moi. Je remplis la carafe de Pimm's et de vodka et sers un verre pour Niamh, un autre pour toi. Dans le sien, je verse la poudre blanche. Je la regarde flotter à la surface et je mélange. Encore et encore jusqu'à ce qu'elle disparaisse. Ensuite, j'ajoute encore un peu de vodka.

L'herbe est fraîche sous mes pieds, alors que je traverse le jardin vers elle. Je te tends tout d'abord ton verre que tu prends, les yeux à moitié fermés. Ensuite, je donne à Niamh le sien.

— Enfin ! gronde-t-elle.

Enfin… je suis d'accord avec elle.

Depuis la cuisine, où je suis retournée, je la regarde boire. Je suis des yeux chaque gorgée qui coule dans son gosier. L'une après l'autre. Elle a soif, une soif qui irradie en elle, il faut qu'elle soit étanchée. Et soudain le verre est vide. Je remonte dans ma chambre et je vous entends bavarder un moment, des mots bredouillés, des phrases pas finies qui se perdent dans l'air. Un peu plus tard, je vois Niamh se soulever de sa chaise et tu te lèves à ton tour.

— Il est l'heure d'aller se coucher, déclare-t-elle, et tu acquiesces en bafouillant laborieusement.

Tu la suis à l'étage. Elle te demande de lui chercher ses somnifères dans la salle de bains, tu rebrousses chemin et reviens quelques minutes plus tard pour les lui donner.

— Merci, te lance Niamh. Bonne nuit, ma star.

Le bruit d'un baiser, mais Niamh gâche le moment en trébuchant et s'écroulant sur le lit. Je me dis qu'elle doit être trop soûle pour prendre d'autres comprimés.

Dix minutes plus tard, je passe à côté de sa chambre pour aller me brosser les dents dans la salle de bains. Sa porte est entrouverte. Elle est allongée sur le lit, tout habillée. À côté d'elle, le paquet de somnifères, mais je n'arrive pas à voir s'il est vide ou pas, et cela fait si longtemps que je n'ai pas profité d'un peu de silence que je ne prends pas le risque de le perturber.

Le lendemain, je suis réveillée par toi qui me secoues. Avant d'ouvrir les yeux, je sens ton haleine, rance et chargée d'alcool. Tu tires sur mon bras. L'espace d'un instant, j'oublie la soirée de la veille.

— Elle a été malade, déclares-tu, la panique crispant ta voix.

Soudain je me souviens et je bondis sur mes pieds pour accourir dans la chambre de ma mère. Je me tiens au-dessus du corps de Niamh, pâle et froid malgré son bronzage. Du vomi macule son oreiller, rouge de Pimm's et de salade régurgitée. Je savais que ce n'était pas une bonne idée de préparer autant de salades. Tu cries, tes hurlements résonnent dans la chambre, me transperçant le cerveau. Je suis l'enfant qui se cache derrière un coussin en regardant un film d'horreur. Je ne veux pas regarder et pourtant je ne peux m'en empêcher. Son corps est immobile, si tranquille, si calme... et je m'approche, m'attendant à ce qu'elle se jette sur moi. J'avance encore, parce que je sais qu'il faut que je vérifie qu'elle va bien, mais la puanteur est pestilentielle. Je me cache le nez dans le creux du bras pour me tenir tout près d'elle. En prenant son poignet, je pose le doigt sur sa veine pour tenter de sentir le pouls, comme j'ai vu faire dans les films. Rien. J'observe son torse, en quête d'un signe de vie. Rien.

Des aiguilles et des épingles me trouent la tête, descendent le long de mes bras. Je tremble parce que j'ai beau détester ma mère, ça fait quand même un choc de la voir froide et morte comme ça au réveil. Et soudain, au-delà de la peur et du traumatisme, une pensée me saisit comme une douce brise soufflant dans la chaleur. *Elle ne me fera plus jamais de mal.* Elle ne me parlera plus jamais, ni ne me regardera comme si j'étais une crotte de chien collée sous ses semelles. Je n'ai plus besoin d'être sa fille. Je suis libérée d'elle, pour toujours. C'est là qu'un calme inquiétant m'envahit. Jamais je ne me suis sentie aussi bien. Le délicieux soulagement de sa mort me pénètre et éteint les braises de la veille.

L'ambulance arrive et toi, tu sanglotes, mais j'essaye de réfléchir de façon pratique. Niamh est (était) toujours tellement négligée et ça se voit dans sa chambre à coucher. Ça sent le renfermé. L'air est chaud et lourd, empesté de vomi et d'alcool. J'ouvre une fenêtre pour aérer. Ses habits sont froissés, éparpillés sur la moquette, mais je suis contente qu'elle porte encore ses sous-vêtements de la veille et que je n'aie pas à les ramasser. Une tasse de café à moitié pleine attend sur la table de chevet, une pellicule de lait flottant à la surface, à côté de la boîte vide de somnifères. Je la prends pour la jeter à la poubelle.

Une autopsie est pratiquée sur son corps.
— La routine, affirme la policière chargée de me l'annoncer.
Aucune inquiétude à avoir. Et je ne m'inquiète aucunement. Je suis convaincue que Niamh s'est

tuée à petit feu avec l'alcool, ce n'était qu'une question de temps pour que son corps cède. Voilà la vraie cause de son décès. Les résultats montreront une cirrhose et une quantité trop importante de somnifères dans son sang. Cocktail explosif.

On partage tout, n'est-ce pas, Clara ? Aucun secret n'est trop gros, aucune vérité trop lourde. Nous ne jugeons pas, nous écoutons et comprenons. C'est pour ça que je te le dis, la semaine qui suit sa mort.

La journée commence bien. Un appel de ton père : « Est-ce que je peux venir donner un coup de main ? » demande-t-il à bout de souffle. Il est clair qu'il est pressé. Je l'imagine courir partout dans la maison, ses cheveux noirs encore dégoulinants après la douche, s'aspergeant de cet after-shave dont on se moque, mais que secrètement j'adore, citronné et frais (Issey Miyake, je le sais parce que je l'ai vu une fois dans sa salle de bains). En tout cas, il dit que tu n'as pas du tout le moral.

— J'opère toute la journée, aujourd'hui, Rachel, tu peux passer t'assurer qu'elle va bien ?

Je n'imagine pas qu'on puisse refuser quoi que ce soit à ton père. J'adore quand il se confie à moi et me donne l'impression d'être spéciale, comme si, moi seule, j'avais le pouvoir de résoudre son problème. Au travail, je me le représente dans sa blouse de chirurgien, dirigeant une armée d'infirmières et d'internes, ses mains fermes et sûres se déplaçant sans hésitation.

— Oui, bien sûr, j'arrive, dis-je.

— Tu es une perle, Rachel, lance-t-il, et dans sa voix je sens une telle reconnaissance que mon visage se fend d'un immense sourire.

À 10 h 30, je suis chez toi et nous nous cachons du soleil cuisant dans ta cuisine. La chaleur n'est plus une nouveauté. Les gens traversent la rue pour trouver l'ombre, entrent et sortent des boutiques pour bénéficier quelques minutes de l'air conditionné. Hier, j'ai mis la tête dans le congélateur des petits pois au supermarché. Je n'avais aucune intention d'en acheter, je déteste les petits pois, je voulais juste profiter de la fraîcheur.

Mais tu n'as pas l'air d'avoir vu le soleil depuis un bon moment. En fait, ton allure me choque. Tu as les cheveux gras, tu sembles plus petite, comme si tu avais perdu deux tailles et t'étais ratatinée pendant cette semaine. Je veux te mettre de bonne humeur et je ne pense pas que parler de Niamh y contribuera, alors je te propose différentes activités pour te distraire. « Et si on mettait un peu de musique, ou la télé ? » « On pourrait se balader en ville ? » Mais, même quand je t'informe des derniers ragots, « Shelly Peters a couché avec Simon Dunstan pendant le week-end », tu ne réagis pas.

Niamh est partie, mais elle s'immisce toujours entre nous deux.

— Je pense que c'est ma faute, dis-tu enfin.

Nous nous sommes vautrées sur le canapé du salon. Je dois bien le reconnaître, ton père a un goût exquis. Les murs sont peints d'un blanc qui n'est pas tout à fait blanc, des tableaux d'une grande finesse ajoutent des touches de couleur dans la pièce. Plusieurs photos de toi seule, ou de toi avec lui décorent la maison. Je figure même sur l'une d'elles à côté de toi, devant un des arbres du jardin. Il nous a photographiées avec mon appareil et j'ai fait encadrer le cliché pour son anniversaire, l'année dernière, lui suggérant l'emplacement idéal parmi sa galerie de portraits.

Je prends une gorgée de Lipton Ice Tea, que je t'ai apporté parce que c'est ton préféré.

— Pourquoi tu dis ça ?

— C'est moi qui lui ai donné ses somnifères.

Ta lèvre tremble et tes yeux se remplissent de larmes. Ça me fait de la peine de te voir comme ça, c'est comme si tu avais disparu en même temps que Niamh.

— Je n'arrête pas de me dire que, si je ne les lui avais pas donnés, elle serait encore en vie.

Je voudrais te dire qu'elle n'en vaut pas la peine, toute cette culpabilité, toute cette tristesse.

— Ne te fais aucun reproche, s'il te plaît, dis-je plutôt. C'est sa faute à elle, pas la tienne.

Je me rapproche de toi pour te consoler.

— Mais je lui ai donné la boîte ! Je n'arrête pas de repenser à l'instant où je l'ai fait. J'aimerais tellement retourner en arrière !

Et tu te blottis contre moi, tes sanglots vibrant contre ma poitrine. Je voudrais qu'ils s'arrêtent. Je veux retrouver mon ancienne Clara, lumineuse. Je ferais n'importe quoi pour que tu ailles mieux. Et c'est là que j'y pense.

Nous partageons tout. Pas de secret.

Je te garde contre moi, pendant que tu pleures dans mes bras assez longtemps pour me convaincre que c'est la chose à faire. Je voulais juste te protéger d'elle, la faire partir pour quelque temps, pour que tu voies sa vraie facette. Ça ne devait pas donner un résultat pareil, que tu sois rongée par la culpabilité. C'est pour cela que je te le dis, pour calmer ta douleur.

— Ça n'a rien à voir avec toi, elle avait déjà pris des somnifères plus tôt dans la soirée.

Tu te recules, les sanglots cessent, comme je l'avais voulu, et tu lèves la tête pour me regarder.

— Comment le sais-tu ? demandes-tu, avide d'être rassurée.

— Ça doit rester entre nous, d'accord ? dis-je en souriant, et tu hoches la tête. J'en ai écrasé quelques-uns dans le cocktail que je lui ai donné, le Pimm's. Et elle a tout bu.

Je m'attends à voir mon sourire se réfléchir sur ton visage. Je veux voir l'ombre de la culpabilité quitter tes traits. Mais je reconnais quelque chose qui me pétrifie. C'est un regard que d'autres personnes m'ont adressé par le passé, dans certaines situations que je me rappelle de manière saisissante. Tu ne m'as jamais regardée ainsi, Clara. Tu es mon amie, tu n'as jamais douté de moi, ne m'as jamais remise en cause, tu es fidèle. Pourtant tu me dévisages comme si quelqu'un venait de m'arracher un masque et que tu me voyais vraiment pour la première fois. Et ce que tu découvres te remplit d'horreur.

Arrête, Clara, arrête tout de suite.

Mais le regard demeure. Tu m'effraies.

—Tout va bien, Clara, dis-je en essayant de prendre ta main. Elle faisait tout le temps ça, les écraser dans son verre. C'est comme ça qu'elle les prenait, ses somnifères.

C'est un mensonge bien sûr, mais je me dis que ça pourrait te tranquilliser. Au lieu de ça, tu repousses mes mains violemment.

—Combien tu lui en as donné? interroges-tu, des flammes dans les yeux.

—Je… je n'en sais rien… quelques-uns, qu'est-ce que ça peut faire combien? Ce ne sont pas les somnifères qui l'ont tuée. On ne l'a pas tuée.

S'il te plaît, ne me fixe pas comme ça, comme si tu avais peur, Clara. Tu n'as rien à craindre de moi.

—Qu'est-ce que tu as fait, Rachel? siffles-tu. Putain de merde, mais qu'est-ce que tu as fait?

Tu répètes cette question en boucle et je te réponds que je n'ai rien fait. Rien fait d'autre que ce qu'elle fait elle-même.

—Bon Dieu, Clara, écoute-moi, je ne voulais pas lui faire de mal, ne déforme pas les choses. Ce n'est pas ta faute, ce n'est pas la mienne non plus, OK? Elle est morte parce qu'elle était alcoolique. C'est écrit dans le compte rendu de l'autopsie, noir sur blanc.

Mais mes mots ne peuvent pas t'atteindre à travers tes hurlements qui me déchirent:

—Fous le camp d'ici! cries-tu. Fous le camp!

Et tu n'arrêtes pas de tourner la tête et de revenir vers moi, comme si tu avais besoin de vérifier que tes yeux ne te trompent pas.

Je te faisais confiance.

Et maintenant tu me tournes le dos. Je vois bien ce qui est en train d'arriver, je lis dans tes pensées, je sais ce qui se passe dans ta tête. Tu m'as toujours crue, Clara. Même quand personne d'autre ne me croyait au lycée, toi, et seulement toi, restais de mon côté. Tu ne doutais jamais de moi. Mais ça dérape.

Tu te lèves en trombe et, à mi-chemin vers la porte, tu pivotes comme si tu venais d'être frappée par une idée.

— Il faut qu'on le dise à la police. Tu dois leur dire.

Tu te diriges vers le téléphone suspendu au mur, tu prends le combiné et me le colles dans la main.

— Appelle-les, Rachel, et raconte-leur.

J'ai toujours fait ce que tu me disais, Clara, sans poser de question. Et en retour, tu m'as offert ton amitié. C'était notre pacte tacite. Mais ça ne marche plus si l'une des deux revient sur sa parole.

— Je n'ai rien à dire.

— Dis-leur ce que tu viens de me raconter. Dis-leur. Tu lui as donné les comprimés.

D'une main, tu tires sur tes cheveux, de l'autre, tu te ronges les ongles. La Clara drôle, calme, sûre d'elle est en train de disparaître devant mes yeux. Tu me hurles encore et encore d'appeler la police, mais je refuse. Je ne peux pas. Je viens juste de me libérer de Niamh, je me tourne vers l'avenir, prête à devenir enfin qui je veux. Je ne te laisserai rien faire qui mettrait cette chance à mal.

— Calme-toi, Clara, dis-je, et ma voix me surprend.

On dirait qu'elle vient de quelqu'un d'autre, profonde, mesurée, posée. Ça me va bien, je trouve.

Mais pas toi.

— Si tu ne leur dis pas, je le ferai ! hurles-tu en essayant de m'arracher le combiné.

— Leur dire quoi ? Qu'est-ce que tu comptes leur raconter exactement ?

Quelque chose dans le ton que j'emploie te stoppe net et tu me scrutes avec un regard humide. Cela me donne le courage de continuer.

— Eh bien ? Tu vas leur avouer que c'est toi qui lui as donné les somnifères ?

Tu secoues la tête, n'en revenant pas.

— Non, non, tu n'oseras pas, Rachel. Ne fais pas ça. Ne me fais pas ça. C'était toi, tu viens de le dire.

Tu te prends la tête entre les mains comme si tu avais peur qu'elle explose.

— Ah, oui ? J'ai dit qu'elle en prenait tous les soirs. Elle les écrasait dans ses verres d'alcool. Mais, bien sûr, tu ne pouvais pas savoir qu'il ne fallait pas lui en donner plus.

Tu me fixes comme si tu venais d'avaler une bouteille de poison et que tu comprenais que tu ne peux rien faire pour sauver ta peau. Tu commences à gémir et à geindre comme ces étrangers le font dans des pays lointains, quand ils ont perdu des proches, contrairement à ici où on dépose des peluches et des fleurs sur des sanctuaires improvisés.

Je suis désolée, Clara, sincèrement désolée. Je voulais que tu comprennes. Mais non, tu ne te contrôles plus. Et dans ce cas, il faut bien que quelqu'un reprenne le contrôle pour toi.

— Ne t'en fais pas, dis-je. Je ne dirai à personne ce que tu as fait.

Tu t'enfuis de la pièce en pleurant et j'entends tes pas à l'étage. Je suppose que tu t'attends à ce que je parte, mais je ne peux pas te laisser dans cet état, alors j'attends jusque tard le retour de ton père. Il me demande si je reste dormir.

— Seulement si ça ne dérange pas.

— Bien sûr que non. C'est bien pour Clara que tu sois ici. Personne d'autre ne la comprend.

Me faufilant dans ta chambre, je t'entends respirer dans ton sommeil, alors je sors un pyjama de ton tiroir, je l'enfile et je m'allonge dans le lit à côté de toi, comme je l'ai toujours fait.

Tu vois, je ne peux pas te perdre de vue, Clara, pas maintenant. Jamais.

L'enterrement a lieu une semaine plus tard. Il pleut des trombes d'eau mais les grosses gouttes semblent s'évaporer avant même de toucher le sol et l'herbe est encore sèche et marron.

Quand le soleil apparaît derrière les nuages noirs, la chaleur est accablante. Nous sommes assis dans le crématorium, nos propres corps cuisant et craquant dans la fournaise.

— Elle a toujours dit qu'elle voulait se faire incinérer, dit tante Laura, ce qui est complètement faux.

Niamh n'a jamais rien organisé de toute sa vie, je suis certaine qu'elle n'avait rien prévu pour ses funérailles.

Laura a dit aux convives de ne pas porter de noir, une demande que seuls quelques-uns ont respectée. J'ai passé une petite robe en coton verte avec des bretelles qui se croisent dans mon dos et des sandales marron à talons compensés. Je les ai achetées la semaine derrière, fatiguée de me cacher sous des couches de vêtements. *La nouvelle moi.* Et c'est étrange parce que j'ai l'impression que j'ai déjà l'air différente, peut-être que le stress des dernières semaines m'a aidée à perdre quelques kilos, parce que je vois les gens me regarder comme s'ils remarquaient aussi un changement. Ils ne font pas de commentaires, bien sûr, dire à la fille de la défunte qu'elle a bonne mine ne se fait pas. Quant à toi, tu n'as pas l'air bien du tout. Tu es de nouveau en orange, mais tu ne portes pas la même robe que le jour du barbecue. À une autre occasion, je me serais moquée de toi, te comparant à un feu de signalisation, mais ce n'est pas le moment.

La pièce est remplie, mais pas au point de ne pas pouvoir s'asseoir. Quand le prêtre dit de Niamh que c'était une femme « spirituelle », je pense plutôt « spiritueux », et j'étouffe un éclat de rire.

Les fenêtres du crématorium font toute la hauteur du mur, du sol au plafond, et le soleil brille à travers, nous inondant de ses rayons et délavant les fuchsias, les verts et les bleus de nos robes. Il est si éblouissant que je suis excusée de porter mes lunettes à l'intérieur. De temps en temps, comme quand tante Laura se lève pour dire que Niamh était « une mère, une sœur et une amie admirable qui luttait contre ses démons », je prends mon mouchoir trempé de transpiration et je m'éponge les yeux. Ils sont secs, mais personne ne le remarque parce qu'ils sont cachés derrière mes lunettes noires.

De retour chez Laura à Hove, un buffet est dressé dans le jardin et du vin et de la bière sont servis. Tu as l'air d'un fantôme, Clara, comme si tu n'étais pas vraiment là. Je te suis partout, m'assurant que tu manges et que tu bois pour ne pas te consumer complètement. Les gens n'arrêtent pas de tourner autour de nous, ne sachant laquelle des deux est la fille de Niamh. Une dame d'un certain âge avec des taches de vieillesse sur les mains et des doigts osseux se trompe et t'enlace en te murmurant : « Pauvre petite, dis-nous si tu as besoin de quoi que ce soit », avant de disparaître pour aller manger un amuse-bouche. Ta peine est tellement plus flagrante que la mienne, je suppose que c'est une erreur logique.

Je ne te quitte que pour aller aux toilettes et, quand je reviens, je scrute la pièce, et je te trouve à côté de tante Laura, penchée vers elle, comme si vous étiez en pleine conversation. Mon cœur bat la chamade parce que je me demande ce que vous vous dites, mais quand j'approche, j'entends à sa voix qu'elle essaye de te rassurer. Elle se tourne vers moi.

— Rachel, quelle chance tu as d'avoir une amie comme Clara pour traverser un tel drame.

J'acquiesce d'un sourire.

Enfin, Dieu merci, le jardin se vide et c'est terminé. Laura insiste pour nous ramener chez nous. Elle te dépose d'abord toi, puis moi. Elle m'a déjà proposé de m'accueillir chez elle, au cas où je ne supporterais pas tous les souvenirs douloureux qui habitent ma maison. Mais je lui dis que ça ira, que je veux rester là.

— Je pense que plus vite j'aurai vidé les affaires de Niamh, mieux ce sera. Pas tout, mais tu sais… le bazar, beaucoup de bricoles.

Elle hoche la tête, parce qu'elle connaît sa sœur, la façon dont elle vivait. Elle comprend que je ne veuille plus continuer comme ça.

Du coup, je ne suis qu'à moitié surprise quand nous arrivons devant la maison de la voir décharger de son coffre des cartons vides.

— Je me disais que ça te rendrait service. Autant s'y mettre tout de suite, non?

Je suis touchée, vraiment, parce que je sais que ça doit être dur de perdre une sœur, même alcoolique et égoïste.

On commence par le salon, nous débarrassant des affreux jetés de canapé ethniques et des coussins brûlés par la cigarette. Les romances historiques qui remplissent les étagères de la bibliothèque sont rangées pour partir au magasin de charité. On ouvre les fenêtres pour laisser entrer le peu d'air qui souffle. À chaque coup de chiffon, en retirant toutes les traces de la présence de Niamh, je me sens de plus en plus libérée. Je suis méticuleuse et transpire à grosses gouttes dans la chaleur. Chaque rebord, chaque coin de pièce est balayé et nettoyé, l'aspirateur passé deux fois de suite sur les moquettes. De temps en temps, je prends un peu de recul pour admirer mon travail. Bien sûr, le décor laisse encore beaucoup à désirer mais la maison commence à ressembler à une autre maison, comme si elle pouvait devenir *ma* maison. Et son odeur, son parfum écœurant est en train de disparaître, remplacée par celles de la cire et des désodorisants. J'en respire de grandes bouffées.

À l'étage, Laura vide la salle de bains des tubes de dentifrice à moitié remplis, du henné et des vernis à ongles vulgaires. Je prends les serviettes et les jette toutes à la poubelle, à l'exception de la mienne qui n'a jamais touché la peau de Niamh. Les sacs-poubelle noirs qui bordent le couloir sont tout ce qui reste d'elle, et bientôt ils ne seront plus là.

Dans la chambre, on donne le coup de grâce. Je ne me suis pas aventurée ici depuis que Laura est venue nettoyer après la mort de Niamh. L'odeur du vomi n'est plus aussi forte, mais elle me ramène au jour où je l'ai trouvée, gisant sans vie dans son lit. Je repousse ce souvenir. Laura chantonne en retirant les vêtements de Niamh de la penderie, les tenues dans lesquelles je l'avais vue si souvent. Je ne veux pas les regarder, parce que je sais que, si je le fais, son corps les remplira de nouveau. Il renaîtra de ses cendres pour me hurler dessus et me rabaisser encore. Et elle affichera ses mêmes mines déformées par l'amertume et la déception.

Le lit est vite recouvert d'habits et de chaussures, et Laura commence à les descendre pour les charger dans sa voiture. On sait toutes les deux qu'il faut qu'on continue, jusqu'à ce qu'on ait terminé de nous purger de Niamh, ou, du moins, c'est ce que je veux, moi. Peut-être que Laura souhaite juste finir le travail, parce que sinon ça risque de la suivre comme une mauvaise odeur.

La penderie est presque vide, à l'exception de quelques cartons. Je reconnais l'un d'eux comme étant la vieille boîte à chaussures, avec l'image des bottes à douze livres quatre-vingt-dix-neuf. C'est la même qu'à l'époque où je reconstituais mon arbre généalogique. À l'intérieur, je trouve la photo de moi bébé, une mèche de cheveux roux et une salopette verte. Dans la boîte, je découvre un autre petit album avec quelques clichés. L'un d'eux montre un jeune homme d'une vingtaine d'années à peine qui tient un bébé dans ses bras. Il a des cheveux longs et noirs, son visage souriant est incroyablement beau. J'ai l'impression de le reconnaître et ça m'intrigue. Sur la photo suivante, l'homme et Niamh apparaissent ensemble. Elle est ravissante, c'est évident. Peut-être que sa beauté vient de l'étincelle, du sourire dans ses yeux. Je ne peux m'empêcher de me demander qui a volé la jeune Niamh pour la remplacer par cette vieille pimbêche aigrie. La dernière photo a été prise dehors, sur un banc, dans un parc. Ça a l'air d'être l'été, le ciel est bleu et un enfant se balade en tee-shirt à l'arrière-plan. Le bébé est de nouveau là, habillé d'une robe rose et perché sur les genoux de Niamh, et l'homme avec les cheveux noirs les entoure toutes les deux de son bras. Je retourne le cliché et vois «février 1979» écrit dans une encre délavée, dix mois avant ma naissance.

Je m'apprête à sortir le reste des photos de la boîte, quand Laura revient. Elle me voit avec et j'aperçois une lueur dans ses yeux qu'elle efface rapidement.

— Je venais chercher ça, lance-t-elle. Je vais les mettre à l'abri, d'accord?

Et elle me prend la boîte des mains et, avec elle, les clés du passé.

J'ai dû ranger ce souvenir quelque part dans ma mémoire et l'enfermer à double tour, choisissant à un niveau inconscient de ne pas comprendre son sens. Parce que, subitement, tout devient évident, tellement flagrant même, que je me demande pourquoi je ne l'ai pas vu avant. Et maintenant que je l'ai vu en technicolor vif et chatoyant, je ne peux plus faire marche arrière. Quelque chose en moi se déploie, des couches et des couches de mensonges qui ont constitué mon histoire, notre histoire, Clara; tout se révèle.

Personne n'est celui qu'il paraît être. Ni moi. Ni toi.

22

C'était très improbable que la police en fasse sa priorité. J'imaginais d'ici les conversations dans la salle de contrôle : *J'ai quelque chose pour vous, sergent, on a entendu des rires dans une maison à Kensal Rise*. Et malgré tous les efforts de Jake pour expliquer le contexte, il était évident que ce genre d'appel ne mettrait pas en branle toutes les forces de l'ordre.

— Je ne comprends pas comment quelqu'un aurait pu s'introduire à l'intérieur. C'est trop dingue, a-t-il déclaré en reposant le combiné.

Il s'est mis à arpenter le salon, passant nerveusement la main dans ses cheveux. Je me demandais s'il commençait à mettre en doute ma parole. Après tout, c'était un scénario très improbable. Je suppose que c'est ce que tu voulais, n'est-ce pas ? Que je passe pour une cinglée.

— Comment peux-tu être sûre que c'était son rire, Rach ? Je veux dire, ça aurait pu être n'importe qui.

Tu vois, c'est le problème, Clara, personne d'autre ne comprenait. Personne ne comprenait combien nous étions proches, combien nous nous connaissions.

— C'est son rire, ai-je affirmé. Je n'ai jamais été plus sûre de quoi que ce soit.

Je me suis approchée de lui, et, me suspendant à son cou, j'ai murmuré à son oreille.

— Tu peux partir si tu veux, je ne t'en voudrais pas pour ça. Je comprendrais.

Il m'a repoussée, comme si je lui avais envoyé une décharge électrique.

— Ne me redis plus jamais un truc pareil! a-t-il hurlé avant de quitter la pièce en furie.

C'est la première fois que je le voyais en colère et ce que j'ai vu m'a plu.

La police est passée me voir quelques heures plus tard. Un jeune officier d'environ vingt ans, les cheveux blond foncé, accompagné d'une femme qui semblait avoir bien trop d'années de service derrière elle. Ses cheveux étaient attachés en un chignon ringard (on s'était juré qu'on ne s'en ferait jamais des comme ça, tu te souviens?), ses tout petits yeux sans maquillage étaient entourés de rides et un profond sillon traversait son front. Elle s'est présentée, «inspectrice Richardson», et je les ai invités à entrer, leur proposant de s'asseoir. Ils ont (elle a) refusé le café que je leur offrais.

— Mademoiselle Walsh, a-t-elle commencé sans perdre de temps avec les mondanités. (Elle parvenait à parler du nez tout en gardant les yeux fixés dessus.) Je comprends que vous pensez que quelqu'un est entré chez vous, probablement pendant que vous étiez occupée avec nos collègues du Sussex?

Je ne sais pas pourquoi j'étais surprise d'apprendre que, ces derniers jours, mon nom était particulièrement connoté. Mon arrestation avait occupé les flashes info de toutes les chaînes la nuit précédente. Ta disparition déjà avait été un sujet prédominant auprès des médias ; maintenant qu'une journaliste avec une certaine visibilité avait été propulsée au cœur de l'histoire, tous les ingrédients étaient réunis, comme on dit dans le jargon. Je n'avais pas lu les journaux ce matin-là, mais je savais qu'ils devaient tous afficher en une : « La reporter accusée de meurtre ». Dans les années à venir, les journalistes m'ajouteraient dans leur CV : « J'ai couvert l'affaire Rachel Walsh. » Quelques jours plus tôt, les gens croyaient tout ce que je leur disais, j'avais ce luisant que donnent la notoriété, le succès. Désormais, j'essayais de présenter des faits que n'importe quelle personne saine d'esprit trouverait discutable. *Quelqu'un s'est introduit chez moi pour diffuser des rires enregistrés. Quelle tarée !*

—Elle a trouvé un CD qui passait dans la chaîne hi-fi. On l'avait programmé à une heure précise, expliquait Jake. Il y est toujours.

Merci, Jake. Au moins, lui, il me croyait.

L'inspectrice Richardson a avancé vers la chaîne et s'est arrêtée devant.

—Vous dites que c'est l'enregistrement de quelqu'un qui rit ?

—Oui. Ça m'a réveillée dans la nuit. Quelqu'un voulait que je l'entende, pour me faire peur.

J'avais vraiment l'air ridicule. Pitoyable !

L'inspectrice Richardson s'est penchée pour examiner la chaîne hi-fi, comme si elle pouvait offrir une réponse.

— Je peux ? a-t-elle demandé, sa main au-dessus du bouton *play*.

J'ai hoché la tête et je me suis enfoncé les doigts dans les oreilles pour ne pas entendre. Je ne voulais plus t'entendre rire. Plus jamais, mais les éclats ont de nouveau envahi la pièce, s'insinuant en moi. Et, grâce à Dieu, ils se sont arrêtés.

— C'est dément, vraiment, complètement dément, avec tout ce qui se passe ! s'est exclamé Jake.

L'inspectrice Richardson a ostensiblement ignoré sa remarque et s'est tournée vers moi.

— Avez-vous une idée de pourquoi quelqu'un voudrait vous faire une chose pareille ? a-t-elle demandé sur un ton tellement calme et posé que j'ai voulu la secouer.

— C'est son rire, ai-je répondu, attendant la réaction de la policière.

Mais il était impossible de lire la moindre émotion sur son visage. Je me demandais si elle s'était entraînée à avoir une expression neutre depuis si longtemps que son visage était figé, vide.

— Le rire de qui ?

— De Clara. Je reconnaîtrais ce rire n'importe où.

Finalement, une lueur de surprise et de doute a tout de même éclairé ses yeux. Mais très vite, elle l'a éteinte pour immobiliser ses traits de nouveau.

— Nous parlons bien de la Clara O'Connor, portée disparue depuis deux semaines, et qui est depuis l'objet de la plus importante enquête que la police du Sussex a conduite jusqu'ici ? Vous dites que quelqu'un a enregistré son rire, s'est introduit dans votre appartement sans aucun signe d'effraction et a placé un CD dans votre chaîne stéréo pour le diffuser au milieu de la nuit ?

— Oui, ai-je répondu, et je me suis demandé si je devais ajouter : *Je sais ça n'a pas l'air très plausible, et pourtant c'est vrai*, avant de décider que ça donnerait une image de moi encore plus désespérée.

L'acolyte prenait des notes, levant les yeux de temps en temps vers l'inspectrice Richardson – *tu veux vraiment que j'écrive ces foutaises ?* – puis continuant à griffonner.

— Vous avez également signalé des épisodes de harcèlement, a-t-elle enchaîné en consultant son carnet. Ça remonte à l'année dernière.

— En effet.

— Et vous pensez que les deux pourraient être liés ?

— Non, je pense que c'est ce qu'on essaye de me faire croire.

— Vous pourriez m'expliquer cela ?

— Ce que je veux dire, c'est que mon harceleur, si on peut l'appeler ainsi, m'envoyait des e-mails et des lettres plutôt inoffensifs, rien d'alarmant. Et soudain, Clara disparaît et je reçois des textos, des lettres et quelqu'un pénètre chez moi et me laisse des messages comme celui-ci, ai-je expliqué en montrant la chaîne. Ce n'est pas la même chose, je n'ai pas l'impression que ce soit la même personne.

343

Je suis allée vers la fenêtre pour jeter un œil à travers les stores et j'ai laissé échapper un profond soupir. Dehors, la rue était calme, les équipes de journalistes et de cameramen avaient remballé leurs affaires, abandonnant leurs gobelets vides de café sur le trottoir.

— Avec ce genre d'individus qui vous traquent, on constate souvent une escalade de leurs agissements. C'est tout à fait banal, me sermonne l'inspectrice Richardson.

Elle ne m'a pas écoutée, elle n'a pas essayé de comprendre ce que je lui disais. Alors j'ai clarifié.

— Je ne pense pas que Clara soit morte, ai-je lâché, me concentrant sur une tache noire au mur, juste en dessous du miroir, une empreinte de doigt, n'importe quoi qui me dispenserait de regarder leurs visages. Je pense qu'elle m'épie, je pense qu'elle cherche à me tendre un piège, ai-je enfin déclaré en me tournant vers l'inspectrice Richardson.

Les mots ont résonné dans la pièce, forts et inconcevables. Personne ne m'a regardée, personne n'a ouvert la bouche, jusqu'à ce que j'enfreigne ma propre règle en brisant le silence :

— J'en suis persuadée.

Ils sont restés une heure encore, posant toutes les questions évidentes, comme : « Comment pensez-vous qu'elle soit entrée ? », « Pensez-vous qu'elle se fasse aider ? » Et la question la plus difficile : « Pourquoi voudrait-elle vous faire accuser du meurtre de sa meilleure amie ? » C'est toute une dissertation qu'il faut pour répondre à cette question. *Pourquoi l'amitié de Rachel et Clara est-elle devenue malsaine ? En trois parties.* Et je ne pensais pas l'inspectrice Richardson ou son acolyte à la hauteur, alors j'ai simplement prétexté ta folie. Désolée, Clara, je savais bien que ce n'était pas une étiquette que tu appréciais, mais pour être honnête, tu ne m'avais pas laissé d'autre choix.

La question qui me perturbait le plus, c'est comment tu avais fait pour entrer. Pas la première fois, bien sûr, quand tu as remplacé les photos, c'était facile, tu avais la clé de mon appartement. Mais j'avais fait changer toutes les serrures après ça. Savoir que tu pouvais pénétrer librement chez moi me désarçonnait plus que tu ne peux l'imaginer. Un craquement de glace dans le congélateur, une goutte qui coule du robinet, une voix dehors, je sursautais au moindre son. Je ne dormais plus. Il fallait que j'agisse vite pour me sentir de nouveau en sécurité.

— Ce qui me terrorise, c'est que je pense qu'elle m'observe, tandis que moi, je ne peux pas la voir, ai-je expliqué à Jake, alors que nous prenions notre cinquième café de la journée, assis dans la cuisine, nous demandant quoi faire de nous-mêmes.

Le silence s'est posé un instant sur nous, jusqu'à ce que Jake se lève et sorte de la pièce en grommelant quelque chose au sujet d'un tournage clandestin à organiser pour lundi.

Et cette remarque m'a figée.

Des caméras.

Si j'arrivais à te capturer sur une caméra, tout le monde serait contraint de me croire.

J'ai ouvert mon ordinateur portable et cherché « caméras de sécurité » sur Google. Je pouvais en acheter plusieurs, une pour le salon, une pour la cuisine, et enregistrer les images sur mon portable quand je n'étais pas chez moi.

Te regarder me regarder.

J'ai appelé Jake pour lui faire part de mon idée.

— Excellent! s'est-il exclamé en me déposant un baiser sur le front. Elles peuvent être livrées en combien de temps?

Le site indiquait une semaine, ce qui voulait dire sept longues journées sans savoir qui était chez moi.

— Je m'en occupe, a assuré Jake. Le type qui nous fournit les caméras cachées à Clerkenwell. Il me doit un service.

— Merci, ai-je lâché, laissant ma tête tomber contre son torse. Merci de prendre soin de moi.

Et il m'a serrée dans ses bras.

— C'est mon côté mâle dominant.

— Tu sais, ai-je dit en me dégageant de son étreinte et en le regardant, quand tout sera terminé, je voudrais partir dans un pays lointain, pour de longues vacances.

— En Australie, de l'autre côté de la planète.

— Pas sûre que ce soit assez loin.

— Et je viens avec toi?

— Tu ne vas pas t'en tirer aussi facilement, ai-je rétorqué, mon esprit me guidant ailleurs, le plus loin possible d'ici.

Ensuite, j'ai appelé Mickey, le serrurier, pour m'assurer qu'il avait bien changé les serrures de toutes les portes et toutes les fenêtres. Il semblait plutôt agacé par ma question.

— Eh oui, mon cœur, toutes sans exception, comme vous me l'avez demandé.

—Je voudrais que vous recommenciez, ai-je lancé, un trousseau de clés dans la main.

—Quelque chose ne va pas ? C'était la semaine dernière.

—Je voudrais me sentir en sécurité, c'est tout. Et je voudrais un verrou supplémentaire sur les portes de devant et de derrière.

—OK, si c'est ce que vous souhaitez.

—Il me les faut pour aujourd'hui.

—Le samedi, je ne travaille que le matin…

—J'en ai besoin aujourd'hui…

—OK, je comprends, mon cœur, je serai chez vous dans une demi-heure, mais ça vous coûtera plus cher dans ces conditions. Je suppose que vous voulez quatre jeux de clés cette fois au cas où votre petit ami perdrait les siennes ?

Je me suis arrêtée net. Dans le salon, j'entendais Jake qui parlait au téléphone avec son gars des caméras, lui faisant la liste du matériel nécessaire.

—J'en ai besoin le plus tôt possible, mec.

Mais sa voix se dissipait dans l'orage qui grondait dans ma tête.

—Qu'est-ce que vous venez de dire ? ai-je demandé, retrouvant ma voix.

—J'apporterais un autre jeu pour votre petit ami. Il a dit qu'il les perdait tout le temps.

Pendant un moment, j'ai continué à faire semblant. J'avais encore un petit ami. Et c'était vraiment typique de Jonny de perdre ses clés. Mais soudain, tout s'est écroulé.

—Mon petit ami est mort.

Une légère toux et un froissement de papiers à l'autre bout de la ligne.

—Mais il est venu ici l'autre jour, il a dit qu'il était resté à la porte. Je ne le fais pas d'habitude, mais il avait une lettre à son nom et avec votre adresse dessus. Il était déjà tard, je me suis dit que je lui rendais service.

Tout mon corps s'est raidi, le sang pulsait dans ma tête.

Un homme.

Il.

Pas toi, Clara.

Alors que tout devenait clair dans mon esprit.

J'ai agrippé le combiné et j'ai crié :

—Décrivez-le-moi !

Mickey s'est éclairci la voix. J'entendais sa respiration accélérée.

—Près de trente ans, avec une parka verte. Il portait un bonnet, alors j'ai pas vu la couleur de ses cheveux. Il est arrivé quelque chose, mon cœur ?

Sa voix tremblante m'implorait.

—J'arrive tout de suite pour changer les serrures, gratuitement.

Les pensées qui se heurtaient dans mon cerveau m'empêchaient de l'entendre.

Je ne crois pas que c'était Bob.

Je crois que c'était toi.

Tu as réussi à convaincre quelqu'un de t'aider.

—Je prends mon bazar et je suis chez vous dans dix minutes, a conclu Mickey, essayant de me rassurer.

23

Jonny a été enterré trois semaines après la découverte de son corps. Une journée lugubre et pluvieuse. Aucun rayon de soleil n'a daigné s'échapper à travers l'épaisse couverture nuageuse.

L'idée qu'il reste pour toujours dans la terre froide et humide d'un cimetière à St. Albans me hantait. C'est Sandra qui s'est entièrement chargée des funérailles. Si elle me l'avait demandé (ce qu'elle n'a pas fait), je lui aurais dit que Jonny aurait voulu être libre quelque part, mais je n'avais pas le cran de me battre avec elle. La vérité, c'est qu'on est trop occupés à essayer de vivre au mieux nos vies pour planifier nos enterrements. Et, manifestement, Sandra voulait un endroit concret où le retrouver, où lui rendre visite et déposer des œillets et des chrysanthèmes, des fleurs qu'il n'aurait jamais choisies.

Je n'ai pas envie d'entrer dans le détail de l'enterrement de Jonny. Je pense que tu n'as aucun droit de savoir, après ce que tu as fait. Mais laisse-moi te dire que, à cet instant, debout dans le vent qui fouettait mon corps, mes larmes ruisselant sur mes joues, je t'ai profondément détestée. Je t'ai détestée plus que je ne l'aurais cru possible. Je t'ai détestée pour ces années de mensonges, pour la culpabilité que tu avais voulu m'imposer, pour la façon dont tu as voulu me détruire en détruisant la personne qui comptait le plus pour moi dans ce monde. Je t'ai détestée parce que je t'avais fait confiance et que tu m'avais trahie.

C'est à cette extrémité que tu m'as poussée, Clara.

Et pourtant le poids du chagrin qui pesait sur mes épaules, m'écrasant, m'a donné un aperçu de ce que tu as dû éprouver quand Niamh est morte. Quand une partie de toi t'a été arrachée.

Alors que ta douleur m'avait été complètement insondable, maintenant je comprenais. Mais tant d'autres questions demeuraient et une seule personne était en mesure d'y répondre. Il était temps de rappeler Laura.

Sa voix était une version plus douce de celle de Niamh, sans les grincements et les râles de tant d'années de Marlboro light ou la fragilité qui transpirait toujours chez ma mère.

— Rachel, ma chérie, comment vas-tu, ma beauté...

Elle s'est interrompue et a toussé.

— Je suis si contente que tu aies appelé, j'ai essayé en vain de te joindre. Quelle horreur, les journaux, je ne sais pas comment ils s'en tirent avec les insanités qu'ils écrivent. Vraiment, je ne sais pas.

— Est-ce qu'on peut se voir ? Il faut que je te parle. En personne, ai-je lancé, brusquement.

— Eh bien… évidemment, Rachel. J'ai le tournoi féminin de tennis demain mais je suis libre le jour d'après. On pourrait déjeuner quelque part, c'est moi qui t'invite, ou, tu sais quoi, tu viens ici et je préparerai les boulettes de viande que tu aimes tant.

Je les aimais tant quand j'avais dix ans. Maintenant j'en ai vingt-sept.

— Il faut que je te voie demain.

— Ma chérie, mais c'est impossible…

Tu peux l'envoyer balader ton tennis, et tes boulettes aussi.

J'ai pris une profonde inspiration et j'ai parlé d'un ton lent et décidé.

— C'est au sujet de Clara.

Ton nom a provoqué une décharge à l'autre bout de la ligne.

— C'est terrible sa disparition, pauvre petite. Vraiment, vraiment affreux. Je suis atterrée par cette nouvelle, je veux bien imaginer comment tu dois te sentir.

Sa voix tremblait.

— Tu dois être dans un état pas possible, ma chérie, et la police, qu'ils osent penser que tu aurais pu être responsable de quelque chose. Ils vont se mordre les doigts quand ils vont comprendre leur erreur. J'espère que quelqu'un paiera pour ça. Vraiment, je me pose des questions sur nos forces de l'ordre de nos jours. Ethel, ma voisine, s'est fait braquer l'autre jour et ils n'ont montré strictement aucun intérêt…

— Laura, s'il te plaît, l'ai-je interrompue. Il faut que je sache.

Elle habitait toujours dans la même villa immense à Hove, où elle avait organisé la veillée funèbre de Niamh, dix ans plus tôt. Elle avait essayé de la mettre en vente, une fois, et les agents immobiliers l'avaient décrite, « à un pas de la plage », mais qui était capable de faire un pas pareil, je n'en savais rien. J'avais été contente quand elle avait pris la décision de la garder. La maison avait constitué pour moi un refuge loin de la vie chaotique de Niamh, un endroit où régnaient l'ordre et la propreté que je convoitais. L'été, la glycine grimpait au-dessus de la porte dans un chatoiement rose et les pois de senteur parfumaient l'air. Elle m'entraînait dans le jardin, laissant Niamh derrière, et me chuchotait tous les noms latins des plantes comme si c'étaient des secrets dignes seulement de nos oreilles. Niamh ne s'aventurait pratiquement jamais à l'extérieur pendant l'été, le soleil était trop vif pour ses yeux habitués à la nuit, mais les rares fois où elle le faisait, je la bloquais de mon champ de vision, pour continuer à faire comme si Laura était ma mère.

Je ne me fiais plus à mes souvenirs, désormais. Je m'accrochais à Laura parce qu'elle était différente de Niamh, ne me rendant pas compte à quel point elles étaient en fait identiques. Bien sûr, la maison de Laura était plus rangée, ses plats bien meilleurs, elle me parlait, elle tenait compte de moi. Mais elle avait été la complice de Niamh pour dissimuler la vérité, pour protéger son mensonge. Au fond, les deux sœurs n'étaient pas si différentes.

La sonnette était vieille, grosse et dorée et tintait comme si elle envoyait un message à la gouvernante. Laura a ouvert la porte dans sa tenue de tennis. Peut-être espérait-elle me glisser entre deux matchs. Le sourire sur son visage n'atteignait pas ses yeux.

— Rachel, a-t-elle lancé en m'attirant à elle pour me serrer dans ses bras.

Une version plus âgée et plus osseuse d'elle. Sa peau avait une teinte marron, malgré l'hiver, et bien trop de rides. *Trop de temps passé sur les courts de tennis.* Mais ses yeux, d'un bleu pâle, vous transperçaient et semblaient capables de lire dans vos pensées. Les yeux de Niamh. Je me sentais me dérober à son étreinte.

En nous dirigeant vers le salon, nous avons discuté du temps, avant qu'elle se tourne pour m'examiner de la tête aux pieds.

— Tu es fatiguée, Rachel, ça se voit à tes yeux. Ils brillent comme quand tu étais petite et que tu avais besoin d'aller te coucher.

Jamais elle ne m'avait dit une chose pareille quand j'étais enfant. C'était comme si elle essayait de créer des souvenirs féeriques à la Enid Blyton, inventés de toutes pièces.

J'ai regardé autour de moi. Les fleurs sur le papier peint avaient perdu leur couleur, délavées par le soleil après des années, et la moquette verte, à la mode sûrement dans les années quatre-vingt, était vieille et usée. Elle a hésité un moment, comme si les mots attendaient sur sa langue qu'elle les prononce. Elle a dû y renoncer.

—Je nous prépare du thé, qu'est-ce que tu en penses ? a-t-elle annoncé haut et fort.

Laura n'avait pas d'enfant, et du coup pas de photos de remise de diplôme ou de mariage ou de baptême à montrer à ses amies. Seulement des clichés de John, mon oncle, son mari qui est mort quand j'étais petite. J'ai soudain pensé qu'elle avait dû mener une existence triste et solitaire, et je me suis demandé pourquoi je n'avais pas fait plus d'effort pour venir lui rendre visite au cours des dix années passées. Mais, quand elle est revenue dans la pièce avec un plateau de thé et de biscuits, je me suis rappelé pourquoi je gardais mes distances. Sur son visage, je voyais celui de ma mère.

S'installant dans le fauteuil en face de moi, elle a versé le thé et m'a tendu la tasse avec la soucoupe. Elle m'avait toujours paru si grande quand j'étais plus jeune, dans le rôle de la protectrice. À présent, le fauteuil semblait prêt à l'englober. Plutôt que de s'asseoir dedans, elle s'est perchée au bord, comme pour attendre mon interrogatoire.

—Je sais pour Clara, ai-je lancé.

Elle n'a pas levé la tête, alors je n'ai pas pu voir son expression.

—Je sais, Laura, mais j'ai encore beaucoup de blancs à remplir. Je veux que tu me dises les choses. Je pense que tu me dois au moins ça.

Laura a laissé échapper un soupir, a mis une cuillerée de sucre dans son thé et l'a remué.

— Je suis désolée, a-t-elle dit. Niamh aurait dû t'en parler depuis longtemps.

— Niamh aurait dû faire beaucoup de choses. Quand est-ce que Clara l'a découvert ?

— Oh, Rachel, quel bien cela peut-il faire maintenant, de déterrer toutes…

J'ai senti mes joues se teinter de colère. Après tout ce temps, elle pensait toujours savoir ce qui était le mieux pour moi. J'ai grincé des dents et j'ai pris la parole.

— Je t'ai demandé depuis combien de temps Clara le sait. Est-ce qu'elle savait quand on est venues habiter ici à Brighton ?

— Non, chérie, elles s'écrivaient, ou plutôt ta mère lui écrivait, mais elles ne s'étaient pas vues depuis des années. Il était impossible que Simon, le père de Clara, accepte qu'elles se rencontrent, pas après tout ce qui s'était passé.

Elle s'est interrompue, se demandant certainement ce que je savais de toute cette histoire, ce qu'elle pouvait éviter de me révéler.

— Et, bien sûr, un jour, il est venu la chercher chez une amie et il a découvert que c'était chez vous. Ça a causé des problèmes, je peux bien te le dire. Il n'a pas été facile de convaincre Simon que ce n'était qu'une coïncidence, et pourtant c'en était bien une, Rachel, j'espère que tu le sais. Personne n'a été plus surpris que Niamh d'apprendre que vous étiez amies, toi et Clara. Bref, ils se sont beaucoup bagarrés après ça. Simon a eu une proposition de travail aux États-Unis et il était sur le point d'accepter et d'emmener Clara avec lui, mais Niamh l'a supplié de rester.

Elle a pris une petite gorgée de thé avant de replacer délicatement sa tasse sur la soucoupe.

—Ils ont trouvé un terrain d'entente. Il a beaucoup insisté. Tant que Clara serait une enfant, Niamh ne lui dirait pas qu'elle était sa mère. Elle ne le ferait qu'une fois qu'elle atteindrait l'âge adulte, qu'elle serait assez mûre pour prendre ses propres décisions... Il savait qu'il ne pourrait pas le lui cacher pour toujours.

—Et elle a accepté, tout simplement?

Cela me semblait si peu caractéristique de ma mère de se plier aux règles de quelqu'un d'autre.

—Elle n'avait pas le choix. C'est elle qui les a abandonnés après tout, aucun juge ne lui aurait accordé la garde. Clara n'était qu'un bébé à l'époque et Simon, eh bien, ça a été affreusement dur pour lui, il était à peine adulte lui-même quand c'est arrivé. Mais il ne voulait pas laisser Clara partir. Il aurait tout fait pour sa fille.

Son regard s'est déplacé vers la fenêtre. Le soleil se déversait dans la pièce, me frappant le visage et me faisant plisser les yeux. Je me suis déplacée sur mon siège pour l'éviter.

J'ai pensé à ton père qui t'avait toujours mise au centre de son univers. Tu le taquinais, Clara: « Quand est-ce que tu vas te trouver une petite amie, papa? » Et il en a eu, mais toujours des relations éphémères, jamais sérieuses. Tu occupais tant de place dans sa vie qu'il n'en restait plus pour une autre femme. Maintenant je comprenais cette bataille qu'il menait pour veiller sur toi et évoluer dans sa carrière, pour construire un avenir pour vous deux. Pourquoi aurait-il permis que quelque chose entrave ses efforts ?

— Pauvre Simon, ça a été une période très difficile pour lui, et, ensuite, cette crainte de perdre Clara...

Nouveau soupir de Laura.

J'essayais de tout intégrer, de me souvenir de tout ce qu'elle me disait, pour que je prenne congé d'elle avec les faits clairs et organisés dans ma tête.

— Je ne comprends pas, ai-je dit. Pourquoi l'aurait-il perdue ?

— Tu n'as pas connu ton grand-père, n'est-ce pas ?

J'ai pensé à l'image floue que j'avais d'un vieil homme aux cheveux blancs qui avait toujours des miettes de son dernier repas dans sa barbe. L'odeur de la pipe qu'il fumait. C'est tout ce que je me rappelais.

J'ai secoué la tête.

— Hum, a-t-elle lâché, comme si l'histoire de son père était la clé de tout. Eh bien, ta mère a toujours été sa préférée, elle ne pouvait jamais rien faire de mal, même quand nous étions enfants. Il lui a tout donné. Et je dis bien tout ce qu'elle voulait. Il l'a gâtée, pourrie, nous l'avons tous constaté. Et ensuite, elle est tombée enceinte, et nous avons tous pensé qu'il ferait un scandale parce qu'il était très sévère sur ce genre de chose. Mais non, il lui a dit de ne pas s'inquiéter, qu'elle avait toujours sa famille pour la soutenir. Et Clara est arrivée, sa première petite-fille. Il en était

357

fou, il l'emmenait se promener dans sa poussette pendant des heures le week-end, il la prenait sur ses genoux pour lui chanter des chansons, lui lire des histoires, la chatouiller, la faire rire. Il raffolait de sa petite Clarabel. (Le ressentiment envers son père mort transpirait encore dans la voix de ma tante.) Quand Niamh est partie, il a été dévasté. Il ne comprenait pas comment on pouvait faire une chose pareille, surtout sa propre fille, sa fille préférée. Alors il a insisté pour offrir à Simon toute son aide, s'occupant de Clara le week-end, s'organisant pour que Simon puisse étudier. Mais ça ne lui suffisait pas, il a décidé que ce serait mieux pour tout le monde si Clara venait vivre avec lui et ma mère. Il avait perdu la raison.

—Je suppose que Simon n'a pas vraiment accepté l'idée ?

—Bien sûr que non. Il était enragé et on le comprend. Il pensait que mon père voulait se montrer gentil en lui apportant son aide, alors qu'en fait il planifiait de lui voler son bébé. Mon père a menacé de lui intenter un procès pour obtenir la garde, des lettres ont été envoyées aux avocats, mais, subitement, il y a renoncé. Je pense qu'il a été surpris par l'acharnement de Simon pour Clara. Il ne s'attendait pas à ce qu'un homme si jeune se batte comme cela. De toute façon, il n'aurait jamais eu la garde, Simon était un père modèle. Mais il a fait en sorte que ton grand-père ne revoie plus jamais Clara. Alors qu'il avait déjà perdu Niamh, la perte de Clara l'a tué.

Elle a repris sa respiration et soupiré une nouvelle fois.

— Donc, tu comprends, Rachel, ta mère savait que Simon n'hésiterait pas à partir avec Clara. Et si ce n'était pas ce poste aux États-Unis, ça en aurait été un autre. Il était brillant et très demandé. Au moins, si elle respectait ses règles, elle pouvait voir Clara grâce à toi.

Laura a vu l'expression sur mon visage et a baissé les yeux, honteuse de ce qu'elle venait de dire.

— Oh, ce n'est pas ce que je voulais dire, je...

— Arrête...

J'ai levé la main. Niamh avait exploité ce que j'avais de plus précieux à mon insu, alors que tout le monde était au courant. Je voulais prendre le service à thé de Laura et l'envoyer valser dans la pièce.

Elle a dû lire dans mes pensées.

— Elle allait te le dire, Rachel, comment aurait-elle pu te cacher une chose pareille ? Simon a accepté qu'elle le révèle à Clara le mois qui a précédé son anniversaire et elle était supposée te le dire après.

— Supposée ? ai-je répété en riant. Depuis quand Niamh faisait-elle ce qu'elle était supposée faire ?

— Écoute, Rachel, je ne cherche pas d'excuses à ta mère, mais elle était dans une position délicate. Ça a été un choc pour Clara, un choc énorme pour une jeune fille de découvrir que la mère de sa meilleure amie est en fait sa mère aussi. Et elle a supplié Niamh de lui accorder quelques semaines pour se faire à l'idée, l'intégrer, avant de t'en parler.

La pièce tournait autour de moi, le thé avait un goût de goudron dans ma bouche. J'ai fermé les yeux, mais un kaléidoscope de couleurs miroitait devant moi. Tu le savais, Clara, tu le savais et tu me l'as caché. Tu lui as demandé de ne rien me dire et tout ce temps tu continuais comme si de rien n'était. J'ai repensé au jour de ton barbecue d'anniversaire, comment vous m'avez toutes les deux ignorée. Tu la voulais pour toi toute seule, tu voulais m'effacer du tableau.

Les meilleures amies qui se disent absolument tout.

— Dix ans…, ai-je grondé. Ça fait dix ans qu'elle est morte, Laura, et tu ne m'as rien dit. Tout le monde savait, et tu as tout de même décidé de me le cacher, bon Dieu !

— Oh, ma chérie, tu avais l'air de réussir tellement bien et tu semblais ne pas du tout avoir envie qu'on te rappelle le passé. Tu étais entièrement focalisée sur l'avenir. J'ai toujours admiré ça chez toi.

Quelle excuse facile et pitoyable.

— Attends.

Elle s'est levée et a quitté la pièce trop rapidement, pressée de se sauver. J'ai entendu des pas à l'étage, au-dessus de ma tête. Cinq minutes plus tard, elle est revenue avec la boîte de bottes que j'ai reconnue sur-le-champ.

— Je n'aurais pas dû te la prendre après l'enterrement, mais à l'époque je pensais que c'était mieux pour toi.

J'ai perçu la tension dans sa voix.

—Tu méritais mieux. Tu as toujours mérité mieux.

Les larmes menaçaient de couler de ses yeux quand je lui ai pris le carton. Je me suis demandé si elle s'attendait à ce que je la réconforte. Je n'en avais pas la force. Toutes ces années, j'avais pensé qu'elle me protégeait. J'avais pensé qu'elle valait mieux que Niamh. J'avais cru qu'elle m'aimait, elle, contrairement à ma mère. Maintenant je me rendais compte que ce n'était que de la pitié déguisée en amour. *Pauvre petite Rachel qui ne sait rien.* Tous ces souvenirs, les noms des fleurs, les gâteaux, tout était faux, tout était vide.

Après avoir ouvert la boîte, j'ai déversé les photos par terre. J'ai vu celle de Niamh avec le bébé joufflu et souriant. Je l'ai tournée pour lire le nom. Cinq lettres pratiquement effacées.

« CLARA. »

Ils se rencontrés quand elle avait seize ans et ton père dix-huit. Niamh était encore en première, elle passait ses examens de fin d'année dans son école privée. Un amour d'enfance, comme tout le monde disait. Mais elle est tombée enceinte. On était en 1978 et ils ont pensé faire pour le mieux en se mariant.

—Ils étaient amoureux, a expliqué Laura en fixant la fenêtre pour ne pas avoir à affronter mon regard.

Elle n'avait strictement aucune envie de me raconter leur histoire. Des taches rouges lui montaient au visage, elle avait la bouche sèche. Pourtant elle a continué. Je pense qu'elle savait que je l'aurais forcée à lâcher le morceau de toute façon.

— Clara est née début septembre. Je crois que Niamh a aimé l'attention qu'on lui portait quand elle était enceinte, tu sais, elle avait toujours voulu être différente et elle ne connaissait personne d'autre qui attendait un bébé. Mais ce que signifiait vraiment être une mère l'a vite frappée.

— Elle est restée habiter chez vous ? ai-je demandé, provoquant un rire sans joie chez Laura.

— Ton grand-père lui a dit qu'elle serait toujours la bienvenue dans sa maison. Elle aurait pu élever le bébé là si elle l'avait voulu. Mais ce n'était pas le style de Niamh, elle aspirait à l'indépendance, alors il leur a payé un mariage et les a installés dans un appartement, elle et Simon. Et elle ne l'a jamais remercié pour ça.

J'ai laissé ses mots flotter un moment dans l'air, avant de les avaler. Ma mère, la femme sans aucunes qualités pour compenser ses défauts.

— On lui a tout donné, mais, comme d'habitude, elle a tout gâché.

— Tu veux dire qu'elle a tout gâché en tombant enceinte de moi ?

— Non, je... ce n'est pas ce que je voulais dire. Niamh a jeté au visage de mon père tout ce qu'il avait fait pour elle. Nous lui répétions tous qu'elle le menait à la baguette. Nous l'avons averti de la laisser assumer ses propres erreurs. Je pense qu'il croyait que nous étions jaloux. Et ensuite, elle a commencé à laisser Clara seule dans la maison pour sortir se balader, Dieu sait où elle allait. Elle ne supportait pas la responsabilité et y a vite renoncé. Elle est partie en abandonnant son bébé et son mari sans même un au revoir. J'ai vu ton grand-père sombrer. Ma mère a essayé de la contacter, de lui demander de revenir, ou au moins de lui parler. Mais elle a refusé. Elle pensait qu'il voudrait la persuader de retourner à Brighton vivre avec Simon, reprendre sa vie d'avant. À la fin, elle ne répondait même plus aux appels. Je pense que c'est pour cela que ton grand-père s'est tellement accroché à Clara, pour ne pas perdre entièrement Niamh.

Les paroles de Laura étaient teintées de colère et de reproches. J'ai laissé échapper un rire narquois. Toutes ces années, j'avais confondu le sens du devoir avec l'amour entre sœurs. J'avais pensé que leur relation était harmonieuse, même si elle était frustrante. À présent, je comprenais combien Laura avait été jalouse de Niamh, jalouse du favoritisme affiché et non mérité de leur père. Et furieuse aussi que, dix ans après la mort de sa sœur, elle doive encore faire face aux conséquences de son comportement.

— Parle-moi de Clara, ai-je dit. Quand elle était bébé, ai-je ajouté avant qu'elle me dise que je la connaissais mieux qu'elle.

Je l'ai entendue soupirer et je me suis rendu compte qu'elle pensait m'en avoir déjà dit bien plus qu'il ne m'en fallait pour me satisfaire. Elle n'avait aucune idée de ce qu'on ressent en apprenant que toute sa vie a été un leurre, une histoire faite de mensonges successifs. Elle ne comprenait pas la soif qu'on avait d'ingurgiter tous les détails qu'on vous a cachés jusque-là.

— Elle n'était pas facile. N'importe quelle mère aurait eu du mal avec elle, alors une adolescente... Elle ne dormait pas, elle pleurait tout le temps.

Cela ressemblait à la façon dont Niamh me décrivait en tant que bébé. Je me demandais si elle avait délibérément échangé nos histoires.

Apparemment, ton premier appartement, Clara, était un studio sur Lewes Road, où le bruit des bus qui passaient te réveillait. Laura dit que Simon a donné à Niamh beaucoup de dernières chances, même quand il a découvert qu'elle était sortie en te laissant seule à la maison. Il devait vraiment l'aimer pour accepter ça.

Quand Laura en est arrivée au moment de ma conception, elle s'est mise à se tortiller sur son siège. Je l'ai laissée mariner un instant, la regardant s'escrimer à prononcer des mots intelligibles, jusqu'à ce que ma patience n'y tienne plus.

— Pour l'amour de Dieu, Laura, vas-y, dis-le, c'était une histoire de cul qui n'était pas destinée à durer.

Elle a froncé les sourcils, choquée par mon vocabulaire, puis a hoché la tête.

— Eh bien, je ne l'aurais pas formulé ainsi, Rachel, mais c'est en substance ce qui s'est passé.

Cette partie de mon histoire, Niamh n'avait jamais cherché à me la cacher.

J'ai voulu savoir pour les lettres, quand et comment Niamh avait commencé à t'envoyer des petites missives de son amour. Laura s'est frotté la tête comme pour soulager une migraine.

— Elle en a toujours écrit, depuis le moment où Clara a appris à lire. Avant cela, elle envoyait des peluches et des cartes, pour son anniversaire et pour Noël, mais Simon ne les lui donnait pas. Il disait qu'elle était trop jeune pour être de nouveau déçue par sa mère.

Je me demandais quand Niamh avait écrit ces tendres messages d'amour maternel, ces cartes qui disaient « avec tout mon amour, maman ». Est-ce qu'elle te déversait son cœur pour ensuite se tourner vers moi, la fille avec qui elle vivait, pour me dire que je la dégoûtais ? Tout devenait si clair maintenant, l'absence d'amour. Elle me privait de son affection et gardait tout pour toi. Je me sentais sombrer, ensevelie par un passé que j'avais tout fait pour enterrer. L'ombre de ma mère planait, gigantesque dans cette pièce, son fantôme prêt à me consumer.

— Alors, comment est-ce qu'elles sont finalement entrées en contact ? ai-je demandé pour voir, horrifiée, le visage de Laura s'empourprer.

Elle n'a pas soutenu mon regard.

— Oh, mon Dieu ! C'était toi. C'était toi l'entremetteuse.

La douleur m'a transpercée. Tant de trahisons.

— Rachel, ça a l'air tellement sordide dans ta bouche. Elle m'a juré qu'elle était désolée, sincèrement désolée de ce qu'elle avait fait, elle m'a dit que, tous les jours de sa vie, elle regrettait d'avoir abandonné Clara. Elle a dit qu'elle avait changé, qu'elle voulait une deuxième chance. Ta mère savait convaincre les gens, elle aurait pu te faire croire n'importe quoi. C'était son pouvoir, celui qu'elle exerçait sur mon père. Et elle avait le don de le tourner vers qui elle voulait. Elle m'a suppliée encore et encore. (Elle s'est interrompue et a pris un mouchoir de sa poche pour se moucher.) Donc, oui, à la fin…

— Tu as cédé à ses demandes.

— J'étais toujours restée en contact avec Simon et à l'occasion j'étais allée voir Clara quand elle était enfant. Alors, quand elle est devenue plus âgée, je lui ai demandé si ça lui dirait qu'on passe un peu de temps ensemble. Un dimanche par mois, elle venait ici et je lui donnais les lettres de Niamh. Elle n'en a jamais parlé à Simon. Elle savait qu'il fallait que ce soit notre secret. Tout ce qu'elle voulait, cette pauvre petite, c'est savoir si sa mère l'aimait encore. Tu aurais dû voir sa tête quand elle les lisait, Rachel, elle les dévorait. Ses yeux s'allumaient. Toutes les filles veulent être proches de leur mère.

Laura a continué, ne remarquant rien de l'ironie de ses mots. *Toutes les filles veulent être proches de leur mère.*

— Elle avait treize ans quand je lui ai donné la première lettre.

— Une belle entrée dans l'adolescence, ai-je commenté en faisant mes petits calculs. Et ça a dû bien fonctionner, parce que, l'année suivante, nous nous sommes installées à Brighton.

— Niamh ne s'était pas imaginé que vous deviendriez amies. Clara était plus âgée après tout, nous ne savions pas que vous seriez dans la même classe. Je ne voulais pas que Clara découvre que j'étais ta tante et qu'elle fasse le lien. Tout était si intriqué.

Intriqué. Le mot ne reflétait pas même de loin le bazar monstrueux que Niamh avait créé.

— Tu as la moindre idée de ce que j'ai vécu, moi ? ai-je craché. Pendant que tu filais ces putains de lettres à Clara, tu en as la moindre idée ? Niamh n'en avait rien à foutre de moi, bon sang ! Ne me dis pas que tu ne le voyais pas. Tous les jours, elle me répétait que je la dégoûtais, que j'étais grosse, moche, stupide, qu'elle regrettait de m'avoir mise au monde. Elle ne manquait pas d'inventivité, je dois au moins lui reconnaître ça, elle trouvait toujours une autre façon de me dire que je n'étais qu'une sale merde. Tu devais bien le savoir, et pourtant tu l'as crue quand elle t'a dit qu'elle avait changé ? Comment as-tu pu te laisser berner par ses promesses, comment as-tu pu croire qu'elle était vraiment désolée, quand tu voyais la façon dont elle me traitait ?

Laura sanglotait, un pleur poli qui sonnait comme des hoquets.

— Rachel, je t'en conjure, ne fais pas ça. Je ne voulais pas que tu le découvres ainsi.

Je l'ai vue se lever du fauteuil et venir vers moi, ses bras bronzés ouverts pour m'accueillir.

— Oh, Rachel, je suis désolée, tellement désolée.

Elle était agenouillée si près de moi que je sentais l'odeur de lavande qui m'avait tant réconfortée autrefois. Mais là, je trouvais le parfum trop fort, il m'écœurait, me faisait tourner la tête. Ses mains froides montaient vers moi, essayaient de m'attraper, de m'arracher mon pardon. Je l'ai repoussée et regardée tomber par terre. Ensuite, m'emparant de mon sac à main, je me suis élancée vers le couloir. Elle m'appelait en criant : « Rachel, Rachel, je t'en prie. » Encore et encore. En regardant en arrière, je l'ai vue se relever, lamentable, pour me suivre jusqu'à la porte.

— Tu me dégoûtes ! ai-je crié avant de tourner les talons pour m'enfuir.

À mi-chemin dans la rue, j'ai entendu le fracas des vagues et ses mots transportés par le vent.

— J'essayais juste de l'aider, Rachel. C'était ma sœur !

Et toi, tu es la mienne, Clara.

24

Sur la plage, le seul endroit où me vider l'esprit, il faisait un froid de février, aucune chaleur dans le soleil, mais ça m'était égal, je ne sentais rien de toute façon. Assise au bord de l'eau, je regardais les vagues lécher le sable, juste à mes pieds. J'imaginais une déferlante m'emporter par surprise et m'entraîner vers les abysses. Est-ce que je me débattrais ? Cette personne, cette créature brillante et raffinée que j'avais créée, avec sa vie parfaite digne des magazines, s'écroulait. Je ne savais plus si j'avais encore l'énergie de la sauver. J'avais de nouveau ce sentiment d'être à l'extérieur, séparée, que j'avais éprouvé pratiquement toute ma vie, que j'avais éprouvé quand Niamh et toi m'aviez ridiculisée la veille de sa mort. Il me submergeait. Jonny était parti, tu étais contre moi, il ne restait personne. J'étais toute seule, encore une fois.

Dans ma tête, le tic-tac d'une montre. Tu étais quelque part à comploter et planifier, t'approchant dangereusement de ton but.

Je viens te chercher, que tu sois prête ou non.

Qu'est-ce que tu me réservais, Clara ? Attendais-tu de voir si on m'inculpait pour ton meurtre, avant de me poignarder de plus belle ?

Le téléphone a sonné et la voix de Jake a résonné à travers le vent.

— J'ai quelque chose pour toi. Un nom.

— Je t'écoute.

J'ai pris quelques galets sur la plage pour les jeter les uns après les autres dans la mer.

— Le gars qui a appelé *Crimewatch* deux fois. Est-ce que le nom, James Redfern, te dit quelque chose ?

James Redfern, Lucy Redfern.

Mon estomac s'est serré, j'ai refoulé un haut-le-cœur. Je ne voulais pas vomir ici. Des noms de mon passé, que j'avais oubliés. Des noms qui reconstituaient le puzzle.

La description qu'Amber m'avait faite de ton petit ami m'est revenue en un flash. « Il s'appelait Jim ou quelque chose comme ça, je ne l'ai jamais rencontré. Je crois que c'est quelqu'un qu'elle a connu des années plus tôt. » Jim, James. La même personne. Un homme qui voulait se venger autant que toi.

— Oui, ça me dit quelque chose, ai-je répondu à Jake, alors que je m'allongeais sur les galets pour regarder le ciel, me demandant à quel moment il allait m'engloutir.

C'était sans doute le mépris, ou la jalousie, ou bien des reproches mal placés qui dictaient tes actes, mais tu n'agissais pas seule, Clara. J'avais vu juste. James était avec toi, l'homme qui était allé chez le serrurier, le même qui s'était introduit deux fois chez moi. Je me rejouais nos conversations, nos rendez-vous, les rares moments de rires et de joie que nous avions partagés depuis que tu étais revenue, étourdie à l'idée que tout n'avait été qu'un mensonge. Et qui d'autre avais-tu rallié à ta cause ? Quelle était l'étendue de ton plan ?

Qui d'autre me parlait, me souriait tout en préparant ma chute ?

Sarah ?

Soudain, j'ai entendu sa voix résonner dans ma tête. Les appels trop enjoués, les conversations émaillées de questions sur mes projets et mes déplacements. Je pensais qu'elle s'intéressait à ma vie parce que la sienne était d'un ennui mortel. Je m'étais laissé avoir par sa rengaine : « Oh, ma vie est si plate, je ne veux pas te barber avec ça. Raconte-moi plutôt ce que tu deviens. » Bon Dieu, j'en étais même arrivée à attendre ses appels, d'une façon étrange et masochiste.

J'avais glissé dans le piège sans prendre garde. Je pensais qu'elle m'aimait bien, j'avais été flattée par son attention. Même après toutes ces années, après tout ce que j'avais accompli, alors qu'elle n'était arrivée nulle part, je voulais toujours qu'elle m'aime, et tu le savais ça, Clara, n'est-ce pas ? Tu avais impitoyablement exploité mon manque de confiance en moi. J'ai été envahie par la colère. Malgré le froid, ma peau s'est mise à bouillonner.

Tu me connaissais trop bien.

Et j'ai éclaté de rire, un rire de folle, un rire ignoble qui a été emporté par les vagues.

Tu connais mes faiblesses, mais je connais les tiennes.

J'ai quitté la plage, remontant rapidement Queen's Road, l'esquisse d'un plan se dessinant dans mon esprit. Je suis entrée dans un Starbucks, j'ai commandé un chocolat chaud et un muffin et je me suis installée à une table dans le fond du café. Une fois assise, j'ai sorti mon téléphone et j'ai parcouru la liste de mes contacts pour trouver son numéro.

Ça a sonné deux fois avant qu'elle réponde.

— Hello, choupette, a-t-elle salué. (Poupette et choupette étaient interchangeables dans le vocabulaire de Sarah.) Comment vas-tu ?

Pas très bien, à vrai dire, je viens de découvrir que ma vie n'est qu'un immense mensonge.

— Ça va. C'était l'enterrement de Jonny la semaine dernière et ça n'a pas été facile. Et tout me tombe encore dessus, avec cette histoire de Clara et de la police.

Je me suis interrompue un instant et j'ai décidé d'enchaîner.

— Et pour couronner le tout, ce qui m'arrive est de plus en plus improbable.

— Comme quoi ?

— Je reçois des textos et des lettres, des messages de menace, et, l'autre nuit, j'ai entendu des rires dans mon appartement.

— Bon sang…

— Quelqu'un s'est introduit chez moi et a glissé dans ma chaîne hi-fi un CD de rires enregistrés. Tu ne trouves pas ça hallucinant ?

— La police a une idée de qui ça pourrait être ?

— Ils pensent que je suis folle, ils n'ont trouvé aucun signe d'effraction. Quand je leur ai dit que j'ai reconnu le rire, tu aurais dû voir leur tête. Mais je ne me trompe pas, je le sais.

Elle a hésité un moment avant de réagir.

— Les abrutis, ils devraient te prendre au sérieux.

J'ai entendu la sonnerie de sa porte à l'autre bout de la ligne.

— Désolée, ma chérie, c'est une livraison, je dois te laisser. Je t'appelle plus tard dans la soirée, d'accord ? Prends soin de toi.

Elle a raccroché.

Je suis restée assise pour finir mon chocolat chaud, grimaçant en buvant les dernières gouttes sirupeuses. Ensuite, j'ai récupéré mon sac et mon manteau, et je suis sortie dans le froid.

Sarah ne m'a pas demandé à qui, d'après moi, appartenait le rire.

Elle n'a pas demandé parce qu'elle le savait déjà.

Une liste de courses dans ma tête : nourriture, chocolat, sandwichs, biscuits, plus que ce dont je pensais avoir besoin, mais on ne sait jamais. Thermos, sac de couchage, torche. Et retour à Starbucks pour remplir la Thermos.

Une fois le tout rassemblé, j'ai appelé Jake au travail.

— Tu peux lancer une recherche Internet sur James Redfern ?

— Tu as trouvé d'où tu le connaissais, alors ?

— Non, mais je me dis que, si je vois son visage, ça pourrait stimuler ma mémoire, ai-je menti.

— Au fait, j'ai une surprise pour toi, quand tu reviendras à la maison.

Mais j'étais trop préoccupée par l'idée de retrouver James pour lui demander ce que c'était.

James habitait à Hove sur Applesham Avenue, une large rue bordée d'arbres avec des maisons mitoyennes des années cinquante. La sienne était à quelques portes d'une série de magasins. Je me suis garée devant une boutique de pièces détachées automobiles, ce qui m'offrait une belle vue de son jardin sans que ma présence paraisse suspecte. La lumière de l'après-midi tombait vite et laissait place à une douce pénombre de début de soirée. J'ai coupé le contact et les phares, et me suis couvert les jambes avec le sac de couchage. Le thermomètre de la voiture affichait deux degrés, mais je ne pouvais pas me permettre de laisser tourner le moteur, je savais que je resterai là aussi longtemps qu'il le faudrait.

Les heures ont passé, les rideaux des magasins sont tombés, les gens en costume-cravate se sont pressés dans la rue pour rentrer chez eux. Je scrutais tous les hommes qui passaient – *Est-ce que ça pourrait être lui ?* – jusqu'à ce que l'effort de cette concentration alourdisse mes paupières. J'ai dévissé ma Thermos et me suis servi du café pour rester éveillée, me rationnant pour éviter de stimuler ma vessie.

La maison était toujours plongée dans le noir. J'ai hésité à commander une pizza et la faire livrer chez lui pour voir s'il n'était pas déjà là, mais je ne voulais pas éveiller les soupçons. Par conséquent, je suis juste restée assise, à boire du café tiède et à manger un œuf dur, un sandwich au cresson et à attendre, attendre.

Un peu après 20 heures, une BMW gris métal-lisé s'est arrêtée devant sa maison et une silhouette est sortie du côté conducteur dans la lumière des lampadaires. C'était un homme, élégamment vêtu, mais je n'aurais rien pu dire de plus. Il a dirigé sa clé vers le véhicule qui a clignoté en se verrouillant. Il a rapidement traversé le jardin et a disparu. Une vague d'excitation m'a traversée pour retomber aussitôt.

Et maintenant ?

Je n'ai pas eu à réfléchir trop longtemps parce que, dix minutes plus tard, il ressortait. Il s'était changé, avait troqué son costume contre un jean, des tennis et une parka. Il tenait à la main un sac de supermarché. J'ai entendu un clic et sa voiture a de nouveau clignoté. Il s'est glissé à l'intérieur et a démarré le moteur.

J'ai posé mon sandwich sur le siège passager et repoussé le sac de couchage. Après avoir été tellement ensommeillée, je me remettais en selle, le sang fusant dans mes veines, animant mon cerveau.

J'ai mis le contact et je l'ai regardé quitter sa place de stationnement. Il était déjà bien engagé dans la rue quand j'ai démarré à mon tour, pour le suivre sur Old Shoreham Road, et vers l'ouest sur la A27. Je n'avais aucun moyen de savoir si l'homme dans la voiture était bien James, et encore moins s'il me mènerait à toi, mais c'était comme les montagnes russes, une fois qu'on est dessus, impossible d'en descendre.

À chaque panneau, à chaque virage, une décharge d'adrénaline m'inondait. *Il me conduit*

375

à toi. Worthing, Littlehampton, Bognor Regis, je retirais toutes les villes que nous passions de ma liste de possibilités. Un jeu d'élimination.

Il roulait prudemment, sans excès de vitesse, régulier sur tout le trajet. Je gardais mes distances, mais ne quittais jamais son véhicule des yeux. Cinquante minutes plus tard, alors que nous approchions de la sortie de Wittering, j'ai vu son clignotant s'allumer. Cinq secondes plus tard, je l'imitais.

La route était sombre, mal éclairée et bien moins chargée que l'autoroute. J'ai ralenti pour ne pas me faire remarquer. Nous avons continué vers le village pour le dépasser et nous diriger vers West Strand. Devant nous, la mer, un tapis noir.

L'endroit m'a paru étonnamment familier et soudain ça m'est revenu. Je m'étais déjà trouvée ici avec toi et ton père, une de ces journées d'été quand l'air embaume la crème solaire et les *fish and chips*. À l'époque où on souriait et plaisantait encore. Une autre vie.

La BMW s'est arrêtée et j'ai décidé de rouler encore un peu, résistant à l'envie de jeter un œil vers le conducteur en passant à côté. J'avais déjà fait cent mètres quand j'ai vu la silhouette en parka sortir de sa voiture, son sac Sainsbury's à la main, et avancer sur le trottoir avant de bifurquer vers la plage.

J'avais répété la partie du plan qui consistait à retrouver James, je m'étais imaginé le prendre en filature, comme un personnage dans un film, et dans ma tête j'avais vu le moment où il me mènerait à toi. Mais je n'avais pas du tout prévu ce scénario. Exposée sur une plage sombre sans nulle part où me cacher. Et pourtant je n'avais plus aucun doute qu'il s'agissait bien de lui. Je n'avais plus d'autre choix que de le suivre.

J'ai mis mon bonnet, boutonné mon manteau jusqu'au cou, attrapé la torche que je venais d'acheter, ainsi que mon portable, et je suis sortie dans la nuit.

Les rafales de vent étaient à la fois bienvenues et handicapantes : le souffle du vent camouflait le bruit de mes pas, mais m'empêchait d'entendre quoi que ce soit. J'ai suivi le chemin que j'avais vu James emprunter cinq minutes plus tôt, tournant vers la mer là où il s'était évanoui dans le noir.

En arrivant sur la plage, j'ai été ralenti par le sable mou. Mes poumons étaient en feu, j'avais le souffle court de l'effort que je déployais pour avancer. À l'horizon, de la mousse blanche s'échappait des vagues. Je me suis arrêtée pour me reposer un instant, respirant les embruns salés et observant la couverture sombre du ciel, transpercée de taches de lumière brillante.

Les battements déchaînés de mon cœur attestaient de ma peur, et pourtant je ne m'étais jamais sentie plus vivante que sur cette plage. Le sens du danger, la promesse de la découverte, être exposée à la dureté des éléments, en pleine nuit : j'avais l'impression que la force de la vie pulsait dans mes veines. Je n'étais pas encore morte.

J'ai scruté l'espace devant moi, en quête d'ombres mouvantes. Rien. Au loin, j'ai vu une rangée de cabines rongées par les intempéries et je me suis dit qu'il avait dû entrer dans l'une d'elles. Alors que j'approchais, je n'entendais toujours aucun son, pas un signe de vie. Le vent me glaçait, j'ai regardé autour de moi, consciente que James et toi pourriez être en train de m'épier, prêts à vous jeter sur moi. Qu'arriverait-il? Personne ne savait où je me trouvais. Personne ne saurait où me chercher.

Mes yeux ont ensuite distingué une plus petite rangée de cabines à l'abri des dunes. Tout au bout, l'une d'elles était peinte en jaune. Une lumière orange passait sous la porte. En avançant, je me suis souvenue que je l'avais déjà vue. La photo de ton père assis derrière un réchaud de camping, encadrée dans ta chambre. C'était la cabine de ton père. Pas étonnant que tu en aies fait ta cachette.

Je me suis approchée, le murmure d'une conversation m'atteignant enfin, entrecoupée par le hurlement du vent. Sans aucun doute, c'était ta voix, et la sienne. Après toutes ces années, ses mots résonnaient encore dans ma tête : « Rachel, espèce de salope ! »

Je me suis tournée, tentée soudain de retrouver la sécurité de ma voiture et je me suis mise à rebrousser chemin, les bourrasques chargées de sable m'aveuglant. Je ne sais pas quelle distance j'avais parcourue, pas assez à l'évidence, quand j'ai entendu le grincement d'une porte et des voix, la sienne et la tienne, qui se séparaient. Je sentais qu'il marchait derrière moi, sur mes pas. Le sang m'est monté à la tête, m'étourdissant, un filet de sueur froide coulant dans mon dos.

Mon corps me hurlait de prendre mes jambes à mon cou, mais je ne l'ai pas écouté. S'il ne m'avait pas vue dans le noir d'encre, courir attirerait certainement son attention. Il marchait de plus en plus vite, le frottement du sable sous ses pieds se rapprochant, et sa respiration, sifflante et rapide, s'amplifiant à mesure qu'il avançait.

Du calme, pas de panique.

Et j'ai pris le virage.

Je me suis cachée derrière une grosse benne industrielle et tout ce temps le bruit de ses pas vibrait en moi.

Un, deux, trois, quatre… je comptais.

… neuf, dix secondes.

Il est passé à côté de moi à treize.

J'ai attendu, incapable de bouger jusqu'à ce que sa portière s'ouvre et que son moteur se remette à gronder. J'ai éprouvé un profond soulagement, je me suis assise par terre et j'ai respiré pour la première fois depuis plusieurs minutes.

De retour dans la voiture, j'ai déchiré une feuille de mon carnet pour t'écrire un petit mot.

Chère Clara,
La vérité, une fois pour toutes.
Sans mensonges.
Juste toi et moi.
Je t'attends, chez moi, seule,
Rachel.

Je l'ai relu, l'ai plié et je suis retournée sur la plage vers la petite cabine jaune. Malgré l'absence de lumière, je savais que tu étais encore à l'intérieur, alors j'ai glissé délicatement le papier sous la porte.

25

C'était la fin du monde, du moins, c'est ce que je ressentais. Plus de projet, plus d'avenir, juste attendre que tout explose.

Jake a appelé du travail.

— Je suis sur un tournage jusqu'à ce soir, en plein cœur de l'Essex. Je t'appelle quand j'ai fini, a-t-il soufflé, m'offrant un aperçu de ma vie d'avant.

Et il s'est interrompu, comme s'il voulait ajouter quelque chose.

— Quoi ? ai-je demandé, agacée.

— Non, a-t-il lâché dans un petit rire. Je te le dirai plus tard, c'est une surprise, a-t-il affirmé, manifestement content de lui.

— Tu passes ici ce soir, n'est-ce pas ?

— Je risque de finir tard.

— Ça m'est égal. Je ne veux pas être seule.

— Je viendrai. Mais, Rach...

— Oui ?

— Tout ira bien, tu sais. J'y veillerai.

Et il a raccroché. Je l'ai imaginé en train de diriger le tournage avec un autre reporter, et, moi, je me trouvais coincée chez moi, ne sachant quand je reprendrais le travail, si jamais je le reprenais un jour. Une période indéterminée de congé m'avait été imposée. Mes chefs avaient insisté pour que je me « repose un peu jusqu'à ce que les choses se tassent », alors que ce qu'ils sous-entendaient réellement c'était : *Restez à l'écart tant qu'on ne sait pas si vous êtes vraiment une tueuse psychopathe*.

Alors qu'avant le travail m'occupait l'esprit, j'étais désormais prisonnière de mes pensées, prise en otage par leur bouillonnement constant, me préparant à la multitude des différents cas de figure et à leurs conséquences. Les plans, les intrigues, les réflexions créaient une sorte de fond sonore qui polluait mon cerveau. J'aurais tout donné pour un moment de silence, un instant de répit. Mais tu étais la seule à pouvoir me l'offrir, Clara. Pointerais-tu le bout de ton nez aujourd'hui ?

J'ai allumé la télé pour arrêter de penser. Ça a marché quelques minutes, me plongeant dans l'émission du matin sur les troubles érectiles. Un homme, la quarantaine, une « étude de cas », avouait en avoir souffert pendant des années. Je me suis surprise à espérer qu'il était bien payé pour faire ça, parce que peu importe la somme, ça ne devait pas être assez. Le reportage suivant présentait un couple dont le fils était porté disparu depuis deux ans. Ils étaient assis sur un canapé et répondaient aux questions de Fern Britton. Main dans la main, les mouchoirs essuyant leurs larmes, Fern Britton penchait la tête, compatissante. J'ai éteint, préférant encore me balader dans l'appartement, arroser les plantes, allumer des bougies parfumées, épousseter, préparer du café que je ne

382

boirais pas. Les minutes s'éternisaient, s'étiraient à l'infini. Le temps était comme suspendu.

À midi, les nouvelles. Le visage de Richard Fineman s'étalant sur une histoire de terrorisme qui aurait dû me revenir. Je l'ai observé, souhaitant qu'il se vautre. Performance impeccable.

C'est un signe.

Rien n'ira dans mon sens aujourd'hui.

J'ai essayé de chasser cette idée. Trop tard. Elle s'est insinuée en moi comme du mercure liquide, se logeant au creux de mon ventre.

Devant ma porte, des conversations, des mères emmenant leurs enfants grincheux au parc. « Arthur, ne fais pas ça. » « Tilly, mon cœur, ne dis pas de gros mots, sinon pas de bonbons après les dessins animés. »

La vie qui suit son cours, mais pas la mienne, bloquée en marche arrière, entraînée vers le passé.

Plusieurs heures plus tard, la sonnette de la porte. Une sonnerie, une inspiration, une bouffée de panique. *C'est toi.* J'ai avancé vers la porte. *Doucement, pas de précipitation, du calme. Respire.* J'ai ouvert à un jeune gars dans un jean usé qui m'agitait devant les yeux des vêtements et une planche à repasser. Il m'a montré sa carte d'identité, avant de se lancer en souriant dans son histoire à faire pleurer.

Va te faire foutre !

Je suis retournée à l'intérieur, tous les sons amplifiés par mon imagination. Les craquements des tuyaux devenaient tes pas, le courant d'air sous la porte, ton souffle sur ma peau. Le cortisol déferlait dans mon sang. J'ignorais combien de temps je pourrais supporter cela.

Tu ne viendras pas.

Mais je savais que si.

La vérité, c'était tout ce que tu avais toujours voulu.

C'est ce que tout le monde veut.

À un moment de l'après-midi, la lumière a disparu, comme elle le fait en hiver. Une minute, il fait jour, et le temps d'un battement de cils, la nuit est tombée. J'ai jeté un œil à travers les volets, l'obscurité ténébreuse rompue par les lumières de la ville. Il fallait que je sorte.

Quelque chose à manger, un bol d'air, je faisais le calcul dans ma tête. Dix minutes. Je pouvais sortir et être de retour après dix minutes. J'ai enfilé mon manteau et je me suis emparée de mes clés et de mon portable. Je me suis dirigée vers la porte, abandonnant mon monde d'attente derrière moi pour me lancer dans un autre de mouvement, d'agitation et de changement. Le froid m'a fouetté le visage. J'ai pris un moment pour me ressaisir, appuyée contre le portail, avant de m'engager dans la rue.

Les phares et les lampadaires projetaient des ombres qui dansaient sur mon chemin. Les Klaxons et les sirènes retentissaient, m'agressant les oreilles. Tout en marchant, je regardais constamment dans mon dos, scrutant la rue pour te voir.

Devant moi, dans la queue du restaurant, une femme. Assez grosse pour être une habituée : « Saucisse et frites, non, aujourd'hui poisson et frites... oui, encore un peu de frites. Et un Coca, non, plutôt deux. »

Mais magne-toi un peu !

J'ai commandé une barquette de frites et je les ai aspergées de sel et de vinaigre. Elles étaient trop chaudes, mais sur le chemin du retour, je les ai tout de même dévorées, la bouche entrouverte pour avaler de l'air et les faire refroidir.

En tournant sur Kempe Road, j'ai vu deux personnes qui marchaient devant moi, dans la même direction. L'un d'eux, un homme, a traversé la rue. L'autre est passé devant la maison et a continué comme s'il se dirigeait vers Queen's Park. Et soudain, je me suis retrouvée à terre, les frites volant devant moi. J'ai tourné la tête, pour voir un pavé arraché du trottoir.

— Eh merde !

Une fois debout, j'ai de nouveau balayé la rue du regard. Et soudain une secousse m'a ébranlée, mes yeux avaient envoyé un message à mon corps avant que je ne comprenne ce qui se passait. La silhouette que j'avais vue s'éloigner devenait plus grosse. En fait, elle arrivait sur moi, s'approchant petit à petit.

De plus en plus près.

Quelqu'un dans le noir, le col de son manteau remonté contre le froid. Les cheveux couverts par un chapeau. Mais la démarche, ce pas étrangement lourd, je les aurais reconnus entre tous.

Je me suis arrêtée devant mon appartement, les battements de mon cœur se répercutant dans ma gorge, tambourinant dans ma tête. J'ai dégluti avec peine. Puis j'ai levé les yeux et j'ai vu ton visage.

— Tu ferais mieux d'entrer.

Nous ne respirions plus. Le silence le plus total nous enveloppait, même nos pieds ne faisaient aucun bruit sur le plancher, nous flottions comme des fantômes dans le couloir.

L'air était tendu, crispé, mon cœur martelait, *boum, boum, boum, boum*. Ou peut-être était-ce le tien que j'entendais aussi. En stéréo.

Dans le salon, nous nous sommes assises sur le canapé. On aurait pu choisir des sièges différents, mais nous avons préféré nous installer sur le même. Nous l'avons fait sans échanger une seule parole. *Le premier qui rit...*

J'en avais assez de jouer, Clara. Je voulais tout entendre, que tu déballes enfin la vérité. Tu avais tué Jonny. *Pourquoi, pourquoi, pourquoi ?*

— Tu es revenue du royaume des morts ? ai-je dit en te regardant vraiment pour la première fois depuis ton départ.

Tu avais une mine livide. Tout à fait de circonstance.

Tu ne disais rien, mais tes yeux inquisiteurs ne me quittaient pas. Je m'y voyais. Te voyais-tu dans les miens ?

Tu as retiré doucement ton bonnet pour révéler des cheveux blond doré, des racines noires commençant à apparaître. Tu les avais coupés court, ou plutôt tailladés grossièrement. Je me demandais si tu l'avais fait seule ou si James l'avait fait pour toi. Comme il était romantique, ton petit jeu d'outre-tombe.

En d'autres circonstances, je t'aurais dit que la couleur rendait ton teint terne et fatigué et qu'elle soulignait les cernes sous tes yeux. Ça te donnait un air de prostituée, Clara, mais je ne voulais pas te provoquer. Et surtout, j'étais hypnotisée par ton allure. Tu étais si impressionnante dans mon esprit, le puissant cerveau derrière ma chute. Et maintenant ? Je te voyais vraiment telle que tu étais. La peau de ton visage était tirée, tes yeux, d'un bleu toujours aussi renversant, étaient éteints. Sous tes ongles, de la crasse s'accumulait. La vie te rongeait. Je me demandais combien de coups de crocs il faudrait pour avoir définitivement raison de toi.

— Jonny, ai-je dit.

C'était une question, une affirmation, une accusation, tout à la fois. Tu as baissé les yeux vers la table en secouant la tête.
— Plus tard...
— Dis-moi...
— Toi, d'abord. Et quand tu m'auras tout dit, je te raconterai ce qui est arrivé à Jonny.
Le feu me montait au visage, la colère grondait en moi. Ma récompense, si je te révélais ce que tu voulais savoir, serait de découvrir comment mon petit ami était mort. Dans ma tête, je comptais un... deux... trois. *Ne mords pas à l'hameçon.* Tu pensais contrôler la situation. OK, je te laissais dans ton illusion. Pour l'instant.
Je me concentrais sur cette idée, *la maîtrise, reste calme,* quand j'ai vu ta main fouiller dans la

poche de ton épais manteau noir. Quand tu l'en as ressorti, j'ai vu l'éclat du métal.

J'ai cligné des yeux. Je fixais l'objet dans ta main, la lumière se réfléchissant sur la lame.

Un couteau.

Une alarme a retenti dans mon esprit. Mon plan, si bien ficelé, était en train de s'effilocher: t'attirer ici et te faire parler jusqu'à ce que Jake rentre et nous trouve toutes les deux, qu'il appelle la police et que je puisse prouver mon innocence. Parce que ce ne serait que quand la police te verrait ici, en vie, que je parviendrais enfin à les convaincre que je ne t'avais pas tuée.

Mais à présent tu étais assise dans mon salon, là où je regardais la télé, lisais le journal et buvais du vin pour me détendre, et tu me menaçais avec un couteau.

Tout avait changé.

Tes doigts ont effleuré le haut de la lame. Tu as souri.

T'imaginer sourire en me l'enfonçant entre les côtes m'a glacé le sang.

Tu pouvais encore me surprendre, Clara.

Je t'ai rendu ton sourire, parce que, si je ne l'avais pas fait, j'aurais éclaté de rire, hystérique, ou j'aurais hurlé de peur et de frustration. Je sentais l'avantage m'échapper. Je pensais mener le jeu, mais tu avais inversé la donne.

Il fallait que j'y voie clair, que je trouve une solution.

Et soudain, ta voix a transpercé mon cerveau comme une aiguille brûlante.

— Tu penses que je ne le ferais pas, mais tu te trompes, Rachel, je n'ai plus rien à perdre.

J'ai hoché la tête doucement.

Je comprends.

— On commence par quoi ? ai-je demandé, peinant à maintenir ma voix stable.

— Dis-moi la vérité à propos de Niamh.

Tout commençait toujours avec Niamh.

J'ai réfléchi un instant, me demandant ce que tu voulais que je te dise, avant que tu ne me devances.

— Tu l'as tuée.

— Alors, pourquoi tout ça, si tu le sais déjà ? ai-je demandé calmement en montrant le couteau.

— Je vais te dire ce que je sais, ce que tu as essayé de cacher depuis des années. Tu lui as donné les somnifères et tu l'as tuée, et après tu m'as fait croire que c'était ma faute. Tu as renversé la situation pour que je pense que j'avais tué ma propre mère ! as-tu déclaré dans un cri.

— Je ne savais pas que c'était ta mère, désolée.

— Désolée ? as-tu répété, presque surprise d'entendre le mot sortir de ta bouche. Désolée ?

— Je suis désolée qu'elle ait été ta mère. Désolée qu'elle ait été la mienne.

— Salope ! Tu n'es qu'une putain de salope sans cœur ! Elle m'aimait !

Je n'ai pas pu m'en empêcher. Un gros rire ironique m'a échappé. *Elle t'aimait.* J'ai essayé de m'arrêter, tes yeux me foudroyant.

— Elle t'aimait tellement qu'elle est allée baiser avec un type en Écosse et qu'elle t'a abandonnée. Sacré amour.

— Si elle avait pu remonter le temps, elle l'aurait fait.

— Pour ne pas me mettre au monde ? C'est ce que tu veux dire ?

— Elle allait te le dire, tu sais, la veille de mes dix-huit ans, avant ce qui est arrivé. Je lui avais fait promettre. Je m'en voulais énormément de ne pas te le dire. C'est pour ça qu'elle était si nerveuse, si mal à l'aise. Elle se préparait à le faire. Elle a essayé de tout organiser à la perfection ce jour-là, et toi, tu as tout gâché. Elle n'a pas pu, du coup. Elle t'a détestée d'avoir gâché cet instant. Et ensuite, tu l'as tuée.

Je me suis rappelé les mots de Laura. Tu avais « supplié » Niamh de ne pas me révéler la vérité, de te donner du temps pour digérer la nouvelle, et maintenant tu voulais que je croie tes mensonges. J'ai repensé à cette matinée du barbecue, avant que tu n'arrives, la chaleur cuisante de la journée, la lourdeur qui pesait dans la maison. Niamh qui coupait, fredonnait et parlait trop vite, ses yeux regardant partout à la fois. Nerveuse. C'est parce qu'elle voulait que tout soit parfait pour *toi*, pas pour moi. Même dix ans après, je le revoyais clairement, comme si ça se passait devant mes yeux. Tu me mentais. Tu essayais de me tourmenter avec ta version tordue du passé, tu voulais que je croie que j'avais tout anéanti, moi.

— On sait toutes les deux que ce n'est pas vrai. Tu ne peux pas venir ici et t'attendre à ce que je te dise la vérité si tu la déformes sans arrêt, ai-je protesté.

À ton tour de rire. Tu as jeté la tête en arrière, ta main toujours sur le couteau.

—Qu'est-ce que tu sais de la vérité, Rachel? Tu n'as aucune idée de ce que c'est. Tout ce qui tourne autour de toi est modelé par tes soins dans ton propre intérêt. Tu as tué ta propre mère, bon Dieu, et tu as besoin de la dépeindre comme une espèce de monstre pour t'absoudre de ce que tu as fait. Pauvre petite Rachel, pauvre petite fille mal aimée, négligée. Mais ce n'était pas comme ça. Elle n'était pas comme ça. Elle a déployé des efforts incroyables avec toi, Rachel, elle a tout fait pour que tu l'aimes, mais en vain. Elle n'était pas à la hauteur de ce que tu aurais désiré, elle n'était pas ce que tu aurais voulu, alors tu l'as supprimée. Au sens propre. Tu t'en es débarrassée comme si c'était un objet encombrant, parce que tu t'es dit que tu serais mieux sans elle. Et tu t'es rabattue sur moi.

Je t'ai laissée continuer ton monologue, ce torrent d'accusations. La fureur que tu avais refoulée depuis si longtemps trouvait finalement sa cible. Tu n'avais aucune idée de ce que c'était d'avoir Niamh comme mère. Tout ce que tu avais eu, c'était un mois de lune de miel qui aurait tourné au vinaigre et au massacre si elle n'était pas morte.

Tu étais en verve et à chaque phrase je voyais ton visage devenir de plus en plus écarlate, les gouttelettes de transpiration sur ta lèvre supérieure s'accumuler, le tremblement de tes mains s'amplifier. Je te regardais encore et encore, ne détachant pas mes yeux de toi un seul instant.

— Ce jour-là, ce jour où tu m'as avoué ce qui s'était passé, et surtout, surtout, ne prétends pas maintenant le contraire, tu m'as dit que tu lui avais donné les somnifères, et quand tu as vu ma réaction, tu as su que tu n'aurais pas dû te confier à moi, n'est-ce pas ? Tu as compris que tu avais fait une erreur. Tu m'as révélé ta vraie nature ce jour-là. Tout ce que les gens m'avaient dit sur toi et que je n'avais jamais écouté. J'ai commencé à les croire. Et tu le savais, tu savais que tout avait changé, que tout à coup ta meilleure amie était devenue ta plus grande menace parce que je voulais te dénoncer à la police. Je voulais leur dire ce que tu avais fait. Je voulais que tu assumes les conséquences de tes actes. Mais tu en es incapable, Rachel. Alors tu as fait ce que tu fais toujours, tu as inversé les rôles et tu m'as fait croire que j'avais imaginé ce que tu avais dit, que je devenais folle. Oh, mon Dieu, j'étais une proie facile, ma mère venait de mourir et je me consumais de chagrin et de culpabilité, et je suis venue te trouver avec ça, cette culpabilité que je me trimbalais parce que je lui avais donné un putain de somnifère et qui, à cause de toi, a grandi en moi. Tu as alimenté ma culpabilité jour après jour, en me regardant, en étant tout le temps présente, en m'étouffant. « Ne t'en fais pas, Clara, je ne le dirai à personne, me soufflais-tu à l'oreille, ton secret est en sécurité avec moi. » Tout est devenu si embrouillé, si brumeux, je ne me sentais plus capable de penser, et encore moins de me souvenir clairement de ce qui s'était passé. Tu avais créé ce putain de cauchemar dans ma vie. Comment as-tu pu faire ça ?

Tu t'es interrompue pour essuyer avec le dos de tes mains sales de grosses larmes qui coulaient sur tes joues et tu t'es barbouillé tout le visage. Tu étais si pitoyable, je voulais te réconforter, mais je savais que c'était impossible. Pas encore.

— En m'en allant, même si je savais que tu avais réussi à persuader mon père de me foutre dans une institution, même si je savais qu'il pensait que tu veillais sur moi, j'ai enfin respiré, soulagée de te fuir.

Tu as dirigé ton index dans ma direction, comme si tu voulais me transpercer avec.

— Je me disais que je ne voudrais plus jamais te revoir, mais quand je suis rentrée, j'ai su qu'il fallait que je t'affronte pour me prouver que tu n'exerçais plus aucun pouvoir sur moi. Et nous nous sommes retrouvées et tu t'es montrée si gentille, si adorable, putain, que ça m'a fendu le cœur. J'ai pensé que peut-être, peut-être seulement, j'avais tout compris de travers. Je suis revenue en te détestant et en cherchant à me venger, et toi tu me traitais avec tant d'attention, tu me faisais rire, et l'amour que je te portais s'est infiltré dans ma haine, l'a diluée.

— Mais tu as changé d'avis, ai-je remarqué.

Tu as éclaté d'un rire affreux et vide qui a résonné dans mes oreilles, et tes larmes se mêlaient à la crasse sur ton visage, mais je n'ai pas osé bouger pour te proposer un mouchoir.

— Bon Dieu, Rachel, tu es sérieuse ? J'ai changé d'avis quand tu as essayé de me pousser du haut de la montagne !

J'ai fermé les yeux. Nous vivions dans des mondes parallèles, pas la peine d'essayer, parce que malgré tout ce que je ferais, malgré tout ce que je dirais, tout ce qui t'arrivait serait toujours ma faute. Je me suis caché le visage dans les mains, alors que tes mots continuaient à m'attaquer.

— Ce jour-là, tu sais dans la montagne, il faisait si beau, le ciel et la poudreuse, et nous tous qui dévalions les pentes. J'avais l'impression d'être morte et montée au ciel. Je me suis rappelé pourquoi nous avions été amies, les éclats de rire, ta façon de siffler la bière cul sec. Et on s'est élancées pour une dernière descente. On a pris pour la dernière fois le télésiège et je me suis dit : *Il faut que je sache*. Il fallait que je sache si j'avais tout imaginé et si en fait tu avais toujours été mon amie. Parce que je ne supportais plus le doute. J'avais besoin de clarifier la situation dans ma tête. C'est là que je t'ai demandé si tu l'avais tuée. J'ai observé ton visage et c'est là que je l'ai aperçu, ce minuscule éclair de colère féroce que tu as vite ravalé. Mais tu as su que tu avais perdu ton masque l'espace d'un instant, n'est-ce pas ? Tu as su que tous tes efforts d'amitié n'avaient servi à rien, parce que je l'avais vu. Oh, bon Dieu, comme on avait plaisanté avec ça : nous n'avions pas besoin de mots pour communiquer, nous. Je n'ai pas eu besoin que tu me dises quoi que ce soit, ce jour-là, parce que tes yeux m'ont révélé tout ce que je voulais savoir. Et après ça, on s'est retrouvées sur une piste noire. Bien évidemment, nous étions pratiquement seules, en fin de journée. J'ai essayé d'aller le plus vite possible pour t'échapper, mais tu m'as poursuivie avec tes bâtons et tu m'as poussée. C'est tout ce dont je me souviens. Après ça, je me suis réveillée à l'hôpital.

Je n'avais rien à ajouter à tout ça, à quoi bon me défendre ? Ce n'était que du délire, le résultat d'un esprit malade. Je t'ai laissée reprendre ta respiration.

— Jolie théorie que tu t'es inventée, Clara. Je suppose que tu as trouvé à qui te plaindre avec James. Après tout, lui aussi s'est convaincu que c'est ma faute si sa sœur s'est noyée, ma faute qu'elle ait chaviré sur le lac. Et qui le lui a fait croire ? Sarah, bien sûr. Quelle coïncidence que vous soyez tous devenus de si bons amis !

Tes yeux se sont ouverts grands sur moi.

— Sarah sait ce qu'elle a vu dans le lac. Après toutes ces années, elle s'en souvient encore. Le canoë de Lucy s'est renversé et c'est toi qui étais le plus près. Tu criais que tu lui venais en aide, mais tu n'as rien fait, n'est-ce pas ? Tu es restée à bonne distance, et Sarah a tout vu, mais elle n'a pas pu atteindre Lucy à temps. Et quand elle a tout raconté aux profs, tu étais si convaincante avec tes mensonges que personne ne l'a crue. Personne ne pouvait croire que tu aurais délibérément laissé quelqu'un se noyer sous tes yeux. Lucy t'a poussée dans l'eau un jour et tout le monde s'est moqué de toi ; le lendemain, elle était morte. Parce que tu ne supportes pas que les gens se moquent de toi, Rachel, tu ne supportes pas la honte, alors elle devait payer.

Je n'en revenais pas que tu me balances ce genre de foutaises, la vieille rengaine, celle dont on avait si souvent parlé et chaque fois tu me disais que tu me croyais.

—Jusqu'à cet après-midi sur les pentes, je ne t'ai jamais pensée capable d'un tel crime, mais, là, j'ai compris comment tu t'en sortais toujours avec tes mensonges.

Tu as poussé un petit rire.

—Putain, quand je me rappelle comment je t'ai défendue alors que tous les autres t'accusaient. Je ne voulais pas croire que tu avais pu faire ça. Tu es tellement convaincante, machiavélique. Tu n'as pas ta pareille pour embobiner les gens.

—Ah, c'est comme ça? ai-je dit, refusant d'en entendre davantage. Alors, que ce soit clair, c'est moi la cinglée ici? Alors laisse-moi te demander ceci, est-ce que c'est moi que la police de tout le pays recherche? Est-ce que j'ai menti pour tendre un piège à mon amie? Je ne me cache pas dans une cabine sur une plage avec les ongles crasseux et les cheveux délavés. Ouvre les yeux, Clara, pour l'amour de Dieu! ai-je crié, enragée. J'ai bien réussi dans ma carrière, j'ai un boulot extra, une belle maison, j'avais un petit ami qui m'adorait. Tout dans ma vie était parfait, propre, rangé et toi... tu n'as pas pu le supporter! Alors tu as eu besoin de tout détruire. Tu as tué Jonny pour te venger de quelque chose que je n'ai jamais fait.

—Non! as-tu hurlé. Je te défends de tout inverser! Je n'ai pas tué Jonny. Je n'ai tué personne, il n'était pas censé mourir.

—Eh bien, il est mort, Clara, alors ce qui était *censé* arriver n'a plus vraiment d'importance, si?

Tu t'es gratté la tête avec la main qui ne tenait pas le couteau comme si tu grattais une vieille blessure.

— Il ne devait pas mourir, as-tu répété en agitant doucement la tête, comme une litanie. On voulait juste se venger de toi. Tu ne comprends pas ? Tu méritais d'être punie, Rachel, quelqu'un devait te punir pour ce que tu avais fait. Quelqu'un devait t'arrêter. C'était l'idée de James que je disparaisse et qu'on te fasse accuser de mon meurtre. Au moins, comme ça, tu aurais enfin payé pour ce que tu as fait à sa sœur et à Niamh. Nous avions tout planifié. Je m'étais arrangée pour te retrouver le vendredi soir et pour disparaître ensuite. Je voulais m'enfuir d'ici de toute façon, et James aussi, nous allions partir en Inde pour repartir de zéro. Alors quelle importance que tout le monde me croie morte ?

— Mais pourquoi avoir mêlé Jonny à tout ça ? ai-je craché, dégoûtée par ta fourberie. Pourquoi ne pas l'avoir laissé en dehors de toute cette histoire ? Il serait encore en vie.

— Parce que je voulais que la police pense que j'avais une liaison avec Jonny.

Mon mobile.

Tout devenait clair.

La pièce était devenue suffocante, plus assez d'air pour respirer. J'avais trop chaud, des flammes léchaient mon visage, un incendie consumait mon ventre.

— Et la photo ? Le rire ?

J'arrivais à peine à articuler.

397

— Je voulais que tu saches que c'était moi, que tu en sois persuadée, mais que personne ne te croie. Je voulais que tu comprennes ce que j'avais ressenti, ce qu'on éprouve quand on passe pour une folle aux yeux de tous.

Tu as eu l'air contente de toi pendant un instant.

— J'ai dit à Jonny qu'on se réunissait tous pour te faire une surprise. Au début, il s'est montré réticent, mais il aurait fait n'importe quoi pour toi. On a décidé de se retrouver chez moi.

— C'est là que tu lui as administré les somnifères ? C'est évident, il fallait que ce soit des somnifères.

Tu as confirmé d'un hochement de tête.

— Après on est allés au Cantina Latina et on a attendu que tu partes.

Je me souviens de son allure sur la vidéo, appuyé sur toi, les yeux mi-clos. Je pensais que c'était un défaut de la prise de vue.

— Sarah nous a appelés quand tu es partie pour nous prévenir. Elle a dit que tu étais ivre, ce qui faisait aussi partie du plan, te faire boire autant que possible avant que tu t'en ailles. On a attendu de te voir longer la promenade pour sortir de la voiture avec Jonny. Il n'était pas encore complètement dans les vapes, il pouvait marcher. Il fallait juste qu'on soit filmés au même endroit.

— Et tu avais vérifié l'emplacement des caméras, je suppose. Alors tout a marché comme sur des roulettes. Sauf que Jonny est mort et toi tu n'as pas pu t'enfuir.

— James l'a laissé à côté de Preston Park, il était habillé. Il faisait froid, je sais, mais bon Dieu, on ne s'attendait pas à ce qu'il succombe, il portait une veste quand on l'a quitté. Il a dû la retirer, tu sais, c'est ce que font les gens quand ils sont en hypothermie. Ce n'était pas notre faute.

Les mots tremblaient dans ta bouche, tu les prononçais sans aucune conviction, parce que tu savais que c'était votre faute, n'est-ce pas ? L'implacable réalité : vous l'aviez tué.

—Alors, c'était la faute de qui ? Pas la sienne. Ce n'était pas sa faute s'il a fini à la morgue, si sa mère le pleure parce qu'il était son fils unique, si elle est anéantie de douleur. Ce n'était pas sa faute s'il était plein de vie et si on la lui a arrachée de manière gratuite.

—Arrête, Rachel, ne fais pas ça. Je te jure que ce n'était pas notre intention. Jamais de ma vie je ne ferais une chose pareille. Jamais je n'aurais essayé de le tuer.

Tu t'es essuyé le nez avec ta manche.

—James a appris qu'ils avaient trouvé le corps quand il est venu me retrouver. C'était aux nouvelles à la radio. Il a dû s'arrêter sur le bas-côté pour vomir. Et après il me l'a dit. (Tu gémissais à présent.) Je ne l'ai pas cru au début, je n'arrivais pas à accepter que ça ait tourné tellement mal. Je voulais que tout s'arrête. James a dû me retenir, parce que tout ce que je souhaitais, c'était me noyer dans la mer. Je voulais juste disparaître dans les vagues, sombrer dans le froid de l'eau et ne jamais refaire surface.

Une légère pause.

— Il devrait toujours être en vie, je devrais être à des milliers de kilomètres d'ici... Tout a capoté affreusement, as-tu pleurniché, pitoyable.

— Pourquoi n'es-tu pas partie finalement ?

— Amber..., as-tu commencé. Amber est allée signaler ma disparition si vite. C'était incroyable. Je ne pensais pas qu'ils allaient lancer un avis de recherche si rapidement, mais je me suis retrouvée partout dans les nouvelles, mon visage placardé à tous les coins de rue. On ne pouvait plus partir avec tout ce remue-ménage. On s'est dit qu'on attendrait que les choses se tassent, parce que c'est le genre de chose qui finit par se tasser, non ? On s'est dit que les gens allaient finir par se lasser de moi après quelques jours, mais...

Tu ne pouvais toujours pas dire son nom.

— Mais le corps de Jonny a été retrouvé, ai-je fini pour elle.

Pauvre Jonny mort, sacré bâton dans tes roues.

Tu as ouvert la bouche, me fixant, incapable de parler, comme si tu te brisais de l'intérieur. Tu t'effondrais pièce par pièce.

Tu étais prise au piège, Clara. Tu n'avais nulle part où aller.

James, Sarah, Debbie, ils ne pouvaient plus t'aider à présent.

Il ne restait plus que moi pour te protéger.

Soudain, un nouveau plan s'est esquissé dans mon esprit.

— Et maintenant tu fais quoi, Clara ? ai-je demandé, plus gentiment cette fois.

De nouveau, tu as ouvert la bouche, mais aucun son n'en est sorti. Une expression d'horreur a traversé ton visage.

Tu ne trouvais rien à dire.

—Tous ces gens qui sont à ta recherche, qui donnent de leur temps, qui collent des affiches, tu les as bien roulés eux aussi. Je vois d'ici les gros titres. Tu vas devenir la femme la plus haïe d'Angleterre. Tu respires encore, Clara, mais tu es déjà morte.

Tu as laissé échapper un cri et tu t'es mise à sangloter comme quelqu'un qui n'a plus rien. Je me suis demandé si je te poussais trop près du bord, pas très sûre du sens dans lequel tu sauterais. J'avais l'impression d'avancer le long d'un précipice. Un faux mouvement et ce serait terminé.

—Regarde-toi, ai-je dit doucement. C'est la faute de Niamh tout ça, c'est à cause d'elle que tu en es là. Elle t'a fait croire qu'elle t'aimait et depuis tu en payes le prix. Elle ne t'aimait pas, pas du vrai amour que tu portes à quelqu'un et qui te ferait faire n'importe quoi pour cette personne. Elle n'aimait qu'elle. Elle aimait boire. Tu étais sa nouveauté, un joujou qui lui a permis de se racheter. Après un peu de temps, elle t'aurait jetée quand elle en aurait eu assez de toi. Elle ne t'aimait pas comme moi je t'aimais.

Tu as serré le couteau dans ton poing. Ma respiration s'est affolée, j'ai essayé de me concentrer sur mes inspirations, mes expirations, malgré la peur qui grandissait en moi et qui m'étouffait.

—Ferme-la, Rachel, ferme-la.

Tu secouais la tête pour en déloger mes mots.

Délicatement, je t'ai tendu ma main, tournant la paume vers le plafond en signe de paix.

— Quand j'ai compris ce que tu avais fait, comment tu avais essayé de me piéger, j'ai pensé que je te détestais, j'ai essayé de te haïr. Mais cette magie qu'on partage, elle est trop forte, elle nous renvoie inéluctablement l'une vers l'autre. Nous sommes amies, Clara. Rappelle-toi, des amies pour la vie. Même après tout ce que tu as fait, je t'aime encore.

Tes sanglots résonnaient dans la pièce, l'un après l'autre, te coupant le souffle. Mais tu n'as pas lâché le couteau.

— Je suis la seule qui puisse t'aider, Clara.

Tu pleurais toutes les larmes de ton corps, une douleur vive s'échappant de toi, ton visage rouge et gonflé. Tu étais comme un animal se tortillant, à l'agonie, une créature dont il fallait abréger les souffrances.

— C'est si noir, as-tu lâché finalement. Tout est si noir...

Le couteau dans ta main me visait toujours.

— Me tuer n'éclaircira pas le tableau. Je serais la dernière personne que tu verrais avant de t'endormir et la première en te réveillant, pour le restant de tes jours.

Je te voyais sombrer. Ces vagues dont tu voulais qu'elles t'emportent, t'entraînent vers la mer, elles arrivaient maintenant, Clara, te coupant la respiration. Tu te noyais sur la terre ferme. Tu m'as regardée, tes yeux désespérés, mourants.

402

—Je... ne... sais pas. Je ne sais plus rien. Je ne sais pas comment j'en suis arrivée là...

Tu as baissé la tête vers le couteau et j'ai vu ta main relâcher son emprise.

—J'ai essayé... j'ai passé des années à essayer de comprendre, mais tout est tellement embrouillé. Et chaque fois que je pense enfin y voir clair, il se passe quelque chose qui fausse tout de nouveau. Tu sais ce que ça fait de ne plus pouvoir se fier à soi-même ? De s'interroger sur tous les mots que tu entends, toutes les pensées qui te traversent l'esprit, de ne plus savoir distinguer le vrai du faux ? J'étais si sûre de moi, si sûre de tout, avant la mort de Niamh.

Tu t'es interrompue un moment, tes sanglots s'apaisant, mais te laissant à bout de souffle. Je t'ai regardée, j'ai regardé le couteau et j'ai réfléchi.

Et je t'ai vue le brandir dans l'air, vers moi, une dernière démonstration de ta force.

—C'est toi qui m'as fait ça, Rachel, tu m'as détruite avec tes mensonges. C'est toi, ça a toujours été toi !

Tu criais, mais toute trace de conviction s'était envolée de ta voix à la fin de ta phrase.

—Non, Clara, ce n'est pas moi, ai-je dit aussi doucement que possible.

Tu as recommencé à pleurer et nos regards se sont croisés comme la toute première fois dans la classe. Une étincelle entre nous s'est rallumée l'espace d'un instant. Et nous n'avions plus besoin de parler, nous nous comprenions sans échanger une seule parole, exactement comme avant. Ça m'a ému aux larmes.

— Tu peux t'enfuir, Clara.

De nouveau, ces grands yeux, remplis de larmes.

— Aide-moi, as-tu articulé.

Ce n'était pas une question, n'est-ce pas ? C'était une supplique à l'intention de la seule personne qui t'aimait assez pour te sauver.

Je vais t'aider, Clara.

Tu as relâché le couteau, tu te rendais.

Et j'ai su que tu n'avais plus en toi la force de te battre.

J'ai pris une profonde inspiration.

Doucement, j'ai fait un geste vers le couteau. Tu le tenais encore, mais tes doigts entouraient mollement le manche. J'ai posé les mains sur les tiennes et je les ai laissées là un moment. Tu tremblais de tout ton corps. La pièce était plongée dans le silence et la pénombre, la flamme d'une bougie vacillait sur la cheminée.

Tu fermais les yeux, comme si tu priais, attendant une intervention divine pour alléger ta souffrance.

Délicatement, petit à petit, j'ai avancé les mains vers le couteau. Tu respirais par à-coups. Ton souffle chaud effleurait ma peau.

— N'aie pas peur, Clara, ai-je murmuré.

Tes yeux se sont ouverts, m'interrogeant.

— C'est la seule issue, ai-je assuré. N'aie pas peur.

Je savais qu'il fallait que je fasse vite. Il me restait peu de temps. La lame a touché la peau de ton cou. Une lame aiguisée contre une peau tendre. Le choc a fait sursauter ton corps, ta main a essayé de repousser le couteau, de m'arrêter, mais j'étais trop forte pour toi. Ton visage a affiché une profonde surprise, une terreur.

— Sois courageuse, ai-je murmuré.

Mais je n'ai plus pu te regarder, alors j'ai fermé les yeux.

J'ai fermé les yeux en enfonçant le couteau dans ta chair.

Tout s'est arrêté, figé dans l'instant.

Nous étions côte à côte, si proches, plus proches que depuis très longtemps. Tout autour de nous n'était que calme et tranquillité.

Quand j'ai ouvert les yeux, le sang giclait, des mares de sang, des taches d'un rouge magnifique qui se dessinaient sur le canapé blanc et sur le parquet.

Plic, ploc, plic, ploc.

J'ai laissé tomber le couteau. De mes mains et des tiennes.

Je t'ai dit que je ferais n'importe quoi pour toi, Clara. J'étais la seule qui le pouvait. Je t'ai sauvée en abrégeant tes souffrances.

Enfin, mon regard s'est posé sur toi.

Et dans tes yeux, j'ai vu que quelque chose n'allait pas.

Un mouvement.

Deux mots sur tes lèvres.

— Aide-moi.

J'ai essayé de réfléchir. Réfléchir clairement, vider mon esprit. Il fallait que ça cesse. Il fallait que je mette un terme à tout cela. Mais c'était trop tard. Un coup sur ma porte, suivi de cris, des voix fortes qui hurlaient, et soudain la porte s'est ouverte en grand et des policiers ont débarqué dans le couloir, un nuage noir qui se précipitait vers moi.

Ils venaient mettre le point final, avant que je ne puisse le faire.

Dans ma déposition, j'ai dit aux policiers que tu m'avais menacée. Je leur ai parlé d'une bagarre pour attraper le couteau, que nous nous étions battues et qu'il était entré dans ton cou.

— Dieu merci, vous êtes arrivés, ai-je affirmé avec toute la conviction que je pouvais afficher.

Je leur ai servi cette version, Clara, parce que personne n'aurait compris jusqu'à quelle extrémité j'étais capable d'aller pour aider une amie. Personne n'aurait cru que j'essayais simplement de t'aider à trouver la paix que tu recherchais.

Une fois ma déposition terminée et signée, je leur ai posé les questions qui me brûlaient les lèvres depuis le moment où ils avaient fait irruption chez moi quelques heures plus tôt.

Comment savaient-ils que tu étais là ? Comment savaient-ils qu'ils venaient à ma rescousse ?

— Les caméras de sécurité, ont-ils répondu dans un sourire. Celles que votre ami a installées pour vous hier. Il les a fait relier à son ordinateur. Elles diffusaient en permanence des images de votre maison. Il nous a appelés quand il a vu qu'elle était chez vous.

Je ne respirais plus, j'écoutais juste la tempête qui éclatait dans ma tête, ma vie qui s'écroulait autour de moi.

Je suis sortie de la salle d'interrogatoire en chancelant, et Jake m'attendait, au comble de l'inquiétude.

— Dieu merci, tu vas bien !

— Les caméras ? ai-je demandé, tendue.

Il a souri et m'a embrassée.

— C'était ma surprise.

Après

Ça fait des semaines maintenant, des mois, que j'ai commencé à t'écrire, Clara, et je suis presque arrivée à la fin de notre histoire.

Au début, les premiers jours, le soleil d'été s'infiltrait par la fenêtre, projetant ses ombres, inondant la pièce d'une lumière blanche resplendissante. À ce moment-là, je pouvais m'élever loin d'ici et imaginer que je quittais cet endroit. Je surplombais tout, le vaste ciel, l'immensité de la mer qui m'attirait à elle. C'était presque comme si je sentais le sel sur mes lèvres.

Mais c'est l'automne à présent. La lumière change, m'abandonne. Malgré tous mes efforts, je ne peux voir que les quatre murs de ma cellule, la brique peinte, les barreaux, un lit et un bureau. La pièce où j'étais enfermée depuis des mois, attendant mon procès pour tentative d'homicide.

Je suis ici parce que je t'aime.

Je suis emprisonnée parce que mon amour pour toi est si fort que j'étais prête à te faire du mal pour te sauver.

Il faut parfois se montrer cruel pour être bon.

Si seulement nous avions appris à nous détester, à rester loin l'une de l'autre, à couper les ponts, ça aurait été tellement plus simple. Mais cette force magnétique qui nous attirait l'une vers l'autre était bien trop forte pour qu'on la combatte. Nous sommes la faiblesse l'une de l'autre, et le lien est trop étroit.

Si étroit qu'il pourrait me détruire.

Parce que tu es le témoin clé de la partie civile. Leur affaire dépend entièrement de ce que tu diras, de ta capacité de persuasion. Jusqu'où es-tu prête à aller pour me condamner ? Ils t'ont sûrement proposé un marché, je le sais. *Sauve ta peau, sacrifie ton amie.* Sans toi, ils n'ont que la vidéo d'une bagarre. J'ai dit que c'était de l'autodéfense, toi, tu affirmes que j'ai essayé de te tuer. Ma vérité contre la tienne. La police te croit, mais demande-toi une chose : à qui le jury va-t-il faire confiance ?

Tu as essayé de me faire accuser de ton meurtre, tu m'as suivie, tu t'es introduite chez moi, et ensuite tu es venue me trouver avec un couteau. Ça suffirait à agacer le plus sain des esprits.

Bien sûr, la police ne va pas te confier que leur affaire ne tient qu'à un fil. Il faut qu'ils te gardent de leur côté, Clara. Et ils ne te préparent pas non plus à la tempête qui t'attend. La presse ne perdra pas un seul mot du procès, les caméras immortaliseront la moindre expression de nos visages pour la diffuser dans le monde entier. Chaque mouvement sera analysé, étudié, disséqué. Les plus grands reporters de la BBC, NNN, Sky News et ITN s'agglutineront dans la salle d'audience pour écouter tes arguments. Les autres rempliront la pièce bondée pour alimenter ton témoignage de détails croustillants et sensationnels.

Et ensuite, ce sera le tour du contre-interrogatoire. Mon avocat te mettra en pièces. Il ne fera qu'une bouchée de toi, pour te recracher ensuite. C'est brutal. Je l'ai vu plus d'une fois, comme une lutte sanguinaire. Et tu n'es pas un témoin fiable.

Vous avez tué votre mère et maintenant vous voulez vous débarrasser de votre sœur pour toujours. Quel genre de monstre êtes-vous, mademoiselle O'Connor?

Est-ce vrai que vous vous scarifiiez adolescente? Pourquoi devrions-nous croire une personne comme vous?

Répète tes réponses, elles ont intérêt à être bonnes.

Mais le pire, Clara, c'est qu'au moment où tu penseras que tu ne peux plus en supporter davantage, quand tu auras l'impression qu'on t'arrache l'âme et que tu voudras t'enfuir loin de ces hommes en perruque qui détournent tes propos, de la police qui t'a menti et des médias impitoyables qui te pourchassent, le jury prononcera son verdict, non coupable. Je serai libre. Et Jake, qui n'a jamais douté de moi, m'attendra à ma sortie. Que te restera-t-il à toi, la femme qui a orchestré sa propre disparition et s'est jouée si cruellement du public? L'intensité du courroux populaire va se déverser sur toi comme un volcan en éruption. Elle sera féroce, barbare, attisée par l'hystérie de la presse. Personne ne t'en protégera. Pas la police, ils vont vite t'oublier, toi et cette affaire qu'ils n'auraient jamais dû présenter devant le tribunal. Ils feront comme si tu n'avais jamais existé. Tu seras livrée à toi-même pour affronter la débâcle.

Tu n'auras nulle part où te sauver.

Où que tu ailles, à des milliers de kilomètres, jamais tu ne pourras y échapper.

Je te dis tout cela, parce que je t'aime comme personne, parce que je suis la seule à te comprendre. Je te le dis, parce que même après tout ce que tu m'as fait, je t'aime encore. Je veux te protéger. Je suis sûre que tu as peur, Clara. J'imagine que les ténèbres t'encerclent, t'enveloppent. Tu ne vois pas d'issue, n'est-ce pas ? Aucune lumière devant toi.

J'aurais pu te sauver de tout cela, c'est tout ce que j'ai toujours voulu.

J'ai essayé de t'aider parce que je savais que c'était ce que tu voulais, Clara, avant même que tu ne le saches toi-même.

C'est le don que j'ai.

Tu voulais t'échapper.

Si je t'offrais le choix maintenant, si je le soufflais doucement à ton oreille, tu accepterais, n'est-ce pas ? Tu couperais net ma main, pour te libérer de tout cela. De ton esprit tourmenté et embrouillé. De la douleur qui ne te quittera jamais. Mais je ne peux plus t'aider. Je ne peux que t'envoyer cette lettre. Je la confie à Jake chaque semaine quand il vient me rendre visite, quand les gardiens ne regardent pas. Il a attendu ça, le dernier épisode, pour te la donner.

Lis-la, Clara, lis-la et détruis-la. Détruis-la pour que personne ne découvre ce que tu as fait à Niamh, ce que tu as fait à ta mère. Et je promets de ne le dire à personne. Notre secret, en sécurité pour toujours.

Tu sais ce qu'il te reste à faire, Clara.

Sois courageuse.

Meilleures amies pour la vie.

Rach

Deux semaines plus tard

Communiqué de presse

Personne portée disparue.

Une jeune artiste qui a orchestré sa propre disparition a été retrouvée morte chez elle. Cause apparente du décès, suicide.

La police du Sussex a été appelée chez Clara O'Connor, vingt-neuf ans, à l'aube hier matin. James Redfern, son petit ami, aurait appelé les secours après avoir trouvé le corps de Mlle O'Connor. Dans une déclaration de la police, le commissaire Roger Gunn a affirmé qu'aucune recherche en lien avec cette mort n'a été lancée.

Remerciements

L'idée de *À toi, pour toujours* m'est venue en 1998, mais il m'aura fallu quinze ans de procrastination pour commencer à insuffler de la vie à cette histoire.

Les conseils, les critiques et les encouragements de nombreuses personnes ont permis de façonner ce roman. Je leur suis reconnaissante à tous, mais mes remerciements s'adressent en particulier à Richard Skinner de la Faber Academy. J'aurais sans doute pu écrire un roman sans ta contribution, mais ce n'aurait pas été celui-ci. À mon agent Nicola Barr, je suis encore étonnée que tu aies réussi à l'obtenir si vite. Ta force de persuasion toute en douceur m'a aidée à écrire mieux et avec plus d'audace que je ne m'en serais imaginée capable. Je ne l'oublierai jamais. À Imogen Taylor, Sam Eades, Jo Liddiard, et toute la brillante équipe de Headline, votre enthousiasme et votre entrain m'ont éblouie. Je n'aurais pu tomber dans de meilleures mains. Au groupe d'écriture de Faber de 2011, merci pour les fous rires, les critiques et les flots incroyables d'e-mails. Au docteur Niamh Power et à Chris Johnson QC, merci pour votre générosité professionnelle et vos remarques perspicaces. À Liz et Danny McBeth, qui y ont toujours cru, merci. Inutile de vous dire à quel point votre soutien, vos baby-sittings et votre cuisine ont compté. Merci aussi à Jacqueline McBeth, James Waters, John et Margaret Curran, et à Haylee, d'avoir diverti les enfants quand je ne le pouvais pas.

À toi, pour toujours raconte la puissance destructrice de l'amitié, mais c'est grâce aux encouragements de beaucoup de mes bons amis que j'ai persévéré. Vous vous reconnaîtrez, merci. Une mention spéciale pour Helene Graham, ma plus ancienne amie, qui m'a fourni l'inspiration pour la scène de la salle de classe. Bien heureusement, nous n'avons rien à voir avec Rachel et Clara.

Et enfin, je souhaite exprimer tout mon amour et ma gratitude à Finlay, Milo et Sylvie pour les sourires, les câlins et la nécessité de relativiser.

Et à Paul, pour tout. Un merci semble bien peu.

Composition :
Soft Office - 5 rue Iréne Joliot-Curie - 38320 Eybens

Achevé d'imprimer par N.I.I.A.G.
en août 2014
pour le compte de France Loisirs, Paris

Numéro d'éditeur : 77935
Dépôt légal : mai 2014
Imprimé en Italie